KB230759

배꼽아래

배꼽아래

김 나 인

한국학술정보[주]

"미친놈 또 한명 나왔구만." 걸쭉하게 소주 한잔을 비우고 너털웃음을 지으며 잔을 내리기 무섭게 이문구 선생이 풋내기에게 건넨 말이었다. 그때부터 나는 〈미친놈〉이 될 수 있을까, 혹은 〈미친 척〉이라도 해서 작가가 될 수 있을 까하는 의문을 두 손에 꼭 쥐고 현재까지 놓지 않았다. 미친놈과 미친 척은 엄연히 다르다. 미친놈은 되지 말아야지 하면서도 미친 척은 하자는 게 문학적 사명감이었다.

단지 바뀐 것이 있다면 〈미친 척〉이 아니라 〈미친놈〉이어야 한다는 것이다. 정상인이 할 수 없는 일을 비 정상인이 되어 할 수 있다는 것이다. 비 정상인은 다수의 정상인들이 공통적으로 느끼는 규범적 사회에서 약간 벗어난 것을 지칭하는 것이다.

내가 만약 풋사과를 바리데기라고 하면 다수에게 나는 비 정상인이나 미친놈이 될 수밖에 없을 것이다. 그러나 미친놈은 문학의 공간에서만 허용이 된다. 그것이 나의 문학적 소망이자 지론이다.

이문구 선생 앞에서 담배를 피운 적이 있다. 풋내기는 큰 산을 앞에 두고 담배를 피우기가 어려웠다. 자리를 피해 담배를 피우고는 하였다. "담배는 기호식품이야, 내 앞에서 피워." 그 말씀에도 나는 피울 수가 없어 식당 밖으로 나가 피웠다가 혼이 났다. 그러나 그 말씀이 풋내기 가슴에 오래도록 새겨질 수 있었던 것은, 이문구 선생님 앞에서 담배를 피울 수가 있어서가 아니라, 노농 같으신 포근함과 풋내기를 아껴주시는 인자함과 소박하신 문인이었기 때문이다.

　마지막으로 저의 소설을 끝까지 읽어주시고 표사를 써주신 안남연 문학평론가와 황충상 소설가, 정종명 소설가, 발문적 해설을 써준 김종광 선배에게 다시 한 번 감사의 말씀을 드리며, 저의 단편을 묶어 아름답게 출간하여 주신 한국학술정보(주) 출판사에 감사의 말씀을 드립니다.

　또한 오래도록 저의 문학적 역량을 키워주시는 이재인 소설가와 박영우 시인께 감사의 말씀을 드리며, 백병원 중환자실에서 산소 호흡기를 벗어던지고 제게 당부하신 말씀을 지키지 못할 것 같아 故명천이문구 선생께 죄송한 말씀을 드리며, 제 가슴 속에 영원히 살아 계신 이문구 선생께 제 소설집을 부끄럽게 드립니다.

열정의 산물, 김나인식 사변(소설가 김종광)

'발문적 해설'이라니 그런 말이 가능하기는 한가? 아마도, 평론가가 아닌 소설가로서, 해설을 쓸 주제가 못 되는 것은 당연하고, 발문을 쓸 만큼 김나인 작가를 잘 안다고도 할 수 없는 내가, 뭘 쓸 수 있다면, 그건 해설이라 할 수도 없고, 발문이라 할 수도 없고, 그저 독후감이라 말할 수 있는 정도의 글을 쓸 수 있을 것 같은데, 독후감이라 하기는 창피하니까, 발문적 해설이라는 용어가 떠오른 것일 테다.

독자들의 혜량을 바랄 뿐이다.

내가 김나인 작가를 처음 만난 것은 99년이었다. 그 이후로 3년 정도를, 아무리 뜸해도 보름에 한 번은, 술자리에서 뒤엉키는 관계였다. 물론 단 둘이서는 아니고, 항상 함께 한 벗들이 있었다.

김나인은 술값도 잘 냈지만 고집도 셌다. 그가 술값을 잘 내는 것은 이해할 수 있는 일이었다. 벗들 중에 직장을 가진 두 사람 중의 하나였으니까. 하지만 고집이 센 건 이해가 되지 않았다. 왜냐하면 그는 벗들 중에 막내였기 때문이다. 사실 그는 딱 한 분야에만, 고집이 셌다. 다른 분야에서는 선배들이 하자는 대로 혹은 시키는 대로 했다. 이를테면 선배들이 가자는 술집에 갔고 먹자는 안주를 먹었다. 자기가 돈 낼 건데도. 또한 각종 심부름도 군말 없이 했다.

　그러나 그가 딱 하나 고집 센 분야가 '문학'이라는 게 문제였다. 아무래도 문학을 하고 있거나, 하려고 하는 젊은이들의 모임답게 그놈의 문학이야기가 늘 술판의 화두가 될 수밖에 없었다. 막내인 그는 자신의 관점을 과감히 표현할 뿐만 아니라, 선배들의 강력한 반론 따위를 거의 무시하다시피 하며, 절대로 자신의 의견을 철회하는 법이 없었다. 오히려 잘못 생각하는 선배들을 설득하려고 더욱더 열정적이 되었다.

　선배는 무조건 자기 말이 옳다고 생각하기 마련이다. 후배가 자기 의견을 낸 것도 못 마땅한데, 그 후배가 끝까지 자기 말을 밀어붙이면, 선배는 말로 안 되니까 폭력을 행사하는 수도 생긴다. (이러면 안 된다!) 그는 맞으면서도 자기의 주장을 굽히지 않았다. 한번은 그가 주장을 굽히지 않다가 재떨이로 이마를 맞는 것을 본 적이 있다. 내가 던진 것은 아니지만 내 자취방에서 일어난 일이어서 아주 슬펐다. 방이 재투성이가 되었기 때문이다.

　그는 이마에 피를 흘리면서도 자기가 말한 게 옳다고 또 한 번 외치고 있었다. 투사 같았다.

　그는 어쩌다 맞아도 폭력으로 대응하는 경우는 없었다. 그가 만약 폭력으로 대응했다면 우리는 자주 만나지 못했을 것이다. 그가 체격도 완력도 우리 중에 가장 셌기 때문이다.

　나는 그가 그의 무서운 고집을 이론뿐만 아니라, 창작에도 투여하는 것을 지켜볼 수 있었다. 그는 시와 소설을 두루 썼는데, 그가 몸 담고 있는 문학회에서 발행하는 잡지들은, 언제나 그의 글이 (시와 소설에 걸쳐) 가장 많은 쪽수를 차지하고 있었다.

　나는 그의 시와 소설을 읽으면서, 그의 고집에 대해서 생각하고는 했다. 그의 시와 소설에는 과도한 열정이 넘쳐흐르는 것 같았다. 선배들의 비평을 절대로 수용하지 않는 자기만의 독특한 사유와 형식이 느껴졌다. 나는 고집이라는 것은 있을수록 좋은 것이지만 방향을 잘못 잡았을 경우에는 위험한 것이라고 생각하기도 했다.

그는 과연 방향을 잘 잡고 있는 것일까?

그러던 그가 서른이 넘은 나이로 경기대 문예창작학과에 진학했다는 얘기를 들었다. 그는 보령의 직장을 유지하면서 수원까지 통학할 거라고 했다. 그리고 벌써 그렇게 통학한 지 2년이 되어가는 모양이다. 그의 고집이 아니면 힘들었을 테다. 나는 아마도 그가 문창과를 다니면서도 고집을 굽히지는 않았을 것이라고 생각한다.

누구나 짐작할 수 있겠지만, 그의 고집은 오서산 꼭대기의 바위와도 같은, 문학에 대한 치열한 열정, 그 자체였을 것이다. 이제 김나인 작가의, 열정의 산물을 읽어 보자.

「무서운 선고」는 수도권 소도시에 거주하는 한 빈민계층 부부의 이야기다.

아내는 남편 몰래 노래방도우미로 일하고 있는데, 그날 정체불명의 누군가에게 성폭행을 당하고, 그 정체불명인에게 그 사실을 남편에게 알리지 않는 대가로 거금의 돈을 내놓으라는 협박을 당하기 시작한다. 한편 남편(최철중)은 그날 아내가 노래방도우미로 일하는 것을 목격했고, 그런 아내를 죽이기 위해 예행연습을 한다. 자신의 직장(도축장)에서 돼지 한 마리를 도살하고는 여러 토막을 내서 인근 산에 암매장한 것이다. 그런데 우연히도 그날 도축장에서 실제로 살인사건과 암매장하는 사건이 발생하여 형사가 들이닥친다. 이를 자신을 잡으러 온 것으로 오해한 최철중은 도피의 길에 올라 유력한 살인 용의자로 몰린다. 아내는 형사와 정체불명의 협박자에게 괴로움을 겪으며 도피한 남편의 전화를 기다린다.

어떤 독자에게는 이 이야기가 추리소설이라 해도 좋을 만큼 시종 박진감이 넘치게 읽힐 것이다. 남편과 아내의 교차 진술에 의하여 긴장과 흥미가 유지되고 있으며, 진실 된 정황이 무엇인가에 대한 독자의 궁금증을 강력하게 자극한다.

어떤 독자는 절박한 최철중의 진술을 통해, 고아 출신으로 성장하여 갖은 고초를 겪은 뒤에 간신히 자립에 성공한 한 젊은 인생에 대해 애틋한 마음을 가질 수도 있을 것이다. 어떤 독자는 노래방 도우미로 내몰려야 하는 빈민계층 주부의 신산한 삶에 분노를 느낄 수도 있을 것이다. 못 가진 자를 극한의 상황으로 내 모는 우리 사회의 불평등한 구조에 대해서 말이다.

그런데 이 이야기의 끝은 많은 독자에게 실망스러울 것이다. 작가는 의혹을 해명하지 않고 이야기를 끝내고 있기 때문이다. 진정 최철중이 살해하고 토막 내고 파묻은 것은 돼지인지? 그렇다면 제3의 인물을 살해하고 유기한 것은 누구인지? 아내를 협박한 것은 이미연이라는 여인 듯한데, 그렇다면 왜?

하지만 어떤 독자는 한없이 열린 끝이라고 여길 수도 있을 것이다. 작가는 얼키설키 뒤얽힌 칡넝쿨을 던져 준 것이다. 대부분의 독자는 그러지 않겠지만. 소수의 독자는 스스로 칡넝쿨을 해체하고 복원하는 것에 재미를 느낄 수도 있다.

「시라세니아」는 신출내기 작가이자 소화물을 취급하는 택배회사 직원이기도 한 '나'의. 서울에서 보낸 며칠간의 휴가 기록이다.

나는 휴가를 받아 서울로 올라간다. 절친한 친구(돈 많은 우체국

직원)와 유흥업소에 갔다가 두 여인을 만나게 된다. 나는 매음굴에서, 그리고 전날 만난 두 여인(인사동에서 작은 찻집을 운영하는 유부녀 최은숙과, 화가인 송계숙)과 영화관, 여인의 원룸, 찻집에서, 육체적 결합을 겪는다. 그러니까 이 소설은 신출내기 작가 청년의 사흘간의 섹스 편력기(창녀, 유부녀, 노처녀와의)라고 간단히 정리할 수 있다.

대부분의 독자에게 이 이야기는 아주 빠르게 읽히며 흥미로울 것이다. 이야기의 화두라고 말할 수 있는 것이 섹스이니까. 하지만 어떤 독자는 작중인물들이 때와 장소를 가리지 않고 곧잘 토해놓는 경구성 사변이 잘 씹히지 않는 음식 같아 거부감을 느낄 수도 있을 것이다. 그런데 또 어떤 독자는 그 경구성 사변이 마음에 맞아 통쾌감을 느낄 것이다. 김나인 소설집 전편에 깔린 이 경구성 사변은 대체로 독설의 형태를 취하고 있고, 이 독설에 공감하는 독자들에게는 카타르시스를 맛보게 할 여지가 다분하다.

그러니까 김나인 소설집에 대한 독자들의 상이한 독후감은 이 경구성 사변을 어떻게 받아 들이냐에 따라 좌우될 공산이 크다.

또 어떤 독자는 이 소설의 구성적 부조화가 거슬릴 것이다. 다소 긴 초반부(기차를 타기 전)는 이 소설에서 따로 놀고 있는 느낌을 주는데, 그것은 이후의 휴가기(섹스 편력기)와 전혀 다른 이야기 때문이다. 지방 소도시의 택배회사 사무실과 그 공간의 여러 인물들(재미가 기대되는 캐릭터)을 통해 뭔가 21세기 시골 서민들의 한 삶을 보여주려고 했던 것 같다. 그래서 어떤 독자는 차라리 그 택배사무실 공간과 인물들에 이야기를 썼다면, 하는 아쉬움을 갖게 될 것이다.

「배꼽 아래」는 회의와 허무에도 불구하고 치열하게 습작을 하는 작가 지망생인 '나'의 이야기이다.

'나'는 직장을 가진 유부녀와 지속적인 불륜관계를 맺고 있으며 그 유부녀에게 용돈도 타 쓰고 있다. '나'의 친구 유상준은 술집 여사장에게 얹혀살고 있으며 그 여사장의 임신으로 괴로워한다. '나'는 유상준의 소개로 목사의 자서전을 써줄 것을 결심하고 기독교 공부를 열심히 한다. '나'는 또 아파트 옆집인 이동혁과 교류하고 있다. 이동혁은 실수로 전 재산을 날려 극도의 피폐 상태에 놓여 있다. 이동혁의 아내가 '나'에게 자신의 습작소설을 보여준다. '나'는 소설평을 매개로 이동혁의 아내와도 불륜을 맺는다.

어떤 독자는 이 소설 역시 직업여성과의 교합이 아니면 성욕을 풀길이 없는 청년의 심상과 상상력을 다양하게 펼쳐놓은 섹스 편력기로 읽을 수 있다. 섹스 편력기라고는 했지만 섹스에 대한 묘사는 거의 없거나 한 줄에 불과하다. 실망한 분들 많이 계시리라.

김나인의 소설은 어떤 영화들(고귀한 주제를 걸어놓았지만, 오로지 섹스 장면밖에 없는, 그래서 실은 준 포르노라고 말해야 할)처럼 원색적이지 않다. 원색적이기는커녕 계속 언급하고 있는 경구성 사변으로 가득해서 철학소설 같은 느낌마저 든다.

그럼에도 섹스편력기라고 말할 수 있는 것은, 섹스를 아주 긴 과정으로 생각할 때, 아주 잠깐 끝나는 성행위의 시간 말고, 사람과 사람이 만나서 성행위에 이르기까지의 과정을 애무라도 하듯 밀도 있게 그려내고 있기 때문이다. 과장해서 말하자면 김나인의 섹스는 행위보다는 성 사변(개똥철학)에 있는 것이다.

어떤 독자는 이 소설의 단순한 사건들보다는 전체적인 이미지와 정서에 공감할 것이다. 작가지망생의 회의, 회한, 분노, 그리고 열정이, 폭풍처럼 몰아치고 있는 듯하다.

이쯤에서 도대체 김나인식 사변이란 어떤 걸 두고 하는 말인지 궁금해 하실 독자를 위해서, 「배꼽 아래」에 등장하는 한 대목을 소개한다.

> 전 글을 위해 글을 쓴다고 생각하지 않습니다. 저의 사고와 이념, 상념 따위들을 지껄이는 것뿐입니다. 그렇게 지껄이고 나면 자연히 글이 되고 마는 것이기 때문에 맞춤형 글을 쓴다고 생각하지 않습니다. 비록 낙서에 지나지 않더라도 말입니다. 사실 제가 누구에게 이런 말을 할 자격은 되지 않습니다만, 기성문인들이 작품을 창조하고 있습니다만 결국 철학의 한 부분에 지나지 않는 메시지를 담고 있으며, 조각조각 난 사고에 대해 한 문제를 부각시키고 제시하며 푸는 답에 지나지 않는다는 것입니다. 제가 말하고자 하는 것은 문학, 아니 글쓰기에 있어서나 내용은 그다지 특별하지 않다는 것입니다. (172~173쪽)

「**궁상각치우**」는 김나인의 소설집에서 가장 이례적으로 보이는 소설이다. 시골 노총각 이주식은 비가 억세게 퍼붓는 날, 친구 병문안을 다녀오다가 뭔가를 치었다. 사람을 친 것으로 알고 공포에 떨다 딴에는 알리바이를 조성하기 위해서 트럭을 논두렁에 박아버린다. 김현주는 어릴 적부터 미모 때문에 삼동네 청년들의 흠모와 성욕의 대상이었다. 그 김현주가 도시에서 신산한 삶을 살다 잠시 내려와 부모의 땅문서를 훔쳐 달아난다. 달아나던 김현주는 이주식과 우연히 재회했었는데(이주식이 병문안 가던 날), 며칠 뒤 두 사람의 결혼 약속으로 이야기는 끝을 맺는다. 이외에 이주식의 친구들도 엑스트라인지만 만만치 않은 입담을 보여준다.

　이 소설은 거의 대화체로 씌어져 있고, 대화가 아닌 말은 괄호 속에 지문처럼 처리하고 있다. 희곡이라고 해도 좋을 것이다. 그리고 대화체로 사용된 말은 완전 충청도 보령 사투리다.

　충청도 보령 사투리는, 이문희, 이문구, 김성동 등 대가들의 업적에 힘입어, 보령을 넘어, 충청도 사투리의 대표처럼 인식되고 있다고 해도 과언이 아닐 것이다. 그리고 김종광이라는 젊은 작가가 제2의 이문구라는 과분한 평을 받을 정도로 이 보령 사투리를 다시 문단에 선보인 바 있다. 하지만 어떤 독자는 보령 사투리가 사용된 김종광의 소설보다, 김나인의 이 「궁상각치우」에서 더욱더 보령 사투리의 맛을 느낄 수 있을 것이다.

　어떤 독자가 이 소설을 상당한 수작이라고 평가한다면, 그것은 사투리의 힘 때문일 것이다. 사투리는 인물들을 구체적으로 움직이도록 만들었고, 그래서 김나인의 다른 소설에 도저하게 깔린 경구성 사변이 거의 나오지 않아 깔끔하게끔 이끌었고, 결국 별 볼일 없는 농촌 청년들의 수다가 그럴 듯한 소설적 난장으로 태깔이 난다.

　하지만 김나인은 다른 소설에서는 일체 사투리를 사용하고 있지 않다. 아마도 보령출신의 또 다른 선배 소설가들(이혜경, 신상미)이 그러했듯이 소설에 사투리를 가급적 쓰지 않는 것을 자신의 원칙으로 삼고 있는지도 모르겠다. 작가가 어떤 문체를 사용하는 것은(그러니까 사투리를 쓰든 말든 하는 것은) 작가의 고유 권한이므로, 작가에게 어떤 주문을 할 수는 없을 것이다. 그러나 어떤 독자의 가상(다른 보령을 무대로 한 소설들도 사투리가 적극적으로 사용되었다면 어땠을까 하는)은 가능할 것이다.

　어떤 독자는 이 소설을 통해 해체 진행형 농촌사회 속, 청년들의 현대적인 삶에 대해 조감할 수 있었을 것이다.

「미치광이」는 시골 고등학교 행정실에서 근무하는 청년 '나'의 이야기다. 나는 자동차학원에 근무하는 박남수와 어느 술집에서 저녁을 보낸다. 나는 친구이자 친척인 이수현과 대전교도소에 수감 중인 외사촌 형을 면회한다. 돌아오는 길에 군산 사창가에 들러 여인들과 관계를 한다. 나는 병원에 가서 성병 주사를 맞는다. 나는 두어 달 동안 직장과 집만 오가면 소설 작업에 빠져 있었다. 두 달 만에 간 어느 술집 여인과 관계를 맺는다. 나는 중학교 교사인 진섭과 어느 술집에 가 한 여자의 이야기를 듣는다.

이제까지 김나인의 소설을 읽어온 독자라면, 이 소설 역시, 대강 해본 바에서도 알 수 있듯이(특별한 에피소드, 이야기라고 할 만 것이 없는 것이다), 사변, 관념 등의 진술 자체에 무게가 실려 있다고 생각할 것이다.

또 어떤 독자는 그 사변의 정도가 이 소설집에서 가장 세다고 생각할 것이다. 이야기를 소설을 읽는 제1조건으로 생각하는 독자에게는 고통스러운 소설일 테다. 작가가 대화문, 지문을 가리지 않고 무차별적으로 전개하고 있는 개똥철학을 인내하는 독자만이 이 소설을 어느 정도 향유할 수 있을 것이다.

「영장류 체류기」는 대강하기가 극히 어려운 소설이다.

그래도 용기를 내 해보자면, 여운보살이라고 자칭하는 여인과, 꽃집을 운영하는 허새균, 온갖 방랑 끝에 현재는 공공근로를 하고 있는 청년 '나', 셋이 원산도리는 섬에서 머무는 이야기이고, 이 세 사람을 〈자본주의 영주권〉을 훔쳐 달아난 고양이가 배회하고 있거나 기묘한 관련을 맺고 있다.

이 소설이 정리하기 어려운 이유는 한 사람도 아닌 세 사람의 과

거, 현재, 미래(혹은 환상)가 불명확한 시공간에 아무런 표지도 없이 뒤엉켜 있기 때문이다. 따라서 판타지소설로도, 혹은 환상소설로도, 혹은 우화소설로도 읽힐 수 있는 독특한 소설이다.

어떤 독자는 아마도 이 소설이 가장 읽기 힘들었을 것이다. 이 소설은 김나인 작가의 최대 장점일 수도 있지만 최대 단점일 수도 있는 사변이 거의 없음에도 불구하고 그렇다. 그것은 아무래도 위에서 억지로 대강해본 바에서도 알 수 있듯이 이야기의 흐름을 인지할 수 없을 정도로 혼란스러운 데다가, 은유 문장들로 가득하기 때문이다.

작가는 시집을 한 권 출간한 시인이기도 한데, 어쩌면 작가는 일종의 '시소설'을 쓰려고 했던 것은 아닐까 싶기도 하다. 그래서 어떤 독자는 바로 그와 같은 이유 때문에 이 소설에 크게 공감할 수도 있을 것이다.

대개의 독자는 소설을 읽을 때 그 소설을 대강할 수 있는 이야기가 잡히지 않으면, 그리고 그 이야기에 몸이 빨려 들어가지 않으면 상당히 불편해한다. 전체 지향적인 것이다. 그러나 어떤 독자는 부분 지향적일 수 있다. 이를 테면 이런 것이다. 우리가 앨범을 볼 때 처음부터 끝까지 다보고 전체를 아우르는 어떤 인상을 가지려는 이가 있는가 하면, 아무데서나 한 장을 꺼내 그것만 오래도록 들여다보는 이가 있다. 전자가 전체 지향적이고 후자가 부분 지향적이라 할 수 있다.

바로 이런 부분 지향적인 독자들에게, 이 「영장류 체류기」는 상당한 감동을 불러일으킬 수도 있을 것이다. 이 소설은 따로따로 노는 분절들의 집합이라고 할 수 있는데, 그 분절들이 합한 것은 졸가리가 형성되지 않지만, 하나씩 떼어놓고 보면 시소설(혹은 산문시)과 같은 강렬함이 있는 것이다.

　이상 이 소설집에 실린 여섯 편의 소설을 내 나름으로 살펴보았다. 정리하면 두 갈래로 나눌 수 있겠다.

　한 갈래는 작가이거나 작가지망생인 '나'를 화자로 삼아, 여러 인물들과의 만나고 대화하고 관계 맺음을, 경구성 사변으로 아우르고 있는 사소설 유형이다. 「시라세니아」, 「배꼽 아래」, 「미치광이」가 여기에 속한다.

　다른 한 갈래는 3인칭을 사용하고 있으며, 빈민계층, 농민, 소외인 등을 내세워, 사회에 대한 비판과 인간의 실존 등의 문제를, 추리적 기법, 환상기법, 사투리, 등 다양한 방식으로 그려낸 소설들이다. 「무서운 선고」, 「궁상각치우」, 「영장류 체류기」가 여기에 속한다.

　대부분의 독자는 김나인 작가가 소설가로서 산다는 것, 소설을 쓴다는 행위 등, 소설가와 소설의 정체성에 대해 깊이 탐구해왔으며, 만만치 않은 내공을 갖추었다고 여길 것이다. 또 많은 독자들이 김나인 작가가 소외계층에 대한 관심과 애정, 비판의식을 견고하게 갖추고 있으며, 따라서 이후의 소설작업에 이러한 못 가진 자들에 대한 보고와 모색이 계속될 것이라고 짐작할 것이다.

　나는 소설이란 삼위체라고 생각한다. 작가가 소설을 쓰면서 투여한 에너지, 그리고 완성된 소설, 마지막으로 그 소설을 독자가 읽은 동안 생산되는 정서, 이 삼자의 합산물이 소설이라고 보는 것이다. 때문에 작가의 의도가 독자에게 원형 그대로 전달되는 일은 그리 흔하지 않다고 본다.

　이 소설집은 이제 김나인 작가의 손을 떠나, 독자 여러분에게로 옮겨졌다. 나는 독자 여러분이 이 소설집을 통해 많은 것을 사색할 수 있기를 바란다. 그리고 나의 어설픈 이상의 독후감이, 다만 참고사항일 뿐, 독자 여러분의 독서에 장애물이 되지 않기를 진심으로 바란다.

한 작가의 진정한 출발점은 데뷔 때가 아니라, 첫 책을 냈을 때다. 이제 김나인 작가는 진짜로 출발했다. 독자들은 바랄 것이다. 김나인 작가의 소설이 더 무거워지기를, 더 깊어지기를, 더 재미있어지기를.

| 차 례 |

무서운 선고--19

시라세니아--59

배꼽아래--125

궁상각치우--189

미치광이--213

영장류 체류기--267

무서운 선고

1

　두 개의 외부 경정맥을 끊거나 머리 목을 아래 부위에서부터 자르는 것이다. 네 개의 도관(道管)을 자른다고 한다. 4개는 기도, 식도 및 2개의 외부 경정맥이다. 생체검사실 안으로 을씨년스러운 불길한 감이 최철중의 등껍질을 오싹하게 만든다. 그는 매우 흥분된 상태이며, 얼굴에는 머루열매처럼 땀방울이 맺혀 떨어졌다. 날카로운 칼로 배를 가르니 가방의 지퍼처럼 열리었다. 내장을 꺼내고 난 뒤에 그는 선홍빛 피를 묻힌 손으로 담배를 꺼내 쥐었다. 도꼭지는 아니었지만 칼을 쥔 손놀림은 예사롭지 않았다. 그의 머릿속엔 아직도 생체실험실을 가득 메우던 비명과 살갗으로 박혀든 손도끼의 날카로움이 선명하게 떠오르고 있다. 그는 고개를 저었다. 그가 죽을 때 코에서 분무기처럼 품어대던 선홍빛 피와 거대한 체구가 단숨에 바닥에 쓰러져 마지막 숨을 연명하며 몸을 바들바들 떨고 있는 것을, 희열을 느끼며 내려보던 최철중은 자신이 저지른 행위가 돌이킬 수 없는 과거가 되어 버렸음을 깨닫고 있었다. 막상 살육을 저지르고 나니 생명이란 파리 목숨과 같이 하잘것없이 여겨졌다. 어둠 속에서 부싯돌의 섬광을 두어 번 발연하고 나서 담배가 타들어 간다. 입가에는 모멸감과 환희의 미소가 섞인 듯 관자놀이 부분이 짓눌리었다. 깊게 들이마시고 내쉬는 담배연기 속에 안도감이 묻어나있다. 그리고 그는 머릿속으론 사체를 어떤 식으로 절단할 것인가 구상을 하였다. 그는 처음 사용했던 도끼를 집어 들고는 한 동안 응시한다. 머릿속엔 이미 날카로운 이빨의 형상이 그려진다. 그는 생체실험실을 빠져나와 어두운 복도를 따라 달려갔다. 그가 생체실험실로 되돌아오는 시간은 너무도 짧아 쓰러져 있던 거구의 몸은 의식을 잃은 채 몸을 바들바들 떨고 있다. 켁켁거리며 응고되는 피가 기도 숨구멍을 틀어막기에 몸은 거친 저항을 하며 거친 숨과 함께 선지덩어리같이 응고된 피를 토해냈다. 그는 여유 있는 모습이었고, 흥분도 가라앉은 상태였다. 그의 손에는 손잡이가 짧은 톱이 쥐어져 있다. 바닥에 던져진 손도끼를 바라보았다. 날카로운 날에는 또렷한 선홍빛 피가 맺혀 있다. 그는 자신이 과격하게 정수리를 내리친 광경이 떠올랐다. 그의 머릿속에서 몇 번이고 내리치는 악순환이 반복되었다.

그는 우선 호스를 끌고 와 뿜어져 나온 피와 생체실험실 벽에 튀어 묻은 피를 닦아 내었다. 그리고 내장을 물로 씻은 다음 준비해둔 마대에 쓸어 담듯이 담았다. 그리고 호스에서 뿜어 나오는 물, 귀볼 쥐어짜듯이 호스 끝을 짓눌러 두 갈래의 물줄기를 만들어 뱃속을 세척하듯이 훑어내었다. 그리고 그는 즐거운 듯이 방긋 웃어보였다. 자신이 지금 무엇을 하고 있는지 그는 깨닫고 있지 못했다. 왜 미소를 지어야 하는지도 몰랐다. 그러나 자신의 감정 속에서 분명한 것은 짜릿한 쾌락이다. 그리고 놓아두었던 톱을 집어 들어 머릿속으로 떠올렸던 대로 자르기로 했다. 그는 생채기를 찾아 더듬거렸고 잡자마자 단박에 잘라 버렸다.

"더러운 생채기!"

그는 한 마디 내뱉었다.

그는 생채기를 이마 위까지 들어 보이며 유심히 살펴보았다. 손아귀에 쥐어질 만한 적절한 어둠에 묻힌 물건의 형체는 형광등에 의해 시계불알 모양 같아 보였다. 그는 두 다리와 몸통을 잘랐다. 몇 토막으로 잘려진 사체를 몇 개의 마대에 나누어 담았다. 어둠 속에서 철문이 열리고 닫히는 소리가 들려왔다. 그는 모든 동작을 멈추고 쥐 죽은 듯이 숨소리를 낮추며 마네킹처럼 멈춰선 채로 등 뒤에 귀를 쫑긋 세웠다. 발자국소리가 가까워지고 있다. 그는 고양이처럼 살금살금 걸어가 생체실험실의 형광등 스위치를 조심스럽게 눌렀다. 어두워진 생체실험실, 그는 숨이 멎을 듯하였고 얼굴이 붉게 달아올랐다. 그리고 자신이 쥐고 있던 톱 손잡이에 무언의 압박감으로 힘이 뭉쳐지고 있음을 알았다. 그대로 손은 압박붕대를 감은 듯 굳어갔다. 그는 큰 거구를 내리칠 때 정수리에 정확히 가격하지 못한 탓이라고 여겼다. 두세 번 내리쳐 간신히 바닥에 쓰러뜨렸지만 비명소리 또한 얼마나 컸던가 생각하면 자신의 모든 계획 중 일부가 치밀하지 못한 구상이었 다고 여겼다.

어둠 속에서 몇 번의 조심스런 기침과 동시에 목에서 강한 힘을 끌어올리더니 가래를 바닥에 내뱉는 소리가 들렸다. 건물 전체가 그 울림으로 가득한 이명이 최철중의 머릿속에 남아 있었다. 발소리가 조심스럽게 생체실험실 가까이 다가오고 있었다. 그리고 다르게 들리는 발자국 소리가 뒤이어 들려왔다. 대리석 복도 바닥을 정으로 쿡쿡 찧어오는 높은 굽의 힐 구두 소리였다. 비스듬히 열린 철문 틈으로 불빛이 마구 흔들렸다. 작은 손전등의 움직임이었다. 그는 망설임 끝에 입안에 고여 있던 침을 어렵게 울대로 넘겼다. 마치 곰삭은 과일을 통째로 삼키는 느낌이었다.

"너무 어두워서 잘 안 보여요."

여자의 나지막한 목소리였다. 그 목소리는 낯이 익은 목소리였지만 누구인지는 확실치 않았다. 남자는 여자에게 나지막이 중얼거렸는데 잘 들리지 않았다. 그는 자정이 넘은 시간에 들어올 사람이 누군가 하는 생각을 하였다. 그러나 짐작 가는 사람은 아무도 없었다. 단지 그들이 이곳을 빨리 벗어나 사라져 주기만을 간절히 바랄 뿐이다. 이 건물 안에 또 다른 누군가 존재하고 있다는 것이 그들에게 발각이 된다면, 그 다음 취할 행동을 염두에 둘 필요성도 느꼈다. 그들은 좀처럼 사라질 기미가 보이지 않았다. 그의 팔은 더욱더 힘이 모아지고 단단해졌다. 슬며시 열리는 철문이었다. 그러나 그 소리는 높은 진동수로 최철중의 귀에 들어왔다. 그의 짐작으론 가까운 곳에 열리는 철문이라면 작업실일 것이다. 생체실험실과 작업실은 꽤 가까운 곳이기 때문이다. 그러나 자시가 넘은 이 시각에 작업실로 들어가는 남녀는 누구라는 말인가? 철문이 닫히자마자 웃음소리와 요란한 소리가 들렸다. 그러나 그는 철문을 열 수가 없었다. 아무리 조심스럽게 철문을 연다고 하여도 낡은 장식에서 생생히 들릴 마찰음 때문이다. 그러면 이내 발각이 되고, 달아난다고 하여도 이내 붙잡힐 것이 뻔하다. 이 상황에서 그가 할 수 있는 일은 아무것도 없다. 그들이 무슨 짓을 하든 간에 침묵을 지키며 참고 기다릴 수밖에 없다. 그는 벽에 등을 기대고 몸을 낮추었다. 땀구멍에서는 노폐물과 축축한 물기가 얼굴에 맺히고, 지극히 긴장한 탓에 나타나는 육체적 현상이라는 것을 최철중도 알고 있다. 거세게 들리던 여자의 목소리가 잠잠해지자 공기를 축축이 적시는 소리가 들려왔다. 배꼽 아래에서 거센 쇠뭉치가 두부를 으깨어 놓는 듯한 소리였다. 곧 여자의 신음소리가 들려왔다. 그는 자신의 맥박수가 평균치를 앞질러 뛰고 있음을 알았다. 그리고 등골이 오싹할 정도로 소름끼치는 여자의 목소리가 들려왔다. 그는 순간 새우잠에 들었던지 감고 있던 눈이 번쩍 떠졌다. 그리고 자리에서 일어나 철문에 조심스럽게 귀를 갖다 대었다. 바스락거리는 소리와 함께 작업실의 철문이 비스듬히 열렸다. 남자는 힘겨운 목소리를 내뱉었다. 무엇인가 무거운 것을 등에 이는 것처럼 힘겨워 보였다. 무서운 기운이 감도는 가운데 그는 발자국 소리에 귀를 쫑긋 세우고 요의 주시했다. 남자의 발자국 소리가 멀어지자 그는 안도의 한숨을 내쉬었다. 불안처럼 엄습한 온갖 상상도 일순간에 기포처럼 머릿속에서 사라졌다. 그는 재킷 주머니에서 담배 한 개비를 꺼냈다. 라이터 불을 켜고 스위치를 찾아 형광등 불을 밝혔다. 그리고는 담배에 불을 붙였다. 아무래도 모든 작업을 빠른 속도로 끝내는 것이 좋을 듯싶어 분주하게 움직였다. 세 개의 마대가 사용되었고 한 개의 마대를 자신의 코란도 자가용으로 옮기는 데 십여 분 정도의 시간이 소요되었다. 마지막 마대를 짐칸에 옮기고 그는 자신의 차에 올라타 주위를 한 번 살폈다. 인기척은 들리지 않았다. 후문 쪽에 차를 주차해두었기 때문에 차가 발각되었으리라고는 생각지도 않았다. 그는 비포장 길을 달렸다. 차가 몹시 흔들리며 그는 어둠 속을 매섭게 달리고 있다.

2

저녁 일곱 시, 그녀가 눈을 떴을 때는 망치로 얻어맞은 듯 머리가 아파 정신을 차릴 수가 없었다. 의지가 남아 있다면 그녀는 침대에서 일어나야만 한다는 것을 알았다. 그녀는 자신의 의지로 벽걸이용 시계를 바라보았다. 그녀는 지난밤의 시간에 대하여 아무것도 떠올릴 수 없다. 자기 자신이 낯선 침대에 누워 있고 낯선 방에 있다는 것만은 틀림없다. 영문을 모른 채 그녀는 물을 찾았다. 되도록 빠르게 이곳을 벗어나야 한다는 것만은 틀림없다. 알몸인 채로 옷가지들은 방바닥 이곳저곳에 던져져 있다. 부끄러움과 수치심이 가슴을 가득 채웠다. 그녀는 머리채를 쥐어흔들었다. 침대에 걸터앉은 채로 지난밤에 있었던 일을 떠올렸지만 기억이 나지 않는다. 그것이 그녀의 마음을 두려움으로 몰고 갔다. 그녀는 자신의 가방부터 찾았다. 모든 물건이 그대로 있는 걸 보면 그나마 다행이라는 안도감마저 들었다. 그러나 치부 쪽에는 끈끈한 점액이 묻어있다. 분명 강간을 당한 것은 틀림없는 일이다. 그녀는 옷을 주섬주섬 챙겨 입고 밖으로 향하기 시작했다. 붉은 카펫이 깔린 계단을 허겁지겁 내려가다 보니 방안에 신발을 벗어 놓고 왔음을 알았다. 그러나 그녀는 올라갈 생각조차 하지 못하고 있다. 왜 자신에게 이러한 일이 벌어졌는지에 대하여 괴로울 뿐이었다. 그녀의 눈가에 눈물이 맺혔다. 전날 밤 마셨던 술에 수면제를 탔다는 추측이 앞설 뿐이다. 시간이 꽤 흘렀음을 알 수 있다. 그녀는 걱정이 앞서갔다. 말하자면 두 아이들을 놓고 외박을 한 것이다. 다혈질인 남편의 성격으로 본다면 가만히 있지는 않을 것이다. 어쨌든 그녀는 모텔을 빠져나와 택시를 잡고 집으로 향했다. 택시 안에서 그녀는 손을 부들부들 떨었다. 마스카라의 검은 먹물이 턱까지 눈물과 맺혀 방울방울 떨어진다. 두려움과 허탈함은 자신의 감정 속에 존재하지 않았던 것들로 인식하고 있었다. 그러나 자신의 것들로 여겨졌을 때 그 감정들은 날카로운 창이었다.

핸드폰 소리가 요란하게 울리자 그녀는 감전된 사람처럼 몸을 바들바들 떨었다. 그녀는 남편 최철중의 전화라는 느낌이 뇌리를 스치자 더욱 불안해하였다. 그녀는 궁색한 변명을 떠올렸다. 그러나 남편에게 더 이상 늘어놓을 궁색한 변명이란 없어 보였다. 그녀는 며칠 전 남편이 휘두른 몽둥이에 어깨의 멍 자국이 남은 상태다. 그러나 전화를 받지 않는다면 최철중은 미친 듯이 자기 자신을 패대기치며 짓밟을 것이다. 그녀는 가방 속에 든 S사의 핸드폰을 꺼내 들어 발신번호를 확인하였다. 알지 못하는 번호이다. 지역번호는 수원이었다. 그렇다면 남편이 수원 어디쯤 공중전화 부스에서 전화하는 것일까라는 추측을 해본다. 그녀는 핸드폰을 받아 두려움과 떨림을 애써 추스르며 나지막이 물었다. 낯선 음성이 들려왔다. 그녀는 물었다. 그 남자의 웃음소리는 역겨울 정도로 혐오스러웠다.

"이제 집으로 가시는가 보죠. 어젯밤은 즐거웠습니다."

그녀는 그 말뜻에 대하여 어렴풋이 짐작할 수 있었다. 그녀는 목에 동아줄이 묶인 듯이 무엇인가를 자신의 목에서 풀려고 더듬거렸다.

"어제…그 술집에…."

그녀는 더듬거리며 말했다.

"이제야 내가 누군지 아는구먼!"

"대체 왜 그래요, 뭘 원하세요."

그녀는 당장이라도 핸드폰을 창밖으로 던져버리고 싶었다. 운전기사는 룸미러로 힐끔 훔쳐보고 있다. 그녀는 이 모든 것이 꿈이길 바랐다. 그녀는 알몸인 채로 침대에서 누워 있었음을 알았다. 그 기억이 자신을 불안하게 하는 한 요소임에는 틀림없다.

「이 작자가 내게 무슨 짓을 한 거지. 설마….」

그녀는 속으로 생각하였다. 그리고 자신의 핸드폰 번호를 그 작자가 어떻게든 알아냈을 것이다. 가방과 지갑 속에 없어진 물건은 없었지만 뒤적거린 흔적은 많았다.

"당신 집 주소도 알아. 그리고 당신의 몸매는 죽여주던데. 이 사진을 집으로 보낼까, 아님 필름과 함께 불에 태워버리는 게 좋을까!"

그 남자의 목소리는 모멸감마저 느끼게 하였다. 그녀는 지난밤의 잃어버린 기억을 떠올리려 애썼다. 그 작자의 얼굴이 가물가물 떠오를 뿐이다. 삭제된 그 기억 때문에 그녀는 미칠 지경이다. 그 작자의 얼굴이라도 또렷이 떠올릴 수만 있다면 어떤 조치라도 취할 수 있을 것만 같은 조급한 심정이었기 때문이다.

그녀의 직업은 노래방 도우미였다. 남편인 최철중은 직장에서 일용직 사원으로 근무하고 있었다. 쥐꼬리만 한 봉급으로는 터무니없는 생활비였기 때문에 남편 몰래 노래방 도우미를 육 개월 동안 하고 있었다. 오늘 같은 끔찍한 일이 벌어지리라고는 상상도 못하였다.

지난밤, 코를 골며 잠에 빠진 최철중 몰래 그녀는 일어나 옷가지들과 가방을 챙겨 밖으로 나갔다. 지하 단칸방을 빠져나온 그녀는 어두운 골목을 뛰었다. 봉고차 한 대가 대기하고 있었는데 그녀는 차에 올랐다. 차안에는 이미 여러 명의 여자가 타고 있었다. 아르바이트를 하는 대학생, 유부녀, 그 중에서도 친한 친구도 있었다. 미혼모인 이미숙이었다. 그녀는 자신과는 다르게 이 분야를 즐기는 편이었다. 노래, 춤, 술, 섹스 등 그녀는 모든 것을 유희하듯 즐겼다. 봉고차 안에서 화장을 고치고 그 둘은 번화가인

한 유흥업소에 들어갔다. 이번 수입은 꽤 짭짤한 것이어서 노래방 대신 가라오케로 선택한 것이다. 홀 안으로 들어간 두 여성은 이미 여러 병의 양주를 먹고 취기에 달아오른 두 남성과 대면하였다. 정장 차림의 두 남성은 깔끔한 외모로 두 여성을 친절하게 대하여 주었다. 노래방 도우미를 하면 으레 가슴과 허벅지, 치부까지 더듬어 가며 탐욕을 즐기는 남자들이 아닌가? 그러나 그 두 남성은 술과 노래를 하면서도 몸을 더듬거리지 않았다. 또한 두 남자는 이차를 요구하지도 않았다. 사실 그녀는 이차에는 나가지 않았다. 아니, 그럴 생각조차 하고 있지 않았다. 그녀는 두 남자의 취기에 맞춰 술을 마시고 노래를 불렀다. 매일같이 반복되는 술타령에 그녀의 속은 쓰리고 아팠다. 하지만 두 남자들이 건네는 팁은 상당한 액수였다. 한 남자는 자신을 사업가라고 말했고, 여자처럼 예쁘장하게 생긴 한 남자는 대기업 홍보실에서 근무한다고 하였다. 그러나 그녀는 별 관심이 없었다. 그 정도의 돈주머니면 얼마든지 팁을 줄 것이라고 생각할 뿐이다.

그녀는 폭탄주 한 잔을 들이키고 나서 속이 메스꺼웠다. 그녀는 호실을 빠져나와 화장실로 향했다. 화장실로 향하던 중, 몸을 잽싸게 피하는 누군가의 그림자가 눈에 들어왔다. 그러나 그녀는 이내 화장실로 들어가 구토를 하고 있었다. 그리고 다시 호실로 들어갔을 때 이미숙과 예쁘장하게 생긴 남자는 보이지 않았다. 그리고 사업가 남자가 한 잔 건넨 술을 마시고 그녀는 테이블로 쓰러진 것이다.

그녀는 택시에서 내려 빠른 걸음으로 집으로 향했다. 일방적으로 끊은 핸드폰에서 벨이 울린다. 그녀는 받지 않았다. 계속해서 울리는 벨이었다.

"당신이 원하는 게 뭐예요!"

그녀는 전화를 받자마자 버럭 화를 내었다. 그러나 전화가 이내 끊기었다.

3

　암흑 속에서 유독 드러나는 실체는 최철중이 운전하는 차의 헤드라이트에 그림자 같은 좁은 길과 숲이었다. 헤드라이트 불빛이 그나마 험악한 지형과 우람한 산의 정적을 깨고 한적하고 평화로운 자연을 드러내 주었다. 비포장 길이라 차체와 최철중의 몸은 몹시 흔들렸다. 그가 차를 세운 곳은 사방이 어둠에 둘러싸여 있고, 바로 앞은 숲이었다. 그는 트렁크를 열어 곡괭이와 삽을 꺼내 들고는 랜턴을 비추며 숲으로 향했다. 길은 가파르고 비좁은 길이었다. 십여 분 정도 올라갔을까, 그는 올라가던 길을 놔두고 덤불과 나뭇가지를 치우며 길이 아닌 비탈길 깊숙한 곳으로 향했다. 자기 자신도 두렵기는 마찬가지였다. 매서운 바람이 불고 나뭇가지들은 흔들렸다. 그리고 어디선가 올빼미 소리가 들려왔다. 그는 랜턴을 비춰가며 발을 내디뎠다. 발을 잘못 디뎌 미끄러져 뒹굴었고 정신을 차릴 때쯤 몸속까지 날카롭고 뾰족한 나무가 허리의 살을 파고들었음을 알았다. 작은 통증이 전달되었지만 고통을 느낄 만큼 한가롭지 못했다. 다행히도 깊숙이 박히지 않아 쉽게 뽑을 수 있었다. 그는 랜턴과 곡괭이와 삽을 다시 집어 들었다. 그는 자신이 지나온 길을 잃어버리지 않기 위해 지나온 길을 더듬거렸다. 그는 조금 더 걸어 들어갔고, 랜턴을 비탈진 땅에 비추어지도록 나뭇가지에 걸어두었다. 그는 거친 숨을 몰아쉬며 귀를 쫑긋 세우고 주위를 살피었다. 그리고 그는 있는 힘껏 곡괭이질을 하였다. 얼마의 시간이 흐르자 그는 재킷을 벗어 던지고 얼굴에 맺힌 땀방울을 옷소매로 닦아내었다. 힘이 드는 일이기는 하였지만 그는 지체할 수 없었다. 구덩이를 어느 정도 파 놓고 그는 그 자리에 풀썩 주저앉았다. 힘에 부친 것이다. 그는 벗어 놓은 재킷 주머니에서 담배를 꺼내 물었다. 여느 때와 달리 담배 맛은 독특하였다.

"이렇게 하면 실패할 리는 없을 것이다."

그는 혼자 중얼거렸다.

그는 담배꽁초를 파놓은 구덩이에 인지로 퉁겨 넣었다. 그리고 차가 있는 곳으로 빠르게 내려갔다. 트렁크에 실린 토막 난 사체의 마대는 피로 흥건히 젖어 있었다. 마대를 어깨에 짊어졌을 때 등을 촉촉이 스며들며 적시는 피였다. 자신이 파놓은 구덩이까지 이십여 분의 소요가 되었고, 그는 매우 지쳤다. 거친 숨을 헐떡이며 두 번째 마대를 옮기기 시작하였고, 세 번째 옮기는 중에 그는 발을 접질렸다.

"젠장, 빌어먹을!"

그는 몹시 분개하며 화를 내었다.

  그는 다리를 절룩거리며 마지막 마대를 구덩이에 던져 놓았다. 이미 자신의 몸이 진흙에 범벅이 되었음을 알았다.

  "생명이란 영원할 수는 없는 거야. 현실은 단지 희곡에 지나지 않아. 그래, 그것뿐이야. 모든 동물들이 인간에 의해 죽듯이 인간 또한 신에 의해 죽는 것이니까? 하하― 정말로 인간의 감정과 이상은 바보 같은 거야. 하찮은 것에 너무 가치를 두고 영원불멸의 것처럼 포장을 해두니 말이야!"

  그는 혼잣말로 중얼거렸다. 그는 너무 시간을 지체한 것 같아 자신의 오른쪽 다리를 마비시키는 통증을 꾹 참고는 삽질을 하였다. 그는 다 묻고 난 뒤에 흔적을 감추기 위해 낙엽을 그 위에 덮었다. 이젠 끝이다. 그 목숨은 이제 영원히 땅속에 파묻혀 썩어 없어질 것이다. 그리고 날이 밝기 전, 그는 자신이 입고 있던 옷가지들과 살해 도구들을 없애야만 한다. 그는 차로 내려와 트렁크에 실어 놓은 갈색 가방을 꺼냈다. 옷가지들이다. 그가 전날 입고 출근한 옷가지들이다. 그는 미리 남대문시장에서 헐값에 사 놓은 옷을 입고 있었다. 검정색 면바지와 검정색 폴라티, 재킷 모두 검정색이다. 그것은 어둠 속에서 모든 일이 진행되기 때문에 검정색을 선택한 것이다. 그는 벙거지를 벗고 재킷, 윗도리와 바지를 벗어 갈색 가방 속에 든 옷으로 갈아입었다. 벌써 새벽 네 시다. 그는 벗어놓은 옷을 다시 갈색 가방 속에 우겨넣고, 곡괭이와 삽을 트렁크에 싣고는 차를 몰아오던 길로 되돌아간다. 그는 보아두었던 하천으로 덜컹거리며 비포장 길을 매섭게 달려갔다. 비포장 길과 산은 급속도로 빠져나가는 작은 불빛에 의해 검은 암석으로 굳어갔다. 사륜구동의 엔진소리는 멧부리를 깎아내리듯이 정적의 비포장 밤길을 거칠게 내달리고 있었다. 차가 지나가고 난 뒤에 보풀처럼 일어났던 먼지들이 안개처럼 자욱하게 흩어졌다. 하천에 다다르자 그는 급브레이크를 밟았다. 그는 트렁크에 실린 갈색 가방과 곡괭이와 삽을 들고 경사가 가파른 길을 빠른 속도로 내려갔다. 그는 갈색 가방을 열어 그 속에 주위에서 조달한 무거운 돌을 담아 지퍼를 올렸다. 그리고 하천에 힘껏 던져버렸다. 그리고 곡괭이와 삽도 하천에 내던져졌다. 그는 뒤돌아볼 틈 없이 경사진 곳에 손을 짚어가며 미끄러지기도 하였지만 올라갔다. 그는 다시 차를 몰아 도시로 향했다. 그가 마지막으로 알리바이를 만들 수 있는 곳은 찜질방이나 여관이다. 그의 계획대로라면 여관으로 가야 할 것이다. 그러나 그에게 다른 생각이 떠오른 것이다. 찜질방이 장소로 더 적합할 것으로 생각하였지만 선뜻 결론을 내리지 못하였다. 그는 흥분되고 긴장된 마음을 가라앉히기 위해 오디오에 테이프를 넣었다. 그는 음악에 대하여 문외한이었다. 아니, 음악 자체를 싫어했다. 그러나 오늘만큼은 자신의 감정이 몹시 긴장하고 있었던 탓에 음악을 틀어놓고 알지도 못하는 가사를 흥얼흥얼 따라 불렀다. 그는 긴장한 탓인지 시선을 백미러에서 오랜 시간 뗄 수가 없었다. 운전하는 도중에 그는 잠시라도 긴장을 늦출 수가 없었던지 좌우로 창밖을 살피었다. 비포장 길을 빠져나오기 무섭게 국도에 진입하자 간간이 차들이 지나가고 있었다. 그는 상대의 차가 헤드라이트를 비추고 지나갈 때마다 몸을 본능적으로 낮추었다. 운전대를 잡은 손가락은 피아노 건반을 두들기듯 움직였다. 물론 카 오디오에서 흘러 나오는 음악소리에도 상관이 있어 보였다. 그는 담배를 찾았으나 담배가 재킷 속에 들어있다는 것을 알고 초조해지기 시작하였다. 담배는 그에게 흥분한 감정을 진정시킬 수 있는 유일한 마약이었다. 그가 용인시에 들어왔을 무렵 이미 날이 밝았다. 거리는 한산하였다. 차 창문을 조수대 쪽까지 내리고서야 허파에까지 가득 차버린 새벽공기의 시원함을 만끽할 수 있었다. 그 감정은 성취감에 사로잡히게 할 정도로 자극적인 것이었다. 그는 여관 대신 찜질방으로 향했다.

4

최철중은 잠들어 있지 않았다. 몹시 피곤하였지만 그는 눈을 감고 많은 것들을 떠올리고 있었다. 작업장에 최첨단 기계들이 들어오고 직장 안에 떠도는 소문은 그 최첨단 기계로 인하여 구조조정이 된다는 것이었다. 그가 할 수 있는 일이란 작업장 내에서의 일 뿐이다. 별다른 기술이 없는 그로서는 구조조정의 일순위로 손꼽아 보기 때문이다. 또한 그는 아내와 잠자리를 한 달 동안 갖지 못했다. 섹스를 요구하면 아내는 피곤하다는 식으로 잠자리를 피해 왔다. 어느 날은 새벽에 그녀가 사라지고 없음을 알았다. 그는 잠을 이루지 못한 채로 아내가 오기만을 기다렸다. 아내가 들어온 시간은 동이 트기 바로 전쯤이다. 아내는 술에 취한 채 몸을 비틀거리며 프랑스제 스킨베이지 색상의 투피스 잠옷으로 갈아입었다. 그런 아내의 행동에 최철중은 매우 화가 나 있었다. 그는 아내가 다른 사내와 놀아나고 있을 것이라고 의심을 하였다. 어느 날은 야근을 하고 새벽 늦게 들어왔을 때, 아내는 침대에서 깊은 잠이 들어 있었다. 그는 그녀의 입가에 코를 가까이 하고는 개처럼 킁킁 냄새를 맡았다. 하루도 빠짐없이 취해 들어오는 그는 아내를 의심하지 않을 수 없었다. 그는 이불을 들춰 그녀의 아랫도리를 살펴보기로 하였다. 만약 다른 사내와 그 짓을 벌이고 피곤하여 몸 씻는 것도 잊어버리고 곯아떨어졌다면 정액이 묻어 있을 것이라는 생각이 들었다. 그는 조심스럽게 잠옷 바지를 내려보았다. 그리고 코로 킁킁 냄새를 맡아보았고 정액이 묻어 있나 손으로 살며시 음모 주위를 더듬거렸다. 그녀는 이미 목욕을 끝마쳤는지 바디로션의 레몬 향이 물씬하다.

그날 밤도 그는 깊은 잠을 이루고 있지 못했다. 침대를 살짝 빠져나가는 인기척이 들리더니 방문이 조심스레 열리었다. 아내였다. 그는 아내가 무엇을 하는지 뒤쫓아 보기로 하였다. 자신의 예리한 직감이 맞아떨어지자 그에게는 알지 못할 전율이 감돌았다.

그는 아내의 뒤를 밟으면서도 뒤도 돌아보지 않고 뛰어가는 아내를 쉽게 뒤따를 수 있었다. 아내는 회색의 봉고차에 올라탔다. 한 사내가 차문을 닫아주고는 바로 조수 쪽 문을 열고 탔다. 그는 자신도 감출 수 없는 분노로 두 주먹을 불끈 쥐었다. 그는 봉고차의 뒷모습을 지켜 바라보다 지나가던 택시를 도로까지 뛰어나가 잡아타고는 봉고차를 추격하였다. 그는 운전기사에게 절

대로 놓쳐서는 안 된다며 필요하다면 요금을 두 배로 주겠다고
하였다. 뒤를 쫓으며 봉고차의 차량번호를 외워두었다. 그리고 용
인시의 번잡한 도시로 접어들자 봉고차는 가라오케 앞에서 차를
세워 두었다. 두 여자가 내리더니 차 속에 앉아 있는 누군가에게
밝은 미소로 말하고는 가라오케로 들어갔다. 그는 화가 치밀었다.
당장이라도 아내의 멱살을 잡아 거리에 발가벗겨놓고 내동댕이
치고 싶은 심정이었다. 그는 택시 운전사에게 조금만 기다려주면
택시비를 몇 배로 주겠다고 약속해놓고는 가라오케 지하 계단을
조심스럽게 밟아 내려갔다. 술에 취해 노래 부르는 시끄러운 마
이크 소리와 음악이, 굴뚝에서 뿜어져 나오는 연기처럼 흘러 나
왔다. 조심스럽게 입구로 들어서자 불손한 태도로 앉아 껌을 불
량스럽게 씹고 있는 뚱보 아줌마가 시선을 주었다. 뚱보 아줌마
는 카운터 모서리 쪽에 두 발을 자신의 몸의 일부가 아닌 것마
냥 포개어 올려놓고 빈정거리다가 그를 보고는 두 다리를 카운
터 아래로 모아두고는 오른 쪽 인지에 끼어 있던 담배꽁초를 재
떨이에 짓뭉갰다. 그 행동은 그가 들어섰기 때문이 아니라 두 다
리에 쥐가 날정도로 오랜 고정된 자세였기 때문에 자세를 바꾸
기 위한 행동이었을 뿐이었다. 그것뿐만 아니라 게으른 뚱보 아
줌마에게 여성으로서의 자신만의 호르몬이 존재하고 있지 않을
정도로 불손하고 거친 태도였다. 대강 이곳이 어떤 곳이라는 것
을 짐작할 수 있었다. 그는 아내에게 배신감마저 느꼈다. 그는 몸
을 바들바들 떨었고 두 손에는 어떤 저항도 없이 불끈 힘이 모
아졌다. 그러나 그는 자신의 마음속에 「이래서는 안 되지, 조금은

참을성 있게 지켜보아야 돼.」 하고 천사적인 말로 자신을 달랬다. 그는 다분히 자신의 화를 억제하려고 노력하였다. 그는 방금 전에 들어간 여자의 호실을 물었다. 마침 맞은편 호실이 비어 있고 유리는 코팅지가 발라져 있어 유심히 살펴보지 않으면 안이 보이지 않았다. 그는 맞은편 호실로 들어가 양주 한 병을 시켰다. 그는 양주병을 든 채 마셨고 코팅 틈바구니로 맞은편을 살피었다. 그의 눈가엔 눈물이 흘렀다. 배신감도 아니고 자괴감도 아니었다. 단지 울컥 하며 목까지 차오른 울분 때문이었다. 아내가 새벽에 나가는 이유가 노래방 도우미를 하기 때문이었다는 것은 그로서는 참을 수 없는 일이다. 그는 자신도 모르게 양주병을 벽에 있는 힘껏 던져 깨 부셨다. 바닥은 마치 투명한 보석을 깔아 놓은 듯 조명에 번쩍이는 유리조각들로 깔려 있다. 잠시 뒤, 두 명의 건장한 사내 두 명이 들어와 그를 가볍게 들고는 끌고 나갔다. 그는 잠시 카운터에서 그들과 실랑이를 하였지만 두 사내의 힘은 마치 벽을 미는 것처럼 힘이 부쳤다. 그는 몇 번 반항을 하다가 그의 아내가 입을 틀어막고 화장실로 빠르게 향하는 것을 보았다. 그는 가라오케 입구까지 들러 입구에서 패대기를 당하였다. 그가 자리에서 일어나 본능적으로 들어가려 하자 한 사내의 강력한 주먹이 그의 아귀를 지나갔다. 그는 잠시 몽롱한 정신 상태에서 입가에 흐르는 따듯한 기운의 피를 손등으로 훑었다. 건장한 사내의 기둥서방이 사라지고 난 뒤 그는 발로 가라오케의 입간판을 걷어찼다. 그리고 그는 붙잡아둔 택시로 향했다.

5

　찜질방으로 들어선 최철중은 남자 탈의실에서 흰 가운으로 갈아입고 숙면실로 들어가 누웠다. 허리에 약간의 통증이 느껴졌다. 마치 바늘이 자신의 몸 속 깊숙이 파고드는 느낌이다. 그는 가운 사이로 황토색 빛깔의 살을 더듬으며 통증 가까운 허리를 짚었다. 붉은 피가 주위에 응고된 채 굳어 있었다. 그는 깊게 숨을 내쉬고는 드러낸 상처부위를 가운으로 덮었다. 그는 자신이 세운 계획을 다시 떠올리며 문제점을 발견하려고 차근차근히 되짚었다. 그의 마음에 걸리는 것은 하천에 버려 둔 옷가지와 곡괭이, 삽이었다. 그리 깊지 않은데다가 인근의 농업 용수로이기 때문이다. 가뭄이나 농사철에 발견이 될 수도 있는 노릇이다. 완벽한 계획을 짜기 위해서는 자신의 작업복을 하천에 버리지 않는 것이다. 그는 작업복을 지하철 사물함에 넣어두는 것이 낳을 듯싶었다. 그 곳이라면 열쇠로 잠가놓고 그 열쇠를 하수구나 쓰레기 더미에 버린다고 하여도 쉽게 발견되지 않을 것 같아 보였다. 아니면 불을 지르는 것이다. 휘발유를 준비하여 두었다가 불에 태워 없애는 것이 완벽한 구상일 것이다. 그러나 단시간 안에 처리하기로써는 불에 태우거나 가까운 수원 역에 다녀오는 것이야말로 흔적을 더 남기기에는 충분한 시간으로 계산되었다. 그는 하천에 버리기를 잘했다는 생각의 원점으로 되돌아왔다. 그리고 묻은 사체는 인적이 드문 곳이라 쉽게 발견되지 않을 것이다. 땅을 파 놓았기 때문에 황토가 누렇게 드러나 다른 곳에 비해 사람 손길이 닿았다는 인상을 줄지는 몰라도 며칠 동안 발각이 되지 않으면 그 흔적조차 찾기 어려울 것이다. 그러나 마지막 알리바이가 맞지 않는다. 찜질방에 까닭도 없이 누워 있었다는 것은 의심이 갈 것이다. 동료나 주위 사람들도 찜질방에 자주 드나드는 최철중이라고 인식되어 있지 않기 때문이다. 마지막 장소가 고민되는 최철중이었다. 아무래도 찜질방은 무리인 듯싶다는 생각이 들었다. 여관뿐이다. 색정과 술, 담배를 좋아하는 최철중으로서는 여관이 제일이다. 그러나 여관으로 장소를 정한다면 빠른 시간 안에 일을 처리해야만 한다. 그렇다면 동료 한 사람과 술을 먹어야 하고 술 냄새를 풍긴 채, 여관에 투숙하여 여자를 부르고 섹스를 하고 난 다음, 여자를 돌려보내고 나서 동료는 옆방에서 자고 최철중 또한 맞은편 방에서 자면 되는 것이다. 여자를 돌려보내고 난 뒤에 계획대로 하면 되는 것이다. 오늘밤의 일들은 모두 예행연습이었다. 돼지 한 마리를 사업장에서 훔쳐 도살한 것이다. 사람이라면 한 방에 나가 떨어졌을지도 모르는 일이다. 그러나 돼지는 정수리를 빗겨 내려치면 죽지 않는다. 그는 코에서 피를 쏟아내는 돼지의 머리를 두어 번 가격하고 나서야 쓰러뜨린 것이다.

그는 더 이상 어떠한 생각도 떠올리기 싫었다. 주 5일제 근무라서 토요일 한 낮 동안 찜질방에서 잠이 들었다.

6

　지하 단칸방으로 들어섰을 때, 남편은 보이지 않았다. 아이들은 잠에서 깨어 울고 있었다. 그녀는 행주를 쥐어짜듯이 잡고 들어온 두려움에서 한시름을 놓았다. 그녀는 초등학생 육 학년인 최한솔에게 물었다. 다행히도 최철중은 외박을 한 것이다. 두 아이들을 학교에 보내고 난 뒤, 그녀는 핸드폰의 배터리를 빼놓았다. 그녀는 두려움을 잊기 위해 일을 찾아야만 했다. 빨래와 설거지를 끝내고 난 뒤에 그녀는 잠시 잠이 들었다. 오후가 못 되 학교에서 돌아온 아이들을 외가댁으로 잠시 보내는 것이 좋겠다는 생각이 들었다. 그녀는 아이들에게 새 옷을 입히고 옷가지들을 챙겨 가까운 버스정류장으로 향했다. 그녀가 경기도 이천시를 다녀오고 난 뒤 소요된 시간은 불과 세 시간이다. 그녀는 무엇보다도 남편이 알게 될까 봐 두려웠다. 문을 두들기는 소리가 들려왔다. 그녀는 경련처럼 몸을 떨었다. 확인한 바로는 집배원이었다. 집배원이 건네준 것은 속달로 온 소포였다. 보내는 사람의 이름이 명시되어 있지 않아 그녀는 뜯어보고 싶지 않았다. 전화가 울리고 그녀는 또 한 번 섬뜩 놀랐다. 수화기를 들자마자 음색이 깔린 남자의 목소리가 들려왔다.

　"오늘 중으로 소포가 도착할 거야, 받는 즉시 뜯어보라구. 그런 사진은 수천 장도 더 찍어낼 수 있어. 기한은 일주일이야. 일주일 내로 천만 원을 만들어 놓으라구. 그럼 그때 가서 다시 연락하지."

그리고 전화가 끊겼다. 그녀는 한참 동안 수화기를 들고 있었다. 그녀는 수화기를 그 자리에 내던지고는 소포의 포장을 고양이 발톱으로 할퀴듯이 뜯어냈다.

그녀의 나체가 찍힌 사진이다. 그리고 성행위 하는 장면도 있다. 그녀는 정신을 잃을 번하였다. 그녀는 노래방 도우미 일을 하면서 부족한 생활비를 벌기 위해서일뿐 다른 사내와 섹스를 하지는 않았다. 그러나 그녀의 의도와는 다르게 함정에 빠진 기분이었다. 그녀는 방도를 떠올렸지만 아무런 방도가 없다. 그들이 요구하는 돈은 상당한 금액이었다. 그녀는 방바닥에 주저앉아 넋을 잃고 말았다. 정신을 차린 후 그녀는 사진을 쓰레기봉투에 담아 인근 공터에서 불을 질러 태웠다. 그녀는 불안한 기색으로 주위를 살폈다. 누군가가 자신을 지켜보고 있다는 중압감마저 든다. 그리고 그녀는 방도를 찾기 위해 집에 들어서자 수화기 쪽으로 달려가 포주에게 전화를 걸었다. 포주는 한결같이 모른다는 식으로 시치미를 뗐다. 그녀로써는 더 이상 그들이 누군지 알아볼 방도가 없었다. 난감할 뿐이다. 그녀는 신을 원망하기 시작하였다. 「저는 부유한 자도 아니요, 그렇다고 재능이 뛰어난 여자도 아닙니다. 이 세상에 태어나서 온갖 고생을 하며 바동바동 먹고살려는 제게 고통을 주시나이까. 정말 원망스럽습니다. 차라리 제 목숨을 가져가 주시든가요.」 그녀는 흐느껴 울었다. 그녀가 노래방 도우미 일을 시작할 때에 다른 사내들이 자신의 복부 아래와 가슴을 장난감처럼 갖고 노는 것이 혐오스러웠으나, 어느 순간부터 남자들의 그런 행동에 대하여 부끄러움이나 수치심조차 없이 만성이 되었다. 되레 그녀도 그런 생활이 즐거웠던 것이다. 그러한 감정들이 자신의 머릿속에 슬라이드처럼 지나가더니 그녀는 더 울분을 토해내었다.

7

찜질방에서 나온 최철중은 도축장으로 향했다. 그는 어젯밤에 자신이 잡은 돼지의 피가 사방으로 솟구쳤기 때문에 흔적이 남아 있지 않을까 하는 조바심으로 향했다. 그 돼지는 우리에 있던 돼지를 몰래 도축한 것이다. 그것을 도축하여 산에 묻긴 하였어도 그가 앞으로 부정한 아내를 그런 식으로 살해한 뒤에 완벽한 범행을 저지르기 위한 예행연습의 도구였을 뿐이다. 그러기 위해서는 살아있는 짐승이 필요했고, 개나 소보다는 돼지가 적합하였기 때문이다. 그는 정말로 아내를 그런 식으로 죽일 작정이었다. 그 분노는 아내의 배신감에 타오른 불이었다. 그는 아내에 대한 뜨거웠던 그 무엇 하나라도 기억하고 있지 않았다. 단지 복수심만이 뜨겁게 불타오르고 있을 뿐이다. 그가 도축장에 도달했을 때쯤 경찰들과 사장이 모여 웅성거리고 있었다. 순간, 돼지 한 마리를 몰래 도축한 사실이 발각되었다는 느낌이 들어 겁이 난 최철중이었다. 그는 운전대를 휙 돌려 달아나고 싶었다. 그러나 모든 시선이 자기를 향하고 있음을 알았다. 그는 정문 앞에서 차를 세우고 두 눈을 감은 채로 운전대에 머리를 박았다. 차 유리를 노크하는 정복 차림의 경찰관이었다. 최철중은 고개를 슬며시 들고는 액셀러레이터를 끝까지 밟았다. 차바퀴가 미끄러져 구르더니 아스콘에 타이어 자국을 남겼다. 그는 백미러로 여러 대의 경찰차가 쫓아오고 있음을 알았다. 사이렌 소리는 요란하게 들렸다. 여러 대의 경찰차가 차선을 바꿔가며 따라오고 있었다. 그는 빠른 가속을 내기 위해 저단 기어에 액셀러레이터를 힘껏 밟았다. 그는 자신이 내려는 속력보다 더 가속이 붙고 있음을 알았다. 그는 돼지 한 마리를 훔친 것에 대하여 후회하고 있다. 그 한 마리 때문에 수십 명의 경찰관이 모여들었다는 것이 최철중에게는 몹시 당황하고 두려웠던 것이다. 최철중의 차가 도시로 접어들자 도로는 아수라장이 되다시피 하였다. 신호를 무시하고 질주하는 최철중의 차는 많은 차들을 급정거하게 만들었고 접촉사고를 일으키는 요인이었다. 그는 자신의 행동이 돌이킬 수 없는 일이 되어버렸다는 것을 알았다. 그는 그들로부터 최대한 도망가는 수밖에 없었다. 그렇다고 하여도 한 번 빠진 수렁에서 헤어나올 수 없다는 것쯤은 최철중도 알고 있었다. 경찰차를 따돌리고 난 뒤에 그는 차를 버리고 도심을 뛰었다. 경찰이 최철중의 차를 발견한 것은 불과 십 여분 밖에 차이가 나지 않는다. 숨을 헐떡이며 최철중은 뛰었다. 그리고 숨이 가프고 지치자 그는 숨을 깊게 들이마시고 내쉬며 걸었다. 그의 눈앞은 싯누렇게 보였다. 얼마나 뛰어온 것인가? 자신이 버리고 온 차와는 이 킬로미터는 될 것이다. 그는 냉철함을 찾기 위해 차분히 걸었다. 그래야만 방법이 떠오를 것이다. 그리고 자신이 이 도시를 벗어나야 한다는 것쯤은 알고 있었다. 그는 택시를 세웠다. 그는 서울로 곧장 향하지 않고 수원 역으로 향했다. 그래야 그들의 추적에 명확한 흔적을 남기지 않는다고 판단하여서였다. 그는 지하철을 타고 서울로 향할 것이다. 그는 자신이 아는 모든 사람과 연락을 두절할 것이다. 경찰들의 수사 경향은 늘 자신하고 가까운 사람을 추적하고 범죄자는 가까운 사람에게 은둔처를 제공받기 때문이다. 그의 머리는 빠르게 돌아갔다. 마치 예전에 짜둔 시나리오 같이.

8

최철중의 아내는 두려웠다. 그녀는 자신의 가방에서 담배를 한 개비 꺼내 피워 물었다. 무엇보다도 자신에게 닥친 현실에 대하여 대처할 방도가 없다는 것을 알고 그녀는 몸을 바르르 떨었다. 남편이 이 사실을 알게 된다면 다혈질인 남편으로부터 해를 입을 것이다. 그녀는 남편 몰래 전세금을 빼어 그 녀석에게 돈을 주는 것이 현명한 방법이라고 느꼈다. 그녀는 더 현명한 생각을 하기 위해 고민에 빠졌지만 그 방법밖에 없다는 결론을 내렸다. 그녀의 머릿속은 신호등이 없는 교차로처럼 복잡하였다. 그녀는 냉정을 찾기 위해 부엌으로 향했다. 돈을 건네고 나서 그 일이 마무리 될 일이 아니라는 생각이 뇌리를 스쳤다. 그녀는 다른 방법을 구상하기에 이르렀다. 그 녀석이 돈을 받고 악몽 같은 일에서 손을 뗄 작자가 아닐 것이다. 그녀는 남편과의 십 수 년 결혼

생활과 자식을 잃고 싶지 않았다. 일순간에 모든 것을 잃어버릴 수 있다는 상상에 그녀의 억장은 무너질 듯하였다. 다리의 힘이 빠지고 음식조차 목을 넘기기가 어려웠다. 신문에서만 보았던 일이 자신에게 닥치리라고는 상상조차 못한 일이었기 때문에 당황한 것은 사실이다. 방안에서 감정을 추스르는 동안, 문손잡이가 거칠게 비틀어지더니 두 사내가 빠르게 들이닥쳤다. 그녀는 순간 숨이 멎을 듯 당황하여 마네킹처럼 출입문을 응시하며 바라만 볼 뿐이었다. 두 사내는 안방, 건넌방의 방문을 잽싸게 열고 살펴보았다. 그녀는 자신의 몸이 마비되어 아무것도 할 수 없이 방치된 채, 멍하게 바라볼 수밖에 없다는 것이 슬펐다. 그녀는 자신의 일로 두 사내가 들이닥친 것으로 알고 있다. 정신을 차리고 나서 그녀는 두 사내가 신발을 신고 아무런 예의도 없이 들이닥친 것에 대하여 분노하고 있다. 차라리 이런 수모라면 모든 것을 포기하고 싶은 심정이었다. 이곳저곳을 둘러본 두 사내는 서로의 눈을 마주치고 나서 멀뚱 서있는 최철중의 아내에게 다가갔다.

한 사내가 말했다.

"지금 최철중은 어디 있습니까?"

그녀는 터져버릴 듯한 심장을 보온통 손잡이를 쥐듯이 쥐어 냉정을 찾고 싶었다. 그러나 증가하고 있던 맥박의 수는 새미 가죽의 부드러운 감촉을 느끼던 감정마저 달아나게 하고, 더 뛰고 긴장된 몸은 대청에 주저앉을 듯이 떨고 있었다.

"무슨 일이죠? 대체 당신들은 누구죠?"

그녀는 두려움 속에서도 냉정하게 물었다. 두 사내는 자신들이 무례한 행동을 했다는 것을 지각하였는지 고개를 숙였다. 그리고 한 사내는 잠바 속주머니에서 검정색 지갑을 꺼내 자신의 사진이 부착되어 있고 경찰마크가 찍힌 증명서 같은 것을 보여주었다. 그녀는 두 사내가 경찰이라는 것을 알고 안도의 한숨을 내쉬었다. 그녀는 자신에게 처한 위기를 잘 대처해야 할 필요가 있다고 여겨졌다. 마냥 두려움으로 떨던 그녀의 전 모습과는 전혀 다른 모습이었다.

"당신 남편이 살해 용의자로 주목받고 있습니다. 사실 그가 도축장에서 도주한 사실로 보아서는 그가 범인이 맞습니다."

그녀는 그 말을 듣고 정신을 잃을 뻔하였다. 몸을 약간 휘청하였을 뿐, 이해할 수 없는 일이라 여겨졌다. 그녀는 남편이 다혈질이긴 하여도 살인을 할 정도로 냉혹한 사람이 아니었기 때문에 믿겨지지 않았다.

"차근차근히 말해줄 수 있나요."

그녀는 입술을 떨며 물었다.

"어제 한 남자가 살해되었습니다. 그것도 당신 남편이 근무하는 도축장 작업실에서 말입니다. 어젯밤 당신의 남편은 살인 시각 도축장에 있었다는 제보를 받았습니다. 부인의 심정은 이해합니다만, 남편이 어디 있는지 말씀하여 주셔야 됩니다."

그녀는 그 자리에 풀썩 주저앉았다. 그녀의 몸에서는 자신의 몸을 지탱하여줄 에너지가 외부로 방출되고 없었다. 그녀는 악몽이라고 여겼다. 두 사내는 그녀 앞에 커다란 두 기둥처럼 서있었다. 잠시 침묵이 흐르자 한 사내가 물었다.

“사내의 신원 파악은 아직 안 되었습니다만, 곧 밝혀질 것입니다. 주위에 혹시 남편과 사이가 좋지 않은 사람이 있었는지요.”

한 사내는 결과를 기다릴 수 없다는 듯이 물었다. 그 옆에서 그 동료로 보이는 한 사내가 거들었다.

“사체는 토막 난 채 숲에 파묻혀 있었습니다. 사체 부패 때문에 당장 신원을 알 수 없지만 곧 신원이 파악될 것입니다.”

그녀는 그 사내의 말이 압력 같아 보였다.

“전 잘 몰라요. 남편은 어제 들어오지 않았어요. 그리고 남편이 갈 곳은 어디에도 없어요. 남편은 고아원 출신이거든요.”

한 사내는 작은 수첩에 그녀의 말을 한 글자도 빠짐없이 배꼼이 채우고 있었다.

“어느 고아원이죠?”

“저도 잘 몰라요. 남편은 자신이 고아원 출신이라는 것에 대하여 매우 부끄러워하였기 때문에 제게도 어느 고아원이라고는 말하지 않았어요. 전 남편의 맘에 상처를 주지 않기 위해 묻지 않았어요.”

한 사내는 못 미더운 듯이 고개를 갸우뚱거렸다. 그리고 수첩의 칸을 빼곡히 채웠는지 한 장을 넘기며 기록 중이다.

“아니, 아내한테도 밝히지 못 할 정도로 고아원 출신을 부끄러워하였단 말입니까!”

그녀는 아무 대꾸도 하지 않았다. 그러자 두 사내는 최철중의 아내를 심문한다고 하여도 더 이상 알아낼 것이 없다는 듯이 작은 예의를 취하고는 사라졌다.

9

　최철중은 지하철 안이었다. 곧 서울에 당도할 예정이다. 그는 자신이 갈 곳이 없다는 것을 알고 있었다. 무작정 도피처로 서울로 향한 것이다. 그는 자신이 저지른 일을 감당할 수가 없었다. 그는 한 번도 절도나 경찰서에 가 본 일이 없다. 그는 아내에게 향한 자신의 분노가 어리석었음을 깨달았다. 그러나 뒤늦은 후회에 자신이 처한 상황을 되돌릴 방법이 없었다. 그는 마취제를 써 돼지 한 마리를 훔친 것이다. 그리고 숲에 파묻어 버린 것이다. 그리고 그는 자신에게 물었다. 자신이 정말로 아내를 그런 식으로 살해를 할 수 있었을까? 라고 자문한다. 그러나 그것은 분노이었을 뿐이다. 단지 자신의 아내가 자신을 속이고 노래방 도우미를 한다는 것 자체가 배신감이 들었다. 그는 아내를 떠올리자 다시 분노가 치밀었다. 그는 자신이 치밀하고도 들킬만한 상황이 아니었다고 의심이 간다. 그 날 밤, 그는 아내가 숨소리를 죽여가며 밖으로 나가자마자 미리 준비해두었던 계획대로 도축장으로 향한 것이다. 생체실험용으로 우리에 가둬두었던 돼지 중에 한 마리를 마취제를 써 도축한 것이다. 마취에서 깬 돼지는 날뛰기 시작하여, 허겁지겁 손에 잡힌 물건으로 두어 번 정수리를 비껴 가격한 것이다. 그는 그 돼지를 통해 아내를 살해할 계획이었다. 어찌 되었든 간에 돼지 한 마리를 도둑질 한 것은 분명한 일이다. 그것이 쉽게 발각되리라고 예상치 못했던 최철중은 도축장에 모여든 경찰들 때문에 몹시 당황하였던 것이다. 그는 이제 집으로 향하지 못할 것을 두려워하였다. 또한 감옥이 두려웠다. 자신의 성격이 다혈질임에도 그는 두려움을 몹시 느꼈다. 그는 도축장에 입사할 때부터 이력서에는 거리에서 주웠던 다른 놈팡이의 주민등록증에 적힌 본적의 주소를 옮겨 적었다는 것을 떠올렸다. 그는 자신의 상황을 빠르게 파악하고 있었다. 그렇다면 자신을 추적할 어떠한 인적사항도 기재된 것이 없기 때문에 추적이 불가능하다고 여겼다. 그는 아내의 인적사항으로 세금이나 물품을 구입하였기 때문에 어디에도 자신이 고아원 출신이라는 것을 아내만 알고 있을 뿐, 그 누구도 모르고 있다. 그는 한시름 놓을 수 있다. 그러나 걱정이 들었다. 주머니 속에 돈이 그다지 많지 않다는 것이다. 적어도 보름은 버틸 수 있을 정도였다. 그는 제 발로 경찰서로 찾아가 자수를 해볼까 하는 생각도 하였다. 그러나 두려웠다. 자신의 아내에게 감춘 실체며 또한 살해를 하려고 하였던 계획도 드러날 것이다. 그는 당분간 머물 거처를 마련하기로 하였다. 서울에 도착한 그는 분당으로 향했다. 여관을 잡고 그는 당분간 여관 밖을 나서지 않기로 하였다.

그는 여관에 머무는 동안 어린 시절을 떠올렸다. 그는 가슴이 메어지고 있었다. 뜨거운 기체가 자신의 눈가를 적시고 있다. 열여섯 살 때쯤, 그는 고아원을 가출 할 생각으로 뛰쳐나간 적이 있다. 달포를 채우고 몰골로 고아원에 되돌아왔을 때 김세라 수녀님은 여느 때처럼 자상하게 따듯한 가슴으로 안아 주었다. 그는 눈물을 쏟아 내었다. 참을 수 없는 뜨거움과 울분이 쏟아져 나오는 것을 그도 어쩔 도리가 없었다. 그는 자신이 부모로부터 버림을 받았다는 것에 매우 슬펐다. 왜 자신을 버려야만 하였는지, 그도 이해할 수는 없었지만 부모에 대한 분노는 또렷하였다. 수녀님은 서책 속에서 앨범 하나를 꺼내 작은 편지 봉투를 최철중에게 건넸다. 최철중이 다섯 살 무렵 버려졌을 때, 그의 주머니에 있던 편지였다. 수녀는 최철중에게 편지를 보여줄 때가 되었다는 듯이 그에게 읽어 보라 하였다. 그가 떨어뜨린 눈물방울은 편지에 적힌 글자의 잉크를 번지게 할 정도였다. 그는 싯누렇게 변색된 편지를 읽어 내려갔다. 자신의 이름과 나이, 출신이 명확하게 적혀 있었다. 그는 시력을 가리는 눈물을 손등으로 훔치고는 읽어 내려갔다.

「아들아, 네가 이 편지를 읽고 있을 때는 건장한 청년이 되어 있겠구나. 수녀님에게는 따로 편지를 부칠 생각이다. 수녀님에게 이 편지를 네가 청년이 된 뒤에 보여주라고 말이다. 그리고 무척 부모님에 대한 원망과 네 기억으로는 떠올릴 수 없는 부모에 대한 궁금증이 있으리라 생각한다. 네 아버지는 광부였단다. 진폐증에 일 년여 고생한 아버지는 네가 두 살 때 돌아가셨단다. 너를 보내는 어미의 심정은 이루 말할 수 없단다. 아버지가 돌아가신 뒤로 가난은 너를 무책임하게 버릴 수 있을 만큼 고통이었단다. 네가 부디 착한 아이로 컸기를 바란다. 부디 나를 용서하여다오.」

그는 편지지를 접혀졌던 대로 접어 편지봉투에 넣었다.

"그 뒤로 편지 없었습니까?"

그는 울먹이며 물었다.

수녀님은 눈을 지그시 감고는 머리를 숙였다. 그 일이 있은 뒤

로 그는 직업훈련소를 다니며 세공기술을 배웠다. 직업훈련소를
뛰쳐나온 것은 불과 두어 달만의 일이다.

　그가 여관에 머문 지 일주일이 지났다. 세상은 조용하였다. 그
는 거의 움직이지 않았기 때문에 체중이 늘었다. 사실 긴장감도
첫날과는 다르게 많이 풀렸다. 그는 중화요리와 야식, 아침은 되
도록 먹지 않고 잠을 잤다. 그는 아무 일도 할 수 없었다. 그가
여관을 한번 나선 적이 있었는데, 담배를 구하기 위하여 여관과
가까운 편의점에 들른 것이다. 그 외엔 점심을 먹고 이내 잠을
자거나 여관 주인에게서 얻은 여성 잡지를 수백 번 읽는 것뿐이
었다. 그는 몇 쪽에 인물, 풍경, 사진과 어떤 제목에 어떤 글귀가
있다는 것을 알 수 있을 정도였다. 그는 시간이 지루하였다. 생각
보다 비싼 음식을 먹었기 때문에 예상보다는 상당한 지출을 하
였다. 그는 다음 주까지만 머물기로 작정하였다. 그리고 그는 아
내를 잊고 있었다. 분명 경찰이 들이 닥쳤으리라. 적어도 한 통의
전화를 하여 주는 것이 좋겠다는 생각이 들었다. 어느덧 아내에
대한 분노는 온데간데없이 사라졌다. 테이프처럼 처음으로 되돌
릴 수 있다면 그는 노래방 도우미 하는 아내의 고충을 이해하고
많은 대화를 통하여 화해를 할 수 있을 것 같은 기분이다. 그는
자신이 행한 행동에 대하여 후회하고 있었다.
　스무 살 되던 해, 그는 스티로폼을 생산하는 공장에서 사내 여
직원과 사랑을 하였다. 그는 자상하고 아름다운 그녀에게서 모성
애를 느꼈다. 그는 그녀를 사랑하는 것이 최고의 행복이라 여겼

다. 자신의 그때의 일을 생각하여도 그때만큼 행복했던 짧은 순간이었다. 자신에게 닥칠 커다란 변화라는 것은 예고도 없었다. 그녀는 부장의 강압적인 방법에 의하여 강간을 당한 것이다. 한 편의 영화처럼 모든 것이 변화된 것이다. 그녀는 죄책감에 의해 삭발을 하고 절로 들어갔다. 비구니가 된 것이다. 그 이후로 그녀를 만나지 못하였지만 만난다고 하여도 과거의 아름다운 생활로 되돌아가기에는 어렵다는 것을 안다. 최철중은 진정으로 그녀를 사랑하였다. 현재도 그는 그녀를 사랑하고 있음을 확인하고 있다. 그녀와 헤어지고 난 뒤에 그는 오랜 시간동안 방황을 하였다. 그러던 중, 그는 안산으로 내려왔고 소규모의 사업장에서 경리를 보던 아내와 결혼을 한 것이다.

최철중은 여관방의 벽에 등을 기대고 키득키득 웃었다. 불혹의 나이를 넘긴 자신의 모습을 손거울로 보고 그는 웃음을 참지 못한 것이다. 눈가엔 눈주름과 흰 머리카락, 초췌한 모습이 비추어졌다. 그는 자신이 걸어온 삶을 돌이켜 보며, 자신에게는 저주가 씌워졌음을 알았다. 이 처한 운명이 자신이 태어날 때 진 죄라면 너무 가혹하다는 생각도 떠올랐다. 그는 차라리 가혹한 저주를 풀기 위해선 자신의 생명을 신께 드리는 것만이 유일한 방법이라고 생각하였다. 자신이 아내를 죽이려 했던 심정이나, 자신의 목숨을 끊는 심정과 같다고 여겼다. 그는 창문을 통해 갇혀오는 어둠을 받아들이며 혼잣말로 중얼거렸다.

「나는 그녀를 정말로 사랑했지. 그 감정은 신도 믿어 줄 수 있는 진실함이다. 그리고 나 자신을 속였던 감정들은 적어도 진실과 멀지 않다. 그녀는 비구니가 되었겠지. 왜 그때 나는 그녀를 찾아 나서지 않았을까.」

그는 흐느껴 울고 있었다.

이틀이 지난 화요일 저녁, 그는 여관과 멀지 않은 공중전화 부스로 향했다. 아내에게 전화를 걸었다. 아내의 목소리가 수백 킬로미터의 전선을 따라 잠긴 목소리로 들려왔다. 그는 자신의 입술이 얼음덩어리처럼 차갑고 굳어져 있는 것을 발견했다. 그의 아내는 남편이라는 것을 직감하고는 울부짖듯이 이름을 불렀다. 그는 아무 대답도 못하고 흐느껴 울었다. 아내는 수화기 속에서 흐느껴 우는 남편의 신음소리를 듣고는 그녀 또한 덩달아 울었다. 그녀는 남편의 흐느낌 속에서 지난밤 벌어졌던 살인 사건이 머릿속에 그려졌다. 남편이 그런 짓을 할 인물로 믿어지지 않았지만, 참회하듯이 흐느껴 우는 남편의 죄책감을 느낄 수 있었다. 그러나 그녀로서도 어떻게 할 방법이 없었다. 남편을 설득하려 하여도 가슴 깊은 곳에서 자신을 억제하고 있는 그 무엇인가가 있었다.

"지금 거기가 어디예요, 어디예요?"

그녀는 다그치듯 물었다. 그러나 남편의 대꾸는 없었다. 흐느낌 속에서 남편의 목소리가 나지막이 들려왔다.

"미안해, 여보. 일이 이렇게 커질 줄 몰랐어."

그리고 수화기에서 달각 하고 전화가 끊기는 소리가 들렸다. 한동안 수화기를 들고 남편을 불러 보았으나 들려오는 소리는 통신 음이 끊긴 소리뿐이다.

남편이 정말로 살해한 것일까? 그녀는 몇 번이고 되물었다. 그가 처한 현실이라고 믿어지지 않았다. 그리고 며칠째 전화 연락도 없던 공갈협박 전화가 걸려 왔다. 남편의 전화가 끊긴 이후 한 시간 뒤의 일이었다. 그녀는 숨을 고를 시간조차 없었다. 그 남자는 삐라처럼 누드 사진을 길거리에 뿌리고 다닌다고 공갈하였다. 절망적인 순간이었다. 그녀는 엉망진창이 되어버린 현실을 탓하였다. 처음 공갈협박을 받은 그 첫날과는 다르게 그녀는 두려움보다 분노를 느꼈다. 그녀는 자포자기라도 하듯이 욕을 퍼부었다. 그리고 전화를 끊었다. 그녀는 등에 짊어진 짐을 풀어놓듯이 한결 가벼워진 느낌이었다.

그녀는 남편이 걱정되었다. 남편에게 동정이 가는 것은 남편과 살면서 자주 느꼈던 감정은 아니었다. 아니, 잊었던 감정이다. 자신이 남편을 속여 가며 노래방 도우미를 한 것에 대하여 후회하고 있다. 가난이 힘들더라도 남편을 속이지는 말았어야 했다. 그러나 그녀는 가난이 지긋지긋하였고 노래방 도우미는 새로운 세계에서의 향락적인 쾌감과 돈을 버는 만족이었다. 그러나 그것으로 점점 남편과 거리가 멀어졌고, 깨닫기에는 너무 많은 시간이 흘렀음을 알았다.

10

최철중은 자신이 자란 고아원이 훤히 보이는 동산에 앉았다. 고아원 입구로 먼지를 일으키며 여러 대의 승용차와 봉고차가 보인다. 그는 차마 수녀님을 뵐 수가 없어 동산에 오른 것이다. 그는 소주병을 들어 입술에 갖다 대었다. 화살촉 같은 그의 목젖은 마치 피스톤처럼 위아래 주기로 움직였다. 봉고차에서는 자원봉사 하는 사람들과 비구니 한 명이 내렸다. 그는 눈썹을 미간에 끌어 모으고서라도 사람들의 얼굴을 면밀히 살피려고 노력하였다. 그의 중지 한 마디의 크기로 보이는 사람들의 얼굴을 알아볼 수는 없었다. 그는 고등학교를 졸업하자마자 고아원을 떠나 독립된 생활을 하였다. 그 이후로 되돌릴 수 없는 많은 시간이 흘렀다. 그는 자신의 심장이 모르게 뜨거워지는 것을 알고는 당황하였다. 아무리 사람이 작아 보인다고 하지만 수녀님의 얼굴은 알아볼만하였다. 그 수녀님은 비구니의 손을 잡아주고는 끌어안았다. 순간 최철중은 머리 어느 이성적인 부분에서 섬광처럼 번뜩이고 심장을 뜨겁게 달군 것이 자신의 몸 전체를 전류처럼 흐르고 있음을 느꼈다. 그의 손은 떨었다. 그의 볼에서는 생명수 같은 눈물이 흘렀다. 그녀였다. 자신이 사랑하던 그녀였다. 그녀는 생각했던 그대로 비구니가 되었다.

동산에서 자신을 바라보고 있을지 짐작조차 하지 못할 것이다. 그 강간이 일어난 다음날 소리 소문 없이 사라지고 난 뒤에 그녀는 비구니가 되었다. 그녀는 비구니가 되어서도 고아원을 잊지 않고 매년 찾아왔다. 그 이유 중에 한 가지는 최철중을 한 번이라도 만날 수 있다면 용서를 구하기 위함이었다. 수녀님과 오랜 포옹을 하고 서로의 얼굴을 한참 동안 살펴보았다. 수녀님도 그녀의 속죄할 수 없는 마음을 헤아릴 수가 없었다. 그녀가 묻기 전에 수녀는 최철중에게 아무런 연락이 없었다고 말했다. 그러나 비구니는 전과 다른 감정을 지니고 있었다. 마치 어디선가 자기 자신을 최철중이가 훔쳐보고 있을 것만 같았다. 그래서 그녀는 사방을 살피었다.

수녀와 비구니, 자원봉사자와 아이들이 건물로 사라지는 것이 희미했다. 그는 구토하기 시작하였다. 녹색의 건더기가 그의 입에서 쏟아지고 있다. 누리끼리한 위액도 풀처럼 덩어리로 보였다. 그는 미소를 지었다. 자신이 사랑하는 그녀 앞에서 죽음을 맞이한다는 것은 그로서는 행복하였다. 그는 그 자리에서 쓰러졌다. 그리고 고통스러웠던 순간이 멎자, 그의 몸은 다시 뜨거워졌다. 육체에서 전해지는 고통은 사라졌다. 희미하게 보이는 푸른 하늘과 구름, 고아원에서 뛰놀던 기억들이 그의 머릿속을 지나가고 있다. 그리고 몸은 굳어갔다. 그의 지느러미와 꼬리는 덕장의 황태처럼 말라가고 있다.

11

살인사건의 수사는 진척이 없었다. 수사 열흘째 되던 날, 전신전화국에서 한 통의 전화가 걸려왔다. 김래종 형사는 최철중의 아내를 만나고 온 뒤 이틀째인 화요일, 전신전화국에 의뢰하여 최철중의 집으로 걸려오는 모든 전화번호를 k경찰서 수사1과로 연락을 취하도록 조치하여 놓았다. 분당 공중전화 부스라는 것을 알게 되었고, 내일이면 피살자의 신원도 밝혀질 것이다. 그렇다면 수사는 급진전 할 것이다. 김래종 형사는 분당경찰서에 협조를 구하고 나서 신원이 밝혀지는 대로 분당으로 향할 작정이었다. 그러나 그가 무심히 넘겨보려 하였던 이상한 전화번호가 눈에 띄었다. 핸드폰 번호였다. 그는 핸드폰의 신원을 파악하기 위해 전신전화국에 신원을 의뢰하였다. 한 시간 뒤, 신원조회를 의뢰한 신분을 전신전화국으로부터 통지 받은 김래종 형사는 놀라지 않을 수 없었다. 무려 전과 18범, 교도소에서 나온 지 보름도 채 되지 않은 이미연이었다. 그가 왜 최철중의 집에 두 차례나 전화를 한 것일까 의심이 갔다. 우선 소재파악이 급선무였다. 핸드폰은 위치 추적이 가능하였으므로 쉽게 위치를 파악할 수 있었다. 김래종 형사는 직감적으로 무슨 일이 벌어지고 있음을 알았다. 최철중의 아내도 의심하지 않을 수 없었다. 무선을 주고받으며 기동대 차량은 빠르게 움직였다. 차가 멈춰 섰을 때 러브모텔이 눈에 확 들어왔다. 일단 검거하여 추궁하기로 한 상태였기 때문에 경찰들은 모텔의 후문과 정문을 막아섰다. 카운터에서 주인에게 물어 203호 실에 묵고 있다는 정보를 입수하고는 여관 주인과 함께 그 호실 문을 포위하였다. 여관 주인은 열쇠를 꽂고 손잡이를 비틀었다. 다행히도 그녀는 목욕을 하고 있던 중이라 아무런 저항 없이 검거할 수 있었다. 이미연의 소지품 중에서 음성변조기가 나왔다. 그리고 작은 수첩이 나왔고, 남자의 소지품인 것으로 보이는 물건이 나왔다. 순간, 김래종 형사의 머리 뒷덜미에 번득이는 무언가가 강압적으로 잡아당기고 있음을 알 수 있었다. 수첩에는 많은 사람들의 이름과 전화번호가 적혀있다. 그 중에는 최철중의 전화번호도 적혀 있다. 그리고 그녀의 누드 사진이 수백 장 나왔다. 옷걸이에는 승복이 종이비행기처럼 접혀 걸려있고 방바닥엔 목탁이 놓여 있었다.

그녀는 수화기 앞에서 떠나질 못하고 있다. 혹시라도 남편한테서 전화가 걸려올 것이라고 믿었다. 그러나 자신이 저질은 과오로 인하여 남편을 마주할 수만은 없을 것이다. 남편은 되돌아오지 않을 것이다. 꼭 그럴 것이라는 생각이 든다.

「제발 자수하세요. 당신을 위해 이젠 뭐든지 할 수 있을 것 같아요. 제발 내게로 되돌아와요. 제발… 저의 기도가 간절하다면 하느님께서도 제 목소리를 들어 주세요.」

그녀는 흐느껴 울었다. 울음을 멈출 수가 없었다.

1

그녀는 모퉁이가 움푹 패고 녹이 슬어 두피가 벗겨지듯이 떨어진 양철 책상 위에 각질의 조각을 퉁기고 있다. 세공기술자가 정밀하고 세밀하게 기호나 모양을 수공하듯이 각질을 손톱솔로 정성들여 다듬는다. 어느 날은 책상 위에 가위다리를 걸친 채 매니큐어를 손톱에 색칠하며 불고기 햄버거를 한 입씩 베어 먹고 게트림을 한다. 그녀의 행동에는 만성이 되어버린 개차반적인 거만과 지루한 일과가 배어 있었다. 그녀와 눈빛이 마주치면 그녀는 뾰로통하게 이기죽거렸다. 심술을 부리지 못해 안달이 난 사람처럼 말이다. 「젠장, 더러운 포유류 같으니라고!」 소곤거리듯이 지껄였다. 앙갚음하고 난 듯이 직성이 풀렸다.

장방형의 조립식 사무실 안은 그녀만의 유일한 공간이었다. 사무실 옆은 소화물을 쌓아놓을 수 있는 목재로 지어진 창고가 있다. 메케한 냄새가 물씬한 창고 가장자리에 책상 하나와 의자 두

개가 놓여 있다. 그 자리는 배달원인 나와 조영석과 잠시 휴식을 취할 수 있는 곳이었다. 그 의자에 앉아 본 적은 없다. 조립식 사무실 안은 낡은 선풍기가 목에 걸린 가시를 뱉어 내듯이 쿡쿡 소리를 내며 회전하고 있다. 그날은 일거리가 많지 않아 조영석과 사무실에 남아 있다. 정적이 감도는 가운데 그녀의 흥얼거리는 콧노래 소리가 보푸라기처럼 미세하게 들렸다. 흥얼거림은 한동안 이어졌다.

비좁은 공간에서 어떤 때는 손짓도 어려워 그녀의 풍만한 가슴을 여러 번 스친 적이 있다. 감촉은 부드러웠다. 그녀는 아무 반응을 보이지 않았는데 조영석은 고의적으로 그녀의 가슴을 몇 번 훔치었다. 화를 내기는커녕 가슴을 내밀 정도로 그녀의 의도적인 모습도 보였다. 비좁은 사무실로 들어갈 때마다 눈에 띤 것이 하나 있었다. 그녀의 책상에는 수선화 장식이 달린 액자가 하나 있었는데, 액자에 들어있는 사진에는 깡마른 체구에다 피부가 검게 그을린 남자와 꼬마 여자아이, 그녀는 니트의 반팔 소매를 입은 채로 헤벌쭉한 웃음으로 앉아 있었다. 감청색 배경에 목각을 깎아 놓은 자세이다. 나는 그녀의 남편에 대해 관심조차 없었다. 그녀와 섹스를 하는 상상을 떠올린다는 것은 돼지를 끌어안고 자는 것과 같으리라! 하지만 잡담과 허풍을 늘어놓기 좋아하는 조영석에게서 많은 얘기를 들을 수 있었다. 조영석은 얘기를 부풀려 말하기 일쑤였다. 그의 허풍에 대하여 기분은 썩 나쁘지는 않았다. 시간이 흐를수록 그녀의 남편에 대하여 관심을 가졌다. 어떤 녀석이고 뭐 하는 놈인지 궁금해졌다. 그녀가 임신한 아이는 딴 녀석의 아이라든가, 남편은 건설업체를 전전하며 일하는 목수이며, 직업적 특성 때문에 집에 있는 시간이 거의 없다는 둥, 조영석은 흥에 겨운 것처럼 지껄였다.

사무실 안, 흰색 원피스의 임부복을 입고 있는 그녀의 배는 애드벌룬처럼 부풀어 금방이라도 공중에 띄워져 터질 듯하였다. 그녀의 뱃속에는 악마가 자라고 있다. 그 악마는 태어나서 이 지구상에 벌여놓은 일들에 대하여 구토할 것이며, 선험자를 저주할 것이다. 그녀는 그 악마를 보호할 것이다. 악마를 어떤 식으로든 고위직에 올려놓을 것이다. 결국 인간이란 스스로 악마의 길을 선택하는 것은 당연할 것이니 말이다. 결국 악마다. 악마를 임신한 그녀는 마리아일 것이다. 한 남자가 여자의 뱃속에 생명을 불어넣어 준 것이 아니라, 악의 존재를 나누어 준 것이다. 악은 영원히 존재할 것이다. 이런 망상은 뱃속의 아이에게도 존재하기 때문이리라!

그녀는 어긋난 치아교정을 한다며 치과에 다녔다. 그녀가 자리를 비운 사이, 조립식 사무실로 들어가 책상에 다리를 가위 모양으로 걸쳐놓고 잠이 들고는 하였다. 농땡이 치는 일 치고는 불안했다.

그녀는 적지 않은 비용을 들여 창살 같은 브래킷으로 이빨을 교정하였는데, 그녀와 대화를 주고받을 때마다 프랑켄슈타인과 대화를 나누는 듯하였다. 서너 달 동안 브래킷을 이빨에 낀 채로 그녀는 헤벌쭉 웃음을 토해냈다. 브래킷을 낀 치아가 혐오스럽고 역겨울 때가 많았다.

인간은 자연적으로 죽어가는 것이 아니라, 인공적인 문화에 의해 죽어간다. 머릿속에는 그 문장이 반복적으로 곱씹어졌다. 점심을 먹을 때나 껌을 씹을 때, 모닝커피를 마실 때에는 틀니를 빼내듯 빼내어 브래킷을 책상 위에 올려놓고는 하는데 여자다운 모습이라고는 눈곱만치도 느껴지지 않았다. 갈고리에 매달린 도살장의 고깃덩어리 같다는 생각뿐이다. 오랜 시간 동안 껌을 씹고 있었는데, 그녀는 턱이 빠졌는지 몇 번이고 입을 벌려 턱을 좌우로 놀린다. 그녀는 자신이 지금 하고 있는 일을 빼고는 누구에게도 신경을 쓰지 않았다. 대패질이 끝난 목재를 사포로 매끄럽게 다듬듯이 손톱솔로 정성들여 다듬는다.

옅은 오렌지색으로 모발을 염색한 그녀의 두개골은 볼링공처럼 풍부한 지방의 볼 살로 뒤덮인 채로 둥글며, 눈매는 날카로우며, 뾰두라지가 난 콧잔등은 젖꽂판처럼 불그스레하고 지방질의 젖가슴, 펑퍼짐한 엉덩이 — 본능적인 사내일지라도 한 끼니의 식사를 차라리 굶으리라! 그의 남편은 마치 소크라테스처럼 느껴진다.

어떤 자는 자신을 일컬어 고깃덩어리라고 칭한다. 먹고 사는 일은 어디까지나 위장의 허기와 적은 양의 지방과 단백질, 비타민, 이산화탄소 흡입할 능력만 있으면 그것으로 족하지 않느냐고 말했다. 단지 사육되는 동물에 비교한다면 자신도 별다를 것이 없다는 식으로 말이다. 그 말은 참으로 우스꽝스러우며 조롱의 말이기도 할 것이다. 그러나 인간이 지닌 능력은 본능 말고도 세련되고 야비한 습성을 지니고 있잖은가! 보석이 아름다운 것은 야비하게 다듬어서 그럴 것이다. 차라리 죽으라는 말과 같다. 비곗덩어리와 그 짓을 하기에는 내 습성이 허락을 하지 않을 것이기 때문이다. 존재라는 것은 습성, 본능을 만끽하는 것이다. 타락하라, 그러면 태양빛을 볼 수 있을 것이다. 오, 생각도 인공적인 것이 되고 말 것이다. 자연적이라고 할 만한 것이라면 인간에게는 먹는 습성밖에 없을 것이다.

그녀는 k물류라는 소화물을 취급하는 택배회사 경리다. K물류에서 꽤 오랫동안 근무를 하였다. 늙은 마귀처럼 말이다. 사장은 그녀의 지루한 시간을 보내는 행동에 대하여 이러쿵저러쿵 간섭을 하지 않았다. 석 달이 흘렀는데도 사장은 그녀에게 매우 호의적이었다. 이해하기 힘든 일이었다. 조영석에게 물어보았어도 사장의 다정다감한 태도에 대해서는 알 수가 없다. 그녀는 마귀답게 장부정리의 숫자놀이를 삽시간에 짜 맞춰 놓거나 소화물이 도착하면 소포를 확인만 할 뿐이었다. 그리고 그녀는 일언반구 없이 퇴근을 한다. 그녀보다 한 시간 늦게 퇴근을 하는 조영석과 나는 그때마다 등이 땀으로 홍건한 채, 그녀의 사무실로 들어가 낡은 선풍기 바람을 쐬고는 한다. 조립식 사무실에 유일하게 하나인 선풍기. 소화물 배달이 많은 때에는 밤늦게까지 일을 하고는 한다. 그러나 7월, 소화물 배달 건이 많이 줄어들어 서너 시간 배달하고 나면 창고에 들락날락하며 남아도는 시간을 거드름 피우며 보내기 일쑤였다. 게으름은 나 자신을 쇠 대가리의 지능지수로 만든다. 그 날 밤 나는 모처럼 일기장을 펴들어 보았다. 그리고 몇 글자 적어보았던 것이 나 자신을 질타하는 글귀가 되고 만 것이다. 나의 나약함은 게으름이자 권태이다. 지식의 식욕을 저하시키고 정력의 감칠맛을 잊게 만들며 삶의 새로움이나 의욕이 존재하지 않는다. 그러고도 꽤 많은 봉급을 받아 챙기면서도 사장 몰래 뒷거래로 돈을 챙긴다. 나뿐만 아니라 그녀 또한 몇 번이고 장부에 소화물의 배달료를 기재하지 않은 채 배달원인 조영석과 나눠 먹기식으로 돈을 삥땅하고 있다. 물론 사장은 이 사실을 모르고 있다. 나는 그들과 달리 사장과 그 둘을 감쪽같이 속이고 있었다. 오, 나의 비상한 머리? 그러면서 그들의 삥땅이 내게 발각이 되고 난 뒤에 손 하나 까딱없이 콩고물 식으로 삥 땅에 삥땅의 돈을 갈취하고 있었다. 사장은 그녀의 한 마디에 옴 짝달싹하지 못했다. 나는 정말로 마귀인가 싶었다. 사장은 갑각류 의 일종처럼 약골 체질이었다. 사장의 어깨는 무능력한 중력에 의해 힘이 빠져 있었고 등은 활처럼 굽어 패잔병 같이 초라한 모습이었다. 차라리 개미의 어깨가 아름다울 것이다. 사장이 자리 를 비우면 조영석과 그녀는 곱씹어대며 조롱하기 일쑤였다.

"멍청하고 우둔한 자식! 깔깔깔"

그들의 비웃음은 사무실 밖에까지 들렸다. 역겨운 악마와 마귀 의 혀 짧은 웃음소리…… 혀는 인간이 지닌 마술의 능력이리라!

멍청하고 벙어리만 같던 사장도 간혹 그녀가 자리를 비운 사이 조심스럽게 장부를 들춰보고는 한다. 사무실 안에서 사무실 밖의 주위를 힐끔 훔치며 장부를 살펴보는 사장의 얼굴은 쇠가죽처럼 표면이 매끄럽고 주름이 없는 듯한 표정을 잃고 헝겊처럼 구김살 을 담아내었다. 매우 화가 난 표정이며, 그의 얼굴은 식어가는 커 피의 온기처럼 차디찬 표정이었다. 조만간 그 둘이 잘릴 것이라 고 어림잡아 짐작을 하고 있다. 그들의 삥땅 중에 삥땅의 일부를 받아먹고 있음을 그들이 발설을 한다면, 나 또한 잘릴 일이 아닐 수 없다. 적어도 그 둘보다 사장에게 신임을 얻고 있기 때문에 충견처럼 성실하고 복종적인 척을 하여야 한다. 어쨌든 나의 예상대로라면 그 둘은 진작 잘렸어야 할 것이다. 사장은 나를 대하듯이 그들에게 상냥하고 친절하게 대했다. 나의 악마적인 생각들은 환상에 놀아나고 만 것이다. 오, 비상한 머리의 충돌.

목요일 아침, 그녀는 입 속에 들은 껌을 휴지에 말아 쓰레기통에 넣는다. 책상 위에 올려놓은 브래킷을 이빨에 붙인다.

"사장 어디 갔어?"

하고 나는 물었다. 그녀는 책상 서랍에서 두툼한 봉투를 꺼내 내게 건네주었다. 그리고 한 쪽에 놓인 액자로 둔탁한 마찰음을 내며 덮었다.

"제길, 이 늠은 죽은 겨 살은 겨. 딴 개잡년하고 재미 보나? 마누라하고 자식은 늠이구만"

그녀는 비꼬며 거칠고 투박한 말투로 던졌다. 그리고 손톱솔로 손질하던 각질의 주위를 이산화탄소로 팽창을 시킨 볼에 가득한 입김으로 미세한 각질의 가루를 책상에 날렸다.

두툼한 봉투 속의 돈을 꺼내 세어 보았다. 그들을 못 믿을 마귀라 여겼기 때문에 휴가비를 넣었다는 사장의 말에 따라 의심으로 가득한 머리를 안심시켜 주어야 했다. 정확히 세어 보지는 않았지만 휴가비가 짭짤하게 들어 있었다.

"와, 내가 삥땅이라도 혔을까 봐, 인간아!"

그녀는 콧방귀를 끼며 브래킷을 떼어내 롯데 껌을 입안에 말아 넣었다.

"고놈의 쓰레기통 같은 성격쯤 고칠 수 없어, 고장 난 엔진 같아!"

능청맞은 말투로 비비꼬았다.

"내가 엄니 뱃속에서는 요조숙녀였거든… 헌데 세상에 나와 보니 사육사가 나 같은 짐승은 고장 난 엔진 만치루 다루고 메질을 허는디."

그녀는 전화벨이 울리자 수화기를 들고는,

"여보세요, 네, 저희가 확인을 하고 즉시 배달을 하겠습니다. 그 전에 전화를 드리겠습니다."

하고 상냥하고 나긋나긋한 목소리로 대꾸하였다. 수화기를 내려놓자마자,

"궁께, 어쩌란 말여. 남 신경 꺼요, 인간아!"

거슬리는 말투에 스파크처럼 번쩍한 화가 치밀었다. 하지만 그녀의 태도는 늘 그런 것만은 아니었다. 자신에게 화가 나 있거나 불쾌한 일이 있을 때만 나타나는 일종의 증상 같은 병리현상일 뿐이다.

"어째, 돈은 맞아, 인간아."

"사장 어디 갔지? 휴가를 가더라도 얼굴은 비추고 가야 할 것 아냐."

"그거에 미치면 여자와두 잠자리 안 한다잖아, 뻔하잖아…인간아?"

그리고 그녀는 덮어 두었던 액자를 들어 미송나무의 질감이

살아나도록 휴지로 유리를 매끈하게 닦고는 자신의 책상에 세워 놓았다. 푸념을 하고는 잠시 동안 응시하던 액자에서 시선을 떼었다. 책상 서랍에 넣어 두었던 불고기 햄버거와 우유를 꺼내 돼지가 코를 킁킁거리며 여물을 먹듯 해치운다. 가련한 영장류?

사무실을 빠져나왔다. 시내 보도블록을 걷는 내내 그녀의 킁킁 대는 소리가 귓전에 들리는 듯하였다.

사장은 사무실에서 두 블록 떨어져 있는 복덕방에 있었다. 그 곳에서 여러 명과 도박을 하고 있었다. 으르렁대는 여러 마리의 짐승들이 저녁식사를 후딱 해치우고 오줌과 똥을 갈기며 퇴비를 만들어 가며 잠시 성스러운 문을 열어 놓은 채 활보하고 있다. 인간은 가끔 자기 자신을 성스러운 존재로 착각하면서 그 사실을 자주 망각하고 있다. 인간의 육체는 배부름을 오래 지속할 수가 없다. 그것이 존재의 이유일 것이다. 그러나 복덕방에 모인 불쌍한 짐승들은 돈에 많은 의미를 부여하고 있다. 그것은 어떠한 상실감도 아니다. 가련한 퇴비일 뿐이다. 그러나 그들은 아무것도 떠올리고 있지 않았다. 단지 짐승의 세계에서 어떻게 짐승의 노릇을 하느냐일 것이다. 사장은 도박에서 헤어 나오지 못하고 있었다. 그것은 성충동보다 더 매료되는 흥분제 같은 것일 것이다. 매번 그는 돈을 잃고 사무실로 되돌아오곤 하는데, 그럴 때마다 나와 술 한 잔을 마시고는 하였다. 그 장소는 늘 인간아! 라고 하는 그녀의 조립식 사무실이었다. 나는 사장에게 자본주의 국가에서는 염세주의자로 사는 것이 자신을 보호하는 일이라고 말했다. 그는 깔깔 웃으며 그런 바보 같은 말이 어디 있냐고 되물었다. 나는 바보이기 때문에 존재한다고 대꾸하였다. 그는 조롱이 가득한 얼굴로 나를 바라보았다. 하지만 나는 어떠한 기분도 교차되지 않은 채로 앉아 멀뚱 바라만 볼 뿐이다. 마치 마네킹처럼 말이다. 그는 일용직으로 입사한 내게 적당주의로 대하였다. 말하자면 내가 열정적으로 일을 하든 하지 않든 그는 어떠한 통제권도 내게 발휘하지 않았다. 그것은 나의 미덕으로 작용하고 있었다.

K물류에서 일용직 사원을 채용한다는 정보를 알고 난 뒤에 서둘러 집에서 삼십 여분의 시간을 걸어 사무실에 당도했다. 이력서를 접수하고 난 다음날인 오후, 사무실에서 그녀의(인간아! 하는 그녀의) 나긋나긋한 목소리로 연락이 왔다. 사장과 상견례를 하는 날도 관棺처럼 비좁은 사무실 안에서 함께 술을 마시며 몇 마디의 얘기를 나누었었다. 사장에게 첫마디로 꺼낸 말은 '전 작가입니다. 제게 필요한 것은 돈입니다.'라고 말했다. 그러자 사장은 박장대소를 하였다. 그 웃음에 나는 화가 치밀었지만 그 감정을 억눌렀다. 나는 궁핍한 생활과 배고픔에 시달리고 있었던 터라 지푸라기라도 잡고 싶은 심정이었다. 그러자 사장은 내게 넌지시 물었다.

"작가라구요, 그럼 무슨 작품을 썼지요?"

"작품집은 아직 없습니다. 좋은 출판사를 물색 중이기는 합니다."

나는 사장에게 담배를 피워도 되냐고 정중하게 물었다. 그러자 그는 자신이 갖고 있던 외제산 말보루를 한 개비 꺼내 건네준다.

"소화물 배달 업종에 종사한 적이 없더군요."

사장은 한 장으로 된 이력서를 훑어보며 말했다. 그는 내가 작가이자 책 한 권도 없다는 사실을 알자 흥미를 잃은 듯해보였다. 온기를 잃은 커피처럼. 그는 내게 으레 몇 가지 질문을 던지고 집에 가서 연락을 기다리라고 할 것이다. 머리를 짜내지 않으면 안 되었다. 그러나 내 머릿속은 백짓장이었다. 어떠한 처방전도 이 순간에는 효과가 없으리라! 그가 던진 질문에 일언반구도 없이 자리에서 일어나 사무실 밖으로 나갔다. 사장은 뒤쫓아 나오지 않았다. 잠시 멈칫거리고 있었다. 어느 정도의 시간이 흘렀을 무렵, 다시 사무실 쪽으로 걸어 들어갔다. 사장은 자리를 떠나 있지 않았다. 다시 사장에게 담배 한 개비를 요구했고, 그는 무덤덤한 표정으로 담배를 내게 건넸다.

"제가 마음에 안 드신다면 아무렇게나 말씀하셔도 좋습니다. 물론 저보다 우수한 명청이들이 줄서 있을 테니 제 말에 대하여 신경을 안 쓰셔도 그만입니다만, 저 같이 영특하고 성실한 놈은 없을 것입니다."

나는 달려온 말馬이 지쳐 씩씩거리듯 큰 숨을 내쉬었다. 사장은 아무 말 없이 나를 지켜보았다. 벙어리 같기만 하던 사장은 말문을 열며,

"저는 머리 좋은 인재를 구하지 않아요. 우스운 말로 들릴지 모르겠으나 머슴으로 일할 바보가 필요합니다."

"좋아요! 정말로 아까운 천재를 놓치는 것입니다. 그럼…"

그리고 자리를 박차고 K물류를 빠져나왔다.

월요일인 다음날 아침, 전화벨이 울렸다. K물류의 사장이 직접 전화를 한 것이었다.

“당신은 참으로 유치한 작자군요. 그래요, 내일부터 출근을 하세요.”

그것이 사장과의 인연이 되었고, 어느덧 사 개월이 흘렀다. 복덕방의 문은 잠겨 있었다. 두어 번 더 문손잡이를 힘으로 잡아당겼다. 손가락에 약간의 힘을 모으고 노크를 하였다. 멀찌감치 서성거리며 내 동태를 지켜보던 한 사내가 조심스럽게 다가와 물었다. 그는 내가 경찰이 아니라는 것을 어림잡아 직감하고 있었다. 그는 귀엣말로 전하듯이 나지막이 ‘오늘은 복덕방이 쉬는 날입니다.’하고 말한다.

“알고 있습니다. 전 단지 K물류 사장을 만나러 왔습니다. 안에 계시지요.”

차분하게 말했다. 그러자 그는 그와 어떤 사이냐고 물었다. 종업원이라고 말하자 그는 바지 주머니 속에서 핸드폰을 꺼내 은어로 ‘나비’라고 말했다. 잠시 후, 복덕방의 문이 열렸다. 그 사내는 나를 밀치듯이 안으로 끌어 들였다. 그 안에는 또 다른 작은 쪽문이 있었는데 그 안은 밀실이었고 둥근 탁자와 그 탁자에 네댓 명이 둘러 앉아 아도사키고스톱이라는 도박을 하고 있었다. 서너 명은 모두 입에 담배를 물고 있었는데, 작은 공간이면서도 담배 연기는 작은 환풍구를 통해 빠져나갔다. 마치 고문실 안으로 끌려 들어온 기분이다. 그들의 시선에 의해 취조를 당하는 기분이다. 윤성희 사장은 환풍구 쪽에 앉아 있었는데, 그의 굳은 얼굴은 윤기가 흐르는 피혁 같아 보였고 약간의 다크써클이 잡혀 있었다. 그가 자리에서 일어나 내 어깨에 팔을 걸치고는 밀실을

빠져 나와 복덕방에 놓인 소파에 등을 기대었다. 마치 고문실을
빠져 나오는 기분이었다.

"자네 이곳의 일을 그 어느 누구한테도 말해서는 안 되네."

나는 고개를 끄덕였다. 그러자 그는 다림질한 피혁으로 되돌아
간 표정이다. 그는 의심 어린 채 혼잣말로 '아무리 아는 사람을
찾아온다고 하여도 함부로 들여보내지 않는데 말이야.'하고 중얼
거렸다. 그리고 그는 눈썹을 이마까지 추켜세우며 눈을 크게 뜨
고는 바라보았다. 무엇인가를 요구하는 듯한 표정이었다.

"휴가를 삼일 더 연장해 달라고 부탁을 드리러 왔습니다."

"연장? 무슨 일이라도 있나?"

고개를 끄덕였다. 그에게는 어떤 의미로 해석되어질지는 모르
겠으나, 내겐 아무 의미 없는 기호였다. 그는 담배를 입에 물고는
주머니에서 지갑을 꺼내 얼마의 돈을 꺼내 내게 주었다. 몇 번의
거절은 예의였다. 그러고 나서 내 주머니 속의 보금자리로 봉투
는 잠이 든다. 그는 불쾌하다거나 언짢은 기색 없이 자리에서 일
어섰다. 그는 더 이상 묻지도 않았다.

2

다음날 아침, 용광로 속에 한 마리의 닭이라는 기분이다. 섭씨
삼십 도의 무더운 날씨다. 팔목에 찬 시계의 시침을 훔치었다. 열
차가 도착하려면 아직 삼십여 분의 여유가 있었다. 기차역 근처

에는 커피숍이 몇 군데 있었다. 기차역과 가까운 커피숍으로 향했다. 나무 계단에 구두 발자국 소리를 새기며, 그 안은 에어컨 때문인지 굉장히 시원했다. 기차역 광장이 보이는 창가에 앉아 정중히 메뉴판을 내미는 웨이터에게 원두커피를 시켰다.

자리에서 일어나 입구 쪽에 보아 두었던 공중전화로 향했다. 동전 입구에 백 원짜리를 넣었다. 몇 번의 신호음 뒤에 조형훈의 까랑까랑한 목소리가 진동처럼 고막을 울렸다. 그는 우체국 배달원이었다. 그는 까무잡잡한 말형 얼굴에 나무젓가락처럼 마른 체구에다 키는 일백칠십 센티쯤 되어 보이는 친구였다. 그는 꽤 많은 봉급을 받는다. 그래서인지 돈을 쓰는 데에 있어서는 다른 이들보다 배짱이 있게 쓴다. 그래서인지 마음에 드는 유일한 친구이다. 그런 기대감에 그를 만나러 가는 것이다. 그것이 인생의 한 조각이기 때문이다. 즐기는 것, 술에 취하는 것, 창녀와 섹스를 하는 것, 이 모두 무모하게 돈을 버리는 것이지만 삶이란 그다지 위대하고 존경할 만한 것들이 존재하지 않기 때문에 그 사소한 것이라 하여도 의미가 우리에겐 존재하는 것이다.

열차에 오른 시간은 오전 아홉시 경이었다. 그에게 전화로 열한 시쯤에 도착한다고 말했고, 되도록 서울 역에 마중 나와 있으라고 당부했다.

열차 표에 적힌 좌석을 찾아 몇 칸의 객실을 지나야 했다. 열차 안은 금연 구역이라서 나 같은 골초는 어떻게 해서라도 담배를 피워야 했기 때문에 화장실을 자주 들락날락하여야 했다. 그러던 중, 내가 화장실 문고리를 비틀어 열었을 때, 한 여성과 남자가 그 짓을 벌이고 있었다. 잠시 멍청하게 바라보았다. 그 둘은 놀라 부둥켜안은 서로의 몸을 밀치고는, 여성은 올린 치마를 내리고 무릎까지 내린 팬티는 마치 잎사귀로 기어 올라가는 애벌레처럼 구겨져 올려졌다. 남자는 리바이스 청바지를 무릎까지 내리고 그 짓을 하였는데 쬐는 청바지라서 그런지 속도감 있게 올리지는 못했다. 젠장 할!

그리고 좌석에 앉아 있었는데, 그 둘은 내 자리에서 그리 멀지 않은 곳에 앉았다. 내 시선은 그들에게 접착제처럼 달라붙어 있었다. 그 둘은 십 여분 동안 눈치를 살피더니 다른 객실로 옮겨 갔다.

서울 역에서 만난 조형훈과 나는 일호선 지하철을 타고 시청에서 이호선을 갈아타고는 잠실로 향했다. 시간은 한 시간 넘게 소요가 되었지만 우린 빠른 걸음으로 화려하고 근사한 술집을 찾았다. 잡종의 도시에서 향락은 우주로 향하는 것이다. 운석처럼 어디론가 날아가는 것이다. 존재는 아무런 가치도 없는 것이다. 미생물 속에서 존재하는 인간들이란 모두 고깃덩어리에 불과할 뿐이다. 왜 의미를 붙여야 하는 것인가? 사물이나, 돈, 그리고 우리의 존재에 말이다. 그 의미라는 것은 우주처럼 거짓말이다. 우주에서 하나의 운석에 가치를 집요하게 갖는 것과 다를 것이 없을 것이다. 미지의 우주 속에서 존재란 낙서와도 같은 것이다. 그 낙서를 우리는 위대한 지식으로 믿고 있는 것이다. 그렇기 때문에 우리의 향락적이고 종교의 비도덕적인 것들이야말로 축복을 받아야 할 것이다. 더러운 문화!

너무 이른 시간 탓인지 술집은 영업을 하지 않았다. 나는 그에게 시궁창 같은 도시로 산책을 하자고 하였다. 작은 공원에 다다를 때까지 우린 그 동안의 안부를 물었다. 전업 작가가 되겠다고 다니던 직장도 그만 두고, 일 년여 동안 작품에만 전념하였는데 어느 출판사에서도 내 글에 관심조차 없었다는 둥, 새 직장을 구했다는 둥, 산더미처럼 쌓여 있던 잡다한 폐지를 정리하듯이 얘기했다. 조형훈은 내게 몇 번의 선을 본 얘기를 하였다. 한 여자는 유치원 선생이었는데 사치를 좋아해서 그녀와 결혼하여 그녀를 먹여 살리려면 등골도 모자란다는 생각이 들어 이틀 만에 헤어졌다고 했다. 그녀는 백화점 가까운 곳에서 살기를 원했다. 쇼핑을 즐겼던 그녀에게 낙후한 골목과 언덕은 고통스러웠던 것이다. 한 여자는 구로공단에서 일하는 여자인데 만난 지 사십여 분도 안 되어 여관에 함께 갔다. 형훈은 공짜의 쾌락을 느꼈지만, 만족스러운 상대가 아니라는 것을 느꼈다. 그가 생각하기에 사십여 분만에 여관에 가서 그 짓을 개방적으로 즐기는 여자는 자신의 물건이 아니더라도 근사한 물건이 존재한다면 시간관념 없이 쫓아다닐 여자라 생각되어 여관에서 헤어졌다고 한다. 그러나 그의 근사한 물건은 녹초가 된 상태였다. 오, 아름다운 쾌락! 한 여자는 미용사였는데, 그 여자는 조형훈과 꽤 오랫동안 사귀며 사창가를 들락날락한 유일한 사람이다. 그러나 그 여자는 간질이 있었다. 갑작스레 그녀가 발작을 하면 사지는 미라처럼 굳어버린 채 나무토막처럼 쓰러진다는 것이다. 머리에서 선홍빛 피가 흐르고 입 주위로 흰 거품을 문 채로 몸은 타이프라이터로 활자를 쳐

대듯이 부들부들 떤다. 조형훈은 기겁하여 그 자리에서 도망을 쳤다.

이십여 분을 걸어 우린 아파트 단지 내에 있는 놀이터 벤치에 앉았다. 우리의 등과 빗장뼈 주위로 땀이 흥건하게 젖어 있었다. 슈퍼에서 사온 맥주를 꺼내 목을 축인다. 아파트 단지를 물끄러미 바라본 나는 닭 깃털을 날리고 코를 시큰하게 하는 지독한 암모니아 냄새를 풍기며 달리는 닭장차로 보았다. 베란다에 닭 모가지를 내밀고 기웃거리고 있다. 두려운 듯이, 혹은 자신이 높은 고도에서 무엇을 쪼아야 하는지를 모른 채로 머리만 허공을 휘 젓는다. 수술대에 누워 자신의 머리를 메스로 그을 때까지 그 누구도 믿음을 갖지 않을 것이다. 닭은 그렇기 때문에 머리를 흔드는 것이다. 조형훈은 내가 생각하고 있던 말들을 들려주면 그는 '미친놈, 도대체 무슨 말을 지껄이는 거야!'하고 발끈 한다. 그는 내가 팔 년 동안 다니던 직장을 그만 두었을 때도 '미친놈' 하고 발끈하였다. 그는 내가 작가가 될 것이다, 라고 말했을 때도 발끈하였다.

"이 시대는 골치 아픈 문학을 외면하네. 그리고 이 시대에 남아 있는 것은 작가들의 작가정신이 아닌 빌어먹을 권력의 찌꺼기만 남아 있지. 아귀다툼만 하는 작가들은 정치인보다 더 권신을 내세우려 하지. 그들의 작품은 한결같이 종이쓰레기에 불과하면서, 나는 자네가 작가가 되지 않기를 바라고 있어. 그 작자들과 다르다고 할지라도 그 온실에서 자네도 싹을 피워야 하지 않겠나. 그리고 문화의 다양성은 문학의 많은 영향력을 빼앗았지. 그만큼 현대의 문명은 문학의 조건보다 더 지식적이고 풍만한 정신 속에 많은 쓰레기를 주워 담을 수 있지."

그는 내가 누구보다도 평범한 사람이 될 수 있다고 말했다. 즉 사창굴을 좋아하고, 술과 놀음, 주말이면 낚시를 즐기고, 바둑보다는 여행을 즐기는 사람으로 말이다. 그의 말처럼 그가 바라던 사람으로 전락하고 말았다. 그것은 내 소설이 어디에서도 팔리지 않는다는 것이다. 그리고 그의 뜻대로, 아니 한국전신전화국에서 벌었던 돈을 다 탕진하고서야 새로운 직장을 얻었다는 것이 말이다. 그는 주술사처럼 내가 평범한 바보로 되돌아오라고 주문을 외듯이 지껄인다. 아니 환영식처럼 나를 반기는 듯하다.

"자네 나이도 이제 적은 편은 아니야. 결혼을 하려면 돈이 있어야 한다구. 물론 직장두 있어야 하구 말야."

"자네 말이 맞아, 이 멍청한 지옥에서는 돈이라구! 그러나 내게 필요한 것은 액세서리가 아냐!"

"돈은 장신구가 아냐."

그의 반문이다. 말을 이어,

"거리를 둘러봐라, 저 고깃덩어리들이 왜 노예 신세인지 아나? 자신의 몸무게를 늘리기 위해 지방을 섭취하는 것은 아니네. 인간이 지니고 있는 팔십 퍼센트의 능력을 억제하며 이십 퍼센트의 능력으로 삶을 살아가는 거지. 이십 퍼센트의 삶은 각본에 사는 거지. 자신이 쓰는 각본, 또는 의지가 벗어날 수 없는 외부에 의해 차단된 각본으로 말야."

그는 사뭇 진지한 표정이었다.

"후후, 자네는 꽤 철학적인 면이 있어…… 자네도 노예란 말인가? 물론 나도 울타리 안에 갇힌 동물원의 원숭이겠지. 자네가 이 원숭이를 걱정하는 것은 알아. 그러나 내가 새 직장을 얻은 것은 결혼을 위해서가 아냐. 나는 다시 소설을 쓸 거라네. 그 삶은 내가 바라는 노예이지. 알겠나."

그에게 차분히 말을 건넸다.

"정말 못 말리겠군."

그는 주머니에서 담배를 꺼내 물었다. 그리고 슈퍼에서 사온 맥주를 비웠다.

놀이터에서는 몇몇의 꼬마아이들이 소꿉장난과 미끄럼틀을 오가며 히죽히죽 웃고 있다. 꼬마아이들은 놀이에 집중을 하고 있으면서, 맥주를 마시며 대화를 주고받는 우리들의 모습을 흘끗 훔쳐보았다. 한 아주머니가 종종걸음으로 오더니 여자 꼬마아이의 팔을 잡아끌며 화를 내었다. 그리고 우리들에게 날카로운 시선을 던졌다. 꼬마아이가 바라보던 시선과는 다르게 불쾌하게 여겨질 정도였다. 술과 담배를 꼬나물고 있던 우리들의 모습이 건달이나 비렁뱅이로 취급받는 것 같아 보였다. 더군다나 놀이터 벤치에 앉아서 말이다.

"새로운 직장이라는 곳은 어떤 곳인가?"

조형훈이 물었다.

"택배회사야."

나는 간단명료하게 말했다. 그는 자신의 처지와 별다를 것이 없다는 듯이 머리를 끄덕이었다.

"사장은 사람이 너무 좋아 탈이지."

"그래?"

"멍청한 놈이야. 사실 삥땅을 치지. 나뿐만 아니라 사무를 보는 뚱보 여직원이나 배달원 한 놈도 마찬가지지. 그들의 삥땅을 또한 내가 고리대금업자처럼 상납을 받지"

조형훈은 머리를 갸웃거렸다. 말을 이어,

"내가 삥땅을 치고 있다는 것을 그들은 몰라, 그렇기 때문에 이중으로 삥땅을 하고 있는 셈이지. 사장은 그런 사실에 대하여 어렴풋이 짐작은 하고 있는 것 같아. 헌데 사장은 뚱보 여직원에게 따지고 들지 못하지. 간혹 그 둘이 묘한 관계라는 생각이 들어."

조형훈과의 관계는 가식적이지가 않다. 서로에게 솔직할 뿐더러 죽마고우 같은 사이였다. 그러나 그 죽마고우라는 것은 서로에 대한 신뢰나 믿음에 의한 의지력이 담겨 있음에 대한 신의일 뿐이다. 그 신의는 언제고 무너질 수도 있는 것이다. 오해에 의해, 혹은 우리에게 중요한 것이 신의가 아닌 다른 것이라고 깨달을 때.

"무더운 여름이군. 먹자골목으로 가면 식당이 있을 거야. 점심을 먹어야겠어."

하고 말하고는 자리에서 일어섰다.

"보신탕을 먹자구."

그와 눈빛을 교환하였다. 그리고 누군가가 우리를 불러대는 목소리에 발걸음을 멈추었다. 고개를 돌렸을 때 두 명의 경찰관이 우리에게로 다가오고 있었다. 그 둘은 강아지를 부르듯이 손짓을 하였다. 영문도 모른 채 불쾌한 감정으로 경찰 앞으로 향했다.

"무슨 일이죠?"

조형훈은 조심스럽게 물었다.

"잠시 검문이 있겠습니다. 신분증 좀 제시하여 주십시오."

"검문이라뇨? 우리가 잘못한 게 있습니까?"

나는 따지듯이 물었다.

"일단 신분증 좀…"

신분증을 건네자마자 그들은 무전기에 대고 신분조회를 하였다. 그들은 우리가 기소중지자나 혹은 도둑놈이기를 기대하고 있는지도 모른다. 내 머릿속에는 한 아주머니가 떠올랐다. 마치 자신의 아이가 납치라도 당할 것 같은 두려움으로 꼬마아이를 끌고 갔던 일이 뇌리를 스쳐갔다.

"이곳에서 뭐 하시는 겁니까?"

"무슨 일로 그러시죠?"

나는 물었다.

"잠시 불신검문을 하는 것이니까 질문에 대답해 주세요."

한 경찰이 마른 장작이 타들어 가듯이 말했다.

"벤치에 앉아 이야기를 한 것뿐인데 뭐 잘못된 게 있습니까?"

조형훈은 따지듯이 말했다. 그러자 얼굴이 사각형인 한 경찰이 조형훈에게 가까이 다가섰다.

"벤치에 앉아 이야기만 하였다고요."

"그래요."

조형훈의 대답은 명료하였다. 그리고는 '제기랄'하고 내뱉었다.

"지금 뭐라고 말했습니까!"

경찰의 물음에 조형훈은,

"못 들었으면 마쇼."

하고 비꼬는 조로 말했다.

오전에 불신검문의 일은 불쾌하였지만 잊어버리기로 하였다. 저녁이 되어 우린 찜질방에서 나와 근사하고 화려한 술집을 찾아보기로 하였다. 잠실 먹자골목의 거리는 시궁창이었다. 아니, 서울이라는 곳은 시궁창이다. 기생충처럼 밤에 달라붙어 향락적이고 주체할 수 없이 넘쳐나는 여포호르몬, 남성호르몬, 그리고 섞어빠진 육체와 정신을 갉아먹는다. 우린 유흥업소를 찾아 꽤 오랜 시간 동안 걸었고 열댓 명 정도의 삐끼들에게 시달려야만 했다. 결국 진드기처럼 달라붙은 삐끼 녀석의 유혹에 넘어가 유흥업소로 끌려 들어갔다.

지하 나무계단을 밟고 내려가는 입구 쪽에서부터 음악이 쟁쟁하게 들려왔다. 무대 중앙에서는 남자가 상의를 벗은 채로 원숭이처럼 몸을 흔들어대며 지껄이고 있었고, 무대 쪽으로 몰려든 손님들은 환호성을 질렀다. 우린 음산하고 구석진 자리에 앉았다. 그가 내게 말하려고 하면, 나는 귀를 그의 입가에 내밀었다. 그래도 잘 들리지가 않아 나는 그가 서너 번 얘기해야만 알아들을 수 있었다.

"근사하지 않아, 나는 흥분이 되고 있어."

그리고 그는 의자에 앉은 채로 음악에 맞춰 몸을 흔들었다. 사실 나도 흥분하고 있었다. 그리고 웨이터는 자신을 김두환이라고 소개하고는 부킹을 해주겠다고 하였다. 그 때문에 웨이터는 조형훈으로부터 양주 한 병을 주문 받았다.

"정말 매혹적인 도시야. 노숙자가 있는가 하면 영세민, 우리 같이 그들과는 전혀 무관한 별종들로 가득하니 말야."

조형훈의 귀를 잡아당겨 말했다. 그는 흡족하다는 듯이 머리를 끄덕이며 몸을 흔들어댔다.

"저 아가씨 꽤 괜찮은데."

조형훈은 무대 앞으로 나가 춤을 추는 한 여자를 가리켰다. 웨이브를 한 그녀는 달라붙은 청바지를 입고 엉덩이를 섹시하게 흔들었다. 얼굴형은 둥근 형이었다. 그녀는 눈을 감고 차디찬 물에 담가 꺼내는 면발처럼 머리카락을 흔들며 자신의 머릿속에 담긴 이물질을 떨어뜨리는 듯하였다. 잠시 그녀의 율동에 시선을 빼앗긴 채, 김두환 웨이터가 미시족으로 보이는 유부녀 두 명을 데리고 와 소개해주어서야 눈길을 거두었다. 한 명은 쫄 티를 입고 있어 큰 가슴의 윤곽이 드러나 있다. 갸름한 얼굴형에 염색을 한 단발, 찢어진 청바지에 무릎 쪽에는 영어로 몬스터라고 적혀 있었다. 한 여자는 자신의 이름을 이영숙이라고 소개하였다. 그녀는 유독 자신의 작은 가슴에 신경을 쓰는지 고개를 숙여 브래지어 끈을 위로 추켜올린다. 그러나 나는 그녀들보다는 춤을 추는 한 여자에게 마음이 끌리고 있었다. 조형훈은 탁자 아래로 내 발목을 툭툭 쳤다. 그에게 어떠한 반응도 보이지 않은 채 춤추는 여자에게 눈길을 주고 있었다. 마치 시궁창에서 양귀비를 발견한 듯이 말이다. 우리 자리에 앉은 여자들은 조형훈과 농담을 주고

받으며 깔깔거렸다. 양주 한 병이 다 비워지고 난 뒤에 그녀들은 말없이 자리에서 일어나 사라졌다. 조형훈은 내 귀에 대고는,

"말해보니까 싹수가 없는 년들이야. 다른 자리에 가자고 하니까 뭐라는 줄 아나? 일행이 두어 명 더 있어 어렵다더군. 거짓말 치고는 유치하다고 생각하지 않아. 그래서 꺼지라고 했어."

나는 조형훈에게 춤을 추고 있는 여자가 매력적이라고 말했다. 그러자 조형훈은 박장대소하며 웃었다. 그러나 그 웃음소리는 음악소리에 잠겨 들리지 않았다. 그녀는 댄서처럼 춤을 추어 주위로부터 많은 시선을 받았다. 그녀의 눈은 유리구슬처럼 투명하고 컸다. 디스코 음악이 끝나고 브루스 음악이 흐르자 그녀는 지친 기색으로 중앙 쪽의 탁자로 갔다. 그녀는 친구로 보이는 여자와 맥주를 마신다. 나는 웨이터를 부를 때 쓰는 바통만 한 붉은 전등을 흔들었다. 조형훈은 맥주병을 흔들어 보이면서 아직 맥주가 많이 남아 있는데 무얼 시키려고 하느냐고 물었다. 나는 그게 아니라고 말했고, 김두환 웨이터는 허리를 숙여 내 입가에 귀를 대었다. 오른 손으로 그녀를 가리켰다. 그러자 김두환 웨이터는 알았다며 자신감에 찬 웃음을 보였다.

"저 여자 꽤 춤을 잘 추는데, 정말로 섹시하고 멋진 여자인 것만은 틀림이 없는데 말야. 저 여자가 수락을 할지 모를 일이군."

조형훈은 퇴짜를 맞을 듯이 말했다. 나는 김두환 웨이터가 그녀의 귀에 대고 속삭이는 것을 바라보았다. 그러자 그녀의 시선은 직선으로 날아드는 활처럼 내 시선에 내리 꽂혔다. 그 시선을 피하려고 맥주를 들이켰다. 모를 일이지만 설레고 있었다. 그녀가

퇴짜를 놓더라도 두세 번 찔러볼 작정이었다. 만약 그래도 그녀가 우리와 합석을 하지 않는다면 나는 그녀의 집까지 따라가 사랑한다는 고백을 할 것이다. 나는 그녀를 사랑하고 있다. 길가에서 몇 십만 원의 지폐를 주운 것보다 더 환희에 찬 기쁨과 설렘이다. 그녀는 천연원석처럼 고풍스럽고 부드러우며 상냥하게 보인다. 만약 그와 정반대 성격의 소유자라고 하여도 첫눈에 반해 버린 그녀를 포기하지 않으리라!

잠시 뒤, 김두환 웨이터는 머슴들의 습성처럼 낮추는 자세로 치아를 드러내며 다가왔다. 어림잡아 잘 되었다는 느낌이 들었다.

"손님, 합석을 한답니다. 저 손님들이 이 자리로 옮긴답니다."

그리고 두 손을 비비었다. 조형훈에게 눈짓을 주었다. 그는 몇 번의 내 눈치에도 알아듣지 못하였다. 김두환 웨이터는 자리를 떠나지 않은 채 두 손을 파리처럼 비볐다. 뒤늦게 눈치를 챈 조형훈은 지갑에서 삼만 원 가량의 돈을 꺼내 검정색 정장 윗주머니에 꽂아 주었다.

그녀 둘은 인사를 하고는 자리에 앉았다. 그리고 짧게나마 통성명을 하였다. 그녀의 이름은 최은숙이었다. 그녀의 취미는 한지공예와 독서, 십자수라고 했다. 나는 직업까지 물었다. 그녀는 서슴없이 자신의 직업을 말했다. 그녀는 인사동에서 작은 찻집을 한다고 하였다. 말하자면 사장인 것이다. 그리고 그녀의 친구는 화가였다. 전시회도 수차례 열만큼 실력도 빼어나다고 최은숙은 덧붙여 말했다. 그녀에게 그림에 대하여 관심이 많음을 드러냈다. 그녀는 언제고 자신의 화실에서 그림을 보여주겠노라고 말했다.

최은숙의 친구는 송계숙이었다. 그녀는 웨이브의 약간 곱슬이었고 어깨까지 머리카락이 내려가 있다. 뾰족한 턱에 안경을 쓴 그녀의 첫 이미지는 섬세한 성격에다 교양미를 갖춘 듯이 보였다. 그 둘과의 얘기는 빠른 속도로 진행되었다. 그리고 내가 마음속에 간절히 기도하던 바와 달리 최은숙은 아쉽게도 유부녀였다. 오, 그녀가 유부녀가 아니길 바랐는데, 그녀의 남편은 학교 행정실 계장(지방행정주사보, 7급 공무원)이라고 말했다. '그래요'하고 간단히 말하고는 맥주 한 컵을 마저 비웠다.

송계숙이나 최은숙은 내게 많은 관심을 가졌다. 그녀에게 작가라고 소개를 하였기 때문이다. 그러자 그녀는 작가와 술을 마시게 되어 놀라우면서도 신비스럽게 느끼고 있었다. 그녀들의 질문은 쏟아졌지만 흡족할 만한 답변은 할 수 없었다. 곧 출간될 책뿐이었다. 누구보다도 최은숙이 많은 관심을 내비치었다. 나는 더 많은 이야기로 그녀의 호감을 사게 되었고, 그녀가 운영하는 찻집에 들러보기로 약속을 하였다.

"인사동엔 가끔 한 번 들러 봅니다. 그곳엔 귀천이라는 찻집이 있거든요."

"저도 알아요."

송계숙이 말을 끊으며 말했다. 말을 이어,

"천상병 시인의 아내인 목순옥 여사께서 운영을 하는 곳이라는 것도 알고 있겠군요."

그녀들은 머리를 끄덕였다. 이미 그녀들은 천상병 시인에 대하여 어느 정도 알고 있으리라! 그렇게 짐작하고 있었기 때문에 즐비하게 늘어놓을 말이 사라졌다. 물론 최은숙 그녀가 운영하는 찻집이 인사동이라는 것을 알면 그 일대를 모를 일이 아니기 때문이다.

우린 술집을 빠져나와 조용하고 아늑한 찻집으로 들어왔다. 그곳에서 우린 그림에 대하여 많은 얘기를 나누었다. 그녀는 인사동에 있는 사유갤러리에서 다음주에 개인전 전시회를 갖는다고 나를 초대하여 주었다. 그리고 송계숙은 몇몇의 시인들을 알고 있다고 하였다. 그녀는 이름을 죽 늘어놓았지만 아는 시인이라고는 한 명도 없다. 사실 대한민국에 시인이 얼마나 많은가? 그들의 이름을 외우는 일은 백과사전을 씹어 먹는 일과 마찬가지이리라! 내가 아는 시인이 없자 그녀는 다소 실망 어린 눈빛이었다. 나는 머릿속으로 그녀와 헤어진 뒤에 서점에서 그들의 시를 사 보기로 하였다. 조형훈은 최은숙에게 관심이 많아 보였다. 하지만 내가 최은숙에게 관심을 많이 내비치자 그는 송계숙에게 호감을 가지려고 노력을 하였다. 궁금증을 자극하는 그녀에 대하여 많은 것을 물어보기로 하였다. 그녀가 대답을 하지 않거나 내 질문이 거북하게 느껴질지라도… 그녀가 유부녀가 아니었더라면, 하는 마음이 치솟는다. 그러나 그녀가 자신의 마음속에 가졌던 약속을 깬다면 나는 그녀의 품으로 안기리라. 언뜻 그녀가 구두끈을 조일 때면 물 풍선처럼 유연한 젖무덤이 보였다. 그녀의 젖무덤은 요람이었다. 그곳에 얼굴을 파묻고 낮잠을 잔다면 천국의 안마시술소에서 마음의 마사지를 받는 기분일 것이다.

그녀에게는 두 딸이 있다고 하였다. 그러나 관심을 내비치지 않았다. 단지 그녀의 능력을 알고 싶을 뿐이다. 즉 바람을 피우는 일말이다. 그녀가 성경책에서 금기하는 일을 가볍게 수용할 수 있는지, 혹은 악마의 만찬에 초대되어 본능을 만끽할는지는 모르는 일이다. 그러나 바라던 바로 그녀가 값싼 존재가 아니기를 바랐다. 차라리 거리의 깡통을 차 버리듯이 말이다.

그녀와 헤어지고 난 뒤, 조형훈과 나는 매음굴로 향했다. 인간의 잡동사니 속으로 잡동사니가 되고 마는 것이다. 만약 신이 내게 일 초의 외출 시간을 주었다면 그 일 초를 매음굴에서 색정과 아름다운 마귀와 사귀리라! 통조림 속의 고등어를 빼먹고 그 통조림 같은 기분이다. 지식이란 무엇인가? 사회란 무엇인가? 나라는 개새끼는 무엇인가? 그런 의문들은 군것질에 지나지 않는다.

우린 매음굴에서 관棺처럼 비좁은 곳에서 아프리카인처럼 옷을 벗었다. 그리고 짧은 시간에 이루어진 지옥의 계단, 그 불길 속으로 올라가다가 굴러 떨어졌다. 창녀는 내게 팁을 요구하였다. 팁을 주었다. 창녀와 섹스를 하는 도중 그녀가 떠올랐다. 그녀와 섹스를 한 것이다. 정말로 환장할 노릇이다. 우린 뭔가 아쉬웠다. 카드를 꺼내는 조형훈이었다. 술에 취해 있었지만, 창녀 한 명 당 이십오만 원이라고 하였다. 우린 창녀를 물건을 임대하듯 밤의 시간을 통째로 샀다. 여관으로 향하는 골목은 을씨년스러웠다. 내 머릿속은 최은숙으로 도배를 해놓은 듯이 그녀를 머릿속에서 떨쳐낼 수가 없었다. 각자의 방으로 들어선 곳에는 침대가 놓여 있었다. 우린 한 방에 발가벗은 채로 모여 앉아 맥주를 마셨다. 창녀는 배가 고프다며 포크커틀릿을 시켜 달라고 하였다. 맥주를 다 먹고 난 뒤에 각자의 방으로 헤어졌다. 나는 어떠한 묘기도 부릴 수 없을 정도로 취해 있었다. 낭만도, 성욕도 맥주에 의해 다 날아가 버린 종잇장에 불과하였다. 단지 그녀와 그 짓을 한 번 더 할 수 있다면 최은숙의 얼굴이 떠올라서일 것이다. 포크커틀릿이 불과 이십여 분도 걸리지 않은 채 배달되었다. 돈을 꺼내 주었고 지갑이 텅 비어가고 있음을 알았다. 나는 알몸인 채로 침대에 누웠다. 오, 자유. 몽롱한 술기운에서도 아무것도 걸치지 않는다는 것은 육체의 해방을 만끽할 수 있다. 창녀는 침대 밑에서 포크커틀릿을 먹었고, 나는 침대에 누워 그녀가 포크커틀릿을 먹어치울 때까지 침대에 누워 곰곰이 그녀를 떠올렸다.

사랑이란 감정은 떨림일 것이다. 마음속에 자국 난 그림자를 지울 수 없듯이 말이다. 그러나 그녀에 대한 감정이 의심스러웠다. 그녀를 조금이라도 알고 있는 것이 무엇이 있나 하는 것이다. 그러나 그 생각은 짧은 시간에 내 머릿속에서 기포를 내며 수증기로 사라졌다. 지금 내 심장에서 신비롭고 다채로운 감정이 묵은 감정과 희석이 되지 않아 떨고 있다. 이 무서운 감정은 무엇인가? 독재자가 되는 기분이다. 그녀를 통째로 소유하고 싶고 독점하고 싶은 감정이야말로 개방적이 아닌 독재자가 되는 것이다. 아, 나는 살며시 눈을 감고 한숨을 내쉬었다. 내 몸에는 새로운 기운이 넘쳐나고 있다. 내일 그녀가 남겨준 연락처를 보고 그 찻집에 가볼 작정이다. 그리고 창녀가 포크커틀릿을 다 먹었다고 생각되어 눈을 떴을 때는 이미 아침이었다. 오, 이십오 만원. 잠시 생각한 것뿐인데 아침이라니! 이런 일은 두 번째의 일이다. 젠장!

3

우린 밤사이 벌인 유치한 신념의 영역에서 그리 멀지 않은 식당에서 아침을 먹었다. 매연으로 가득하고 정신문명의 쓰레기로 오염된 서울은 숨쉬기조차 어려운 붕어들의 지상낙원이다. 심폐소생술을 배워둬야 이 도시를 살릴 수가 있으리라! 간단히 아침을 먹은 후, 우린 택시를 잡아타고 한강 둔치로 향했다.

전날 밤, 최은숙은 술에 취한 채 자신의 집으로 차를 몰았다. 늦은 시간에 도착하여서 그런지 그녀의 아이는 침대에서 곤히 자고 있었다. 그녀는 잠을 곤히 자는 아이의 이마에 입맞춤을 하여주고는 아이의 방을 빠져 나왔다. 그녀의 남편은 침대에 누운 채로 책을 읽고 있었다. 그녀가 들어오자 남편은 책을 덮고는 그녀를 안아 침대에 눕혔다. 그녀의 남편이 키스를 퍼붓자 그녀는 완강한 거부의 행동을 보였다. 남편은 전에는 한 번도 거부한 적이 없던 아내의 행동에 당황스러웠다.

"씻어야겠어요."

그녀의 말이었다. 사실 그녀는 남편의 행동에 대하여 거부할 마음은 없었다. 단지 자신의 가슴 속에 새로운 감정이 들어서 자신을 혼란스럽게 할 뿐이었다. 그 때문에 무엇인가에 의해 결박당하는 느낌이었고, 무의식적으로 거부반응을 한 것이다. 그녀는 자리에서 일어나 욕실로 걸어갔다. 남편의 당혹감은 자신의 느낌이 모두 새로운 느낌으로 교체된 기분이었다. 남편은 그녀가 욕실로 향하는 등 뒤를 물끄러미 바라보며 선반에 놓인 담배를 찾아 한 개비를 물었다. 혹은 자신이 너무 일방적으로 괴롭혔다는 생각이 들었다. 또한 자신의 아내가 낯설게 느껴지는 이유가 무엇인가? 남편은 아내가 찻집을 운영하여 고단해 하는 것이라는 결말을 지었다. 그렇지 않고서 그녀가 낯선 남자에게 강간이라도 당하듯 몸부림 칠 리가 없을 것이기 때문이다. 그녀는 욕실로 들어가 벽면의 거울에 자신의 알몸을 비추어 보았다. 그녀는 몸을 비틀며 볼 수 있는 곳이란 곳은 다 거울로 비추어 보았다. 시장 장사아치들이 파는 생선의 신선도가 떨어지면 주인에게라도 다짜고짜 따지거나 바꾸면 된다. 그러나 그녀의 육체, 그 누구와도 따질 수 없는 노릇이었다. 마치 신선도가 떨어진 자신의 육체에 대하여, 그것은 곧 자신의 존재가 지워지고 있음을 뜻하는 것이었다. 그녀의 머릿속은 혼란하였다.

그녀가 목욕을 끝마치고 침대 속으로 들어 왔을 때, 그녀에게서는 술 냄새가 물씬 풍겼다.

"무슨 일 있는 거야, 힘들면 찻집을 그만두지 그래."

남편은 조심스럽게 물었다.

"어떻게 차린 찻집인데요. 그리고 아무 일 없어요. 송계숙하고 술 한 잔 마신 것뿐이에요."

그녀는 남편에게 등을 돌려 누웠다. 그러자 남편은 그녀의 어깨에 팔을 올려놓았다. 그리고 침묵의 시간이 흐르자 남편은 잠에 곯아떨어졌다. 그녀는 잠이 오지 않았다. 마치 다른 남자의 체온이 느껴지고, 다른 남자의 성기가 자신의 복부를 파고드는 생각을 떠올렸다. 그 생각 자체만으로도 찌릿한 정전기가 온 몸을 휘감아 돈다. 그런 감정을 지속적으로 느낄 수만 있다면, 하는 생각도 들었지만 억제할 필요성도 느끼고 있었다. 그것은 남편이나 자식에 대한 의무일 것이다. 그러나 그녀는 남편의 큼지막한 성기는 큰 고통과 환희, 위안이 사라진 섹스에 불과한 도구에 지나지 않는 것이라는 생각을 하였다. 새로운 도구가 자신의 몸속을 파고든다면 어떠한 죄책감이라고 하더라도 그녀는 감수할 수 있을 것만 같았다. 그녀는 흥분하고 있었다. 어느덧, 손은 복부를 더듬고, 팬티가 축축해졌음을 알았다. 자신의 육체를 풍선처럼 팽창시키는 흥분을 복부 아래에서 발산해야만 할 것 같았다. 그녀는 코를 골며 잠을 자는 남편의 아랫도리에 손을 집어넣어 막대사탕을 쥐고 있듯이 손안에서 놀렸다. 잠결에도 그 부드러운 느낌은 마치 뱀이 자신의 몸을 휘감아버리는 듯한 느낌이다. 남편은 조심스레 눈을 떴고, 아내가 자신의 아랫도리에 손을 넣어 물건을 감싸 쥐고 있다. 남편의 애무는 쏟아지고 있다. 정육점 도마에 올려진 몇 근의 고깃덩어리처럼 여겨지던 육체, 그녀는 용광로처럼 자신의 심장으로 흐르고 있는 갈증과 식욕을 느끼고 있었다. 이대로라면 심장이 뜨거워 녹아 없어질 것 같다. 자신의 복부에 약간의 통증과 자신의 몸속으로 깊숙이 들어온 무언가가 머릿속까지 파고들었다. 그녀는 잠시 자신의 몸속을 파헤치려는 도구가 남편의 것이 아닌 새로운 도구라고 인식하고 있었다. 그녀는 누군가를 떠올리고 있다. 남편은 내 자신의 만족을 위해 단지 노동을 하여주는 것이다. 만족은 다른 누군가에 의해 느껴지고 있다. 허수아비 같은 남편의 노동이 절정에 달하자 그녀는 남편의 등에 손톱자국을 내었다.

"당신이 이렇게 정열적인 줄은 몰랐어."

남편은 담배 한 개비를 입에 물어 피웠다. 그녀는 남편에 대한 죄책감보다는 자신의 몸속에 아직까지 혈관을 따라 남아있는 흥분된 쾌락을 사라지기 전까지 기억하려고 하였다.

"정말로 당신은 멋있었어요."

그녀는 그 한마디로 말을 끝냈다.

일요일 아침, 그녀는 서둘러 아침식사를 마치고 찻집으로 향했다. 그녀의 남편은 여름방학 내내 행정실로 출근을 하였다. 그것이 선생들과는 다른 점이었다. 그녀의 남편은 방학기간 동안에는 점심을 먹으러 찻집으로 온다. 그녀는 남편에게 점심식사 메뉴를 말하고는 서둘러 강남 지하철역으로 향했다.

송계숙은 서초동 스물네 평짜리 원룸에서 살고 있었다. 그 술집에서 그녀는 취기가 돌자 자신의 원룸으로 가자고 떼를 썼다. 낯선 남자를 자신의 원룸으로 끌어들이는 것을 보면 알 수 있듯이 그녀는 개방적인 사고와 도구를 잘 사용할 줄 아는 남자라면 어디에서든지 연애를 할 수 있을 정도였다. 그녀는 서른여덟의 노처녀였다. 그녀는 술에 취해 말하기를,

"저는…남자보다 일을 더 사랑해요. 솔직히! 실연도 맛보았어요. …하지만 그 때문에 고집을 부리는 것이 아니에요. 낙천적이고 행복한 일이란 오직 나의 직업뿐이죠. 화가 말이에요. 그리고 뭔지 알아요?"

그녀는 혀가 꼬부라진 채 말을 더듬거리며 말하였다. 우린 그녀를 바라보았다.

"흐흐, 바보들… 술이잖아요."

우린 깔깔 웃어댔다. 그리고 그녀는 우리가 맘에 들었던지 자신의 원룸에 가서 한잔하자고 하였다. 자신의 냉장고에는 임페리얼이 서너 병이 있다고 덧붙였다. 임페리얼이라, 구미가 당기는 일이기는 하다. 물론 내가 소설을 쓰기 위해 많은 소재거리가 될 수도 있다는 기대감도 없지 않아 있었다. 송계숙은 최은숙을 가리키며 유부녀는 집에 가서 우유나 더 빨라고 농이 섞인 어조로 지껄였다.

"많이 취하신 것 같군요. 이젠 가보셔야 될 것 같습니다."

나는 정중하게 말했다. 그녀는 누구의 말도 들으려 하지 않았다. 최은숙은 그녀의 어깨를 잡아끌어 밖으로 나가려 하였다. 그러나 송계숙은 그녀의 팔마저 뿌리쳤다.

"오늘 너무 기분이 좋아. 존재란 이런 사소한 장소에서 느끼나봐."

그녀는 술잔을 흔들고는 고개를 숙였다. 그녀의 말대로라면 존재는 유치한 것이다. 내 자신이 왜 존재를 하는가? 나는 누구인가? 나의 가치는 무엇인가? 에 대한 의문과 질문들은 신만이 알 수 있을 것이다. 그러나 존재는 알 필요가 없는 것이라 나는 생각하고 있었다. 존재를 깨닫게 된다면 허망하다는 것을 알기 때문이다. 동물적인 것도 있겠지만, 존재는 지식, 철학, 과학으로도 알 수 없는 것이 되어야 한다. 그것을 알게 되면 인간은 모두 자살을 하고 말 것이다. 존재는 미지의 철학으로 남겨 두어야 한다. 성경책에서 쓰이지 않은 동물적 가치에 대하여 알 필요가 없는 것이다. 그래야만 상상의 것이 되고 욕구가 존재하기 때문에 자살은 하지 못할 것이다. 나는 그녀에게 말하고 싶었다. 수수께끼나 마술 같은 것이 존재라고 말이다. 마술사가 많은 관객을 속이듯이 마술사만이 그 속임수를 알고 있다고 말이다. 그 재주를 안다면 허탈하고 신비로움조차 없는 것이 되어 버린다. 존재의 가치를 애써 더 이상 깎을 필요가 없다. 신비롭게 놓아두어라! 탁자나 소파에, 아침 식탁에도 말이다.

그녀는 곧 전시회를 연다고 말하였고 그것 때문에 긴장과 신경이 곤두서 있다고 말하였다. 열 번째 갖는 전시회라서 많은 비평가들에게 자신의 이미지를 심어줄 작정이었다.

"송계숙씨의 그림을 하루라도 빨리 보고 싶군요."

나는 말했다. 조형훈은 바지주머니에서 지갑을 꺼내더니 영화 관람표 같은 티켓을 꺼내 보이었다. 한 장을 받아 들고 보니 송계숙 전시회 초청장이었다. 그가 언제 송계숙한테서 초청장을 받아 챙겼는지 몰랐다. 놀라운 일이 아닐 수가 없었다. 그러자 조형훈은,

"자네 화장실 갔을 때 받아 놓아둔 거야."

"제 원룸으로 가서 한 잔 더 하시지 그래요."

"차라리 차 한 잔을 마시도록 하죠."

하고 말했다. 조형훈은 송계숙을 부축하다시피 하였고 최은숙과 조용히 걸었다.

4

「무대 위의 마술사가 백여 명의 관객에게 보여주는 마술에 대하여 관객은 즐길 줄을 알아야 합니다. 관객이 마술사의 마술에 대하여 의심을 갖고 그 속임수를 알려고 한다면 그는 더 이상 마술쇼에 대하여 흥미를 갖게 되지 않을 것입니다. 마술사의 속임수를 알게 된다면 호기심에 대한 충족은 어느 정도 채워질 수 있습니다만, 마술이 유치하다는 것을 알게 되죠. 존재도 마찬가지입니다. 우린 신이 무대 위에서 많은 마술을 보여 줍니다. 인간은 단지 관람하는 정도로 만족하지 마시고 그 마술을 즐길 줄 알아야 합니다. 그 유치한 속임수는 신만이 알고 있으면 되는 것입니다. 관객은 그것까지 알 필요가 없는 것이죠.」

나는 거리를 걷다가 잠시 멈춰 잠바 지퍼에 넣어둔 검정색 수첩을 꺼냈다. 그리고 삽시간에 떠오른 생각들을 정리하여 수첩에 기록해두었다. 조형훈은 나의 이런 행동을 못마땅하게 여겼다.

"이봐! 거리에서 뭐하는 거야. 더워 죽겠어!"

그는 짜증 어린 투로 말했다. 사실 무더운 여름 날씨다. 마치 푹푹 삶는 뚝배기 안의 삼계탕 같은 느낌이다. 나는 그에게 최은숙이 운영하는 찻집에 들러 보자고 하였다. 그는 그녀들과 공짜로 자지 못한 것을 아쉬워했고 약간의 호기심도 비치었다.

"그래, 좋아. 첫 숟가락에 배부를 수는 없지. 그리고 매우 끌리기도 하고 말야."

조형훈은 말했다. 그리고 우린 지하철을 타기 위해 십여 분을 걸었다. 상의를 벗은 노숙자들이 지하보도 입구에서부터 신문지를 깔고 누워 있다. 그리고 그 주변으로 소주병이 나뒹굴어 있다. 한 노숙자는 코끝을 찌르는 땀과 술에 찌든 냄새를 물씬 풍기며 돈 천 원만 달라고 구걸하였다. 구역질이 날 것만 같았다. 나는 그들을 무시하고 매표소에서 표 두 장을 샀다. 내 뒤를 따라 오던 조형훈이 보이지 않아 주위를 둘러보았다. 그는 한 노숙자에게 담배를 건네고 무슨 말인가를 주고받더니 지갑을 꺼내 얼마의 돈을 주었다. 그에게 다가가 무슨 일이냐고 물었지만 그는 지켜보라고 말했다. 노숙자는 연신 조형훈에게 머리를 조아리며 쥐고 있던 돈을 주머니에 휴지조각처럼 구겨 넣었다. 조형훈은 내 허리를 잡아끌고는,

"표 한 장을 주게나. 그리고 잠시 뒤에는 재미있는 일이 벌어질 거야."

그는 싱글벙글하였다. 영문도 모른 채 멀찌감치 노숙자의 뒤를 따라갔다. 묘한 기분에 사로잡혔다. 단지 직감적으로 조형훈이가 어떤 일을 꾸몄다는 것뿐이다. 조형훈은 내 말을 가로막으며 지켜만 보라는 식으로 말했다. 무슨 일이 벌어질지 모르는 상황에서 불안감이 감돌았다.

"어떤 일을 꾸몄는지는 모르겠지만, 당장 그만두는 게 나을 것 같은데…"

그의 계략에 대하여 만류하였다.

"정말로 심심하지 않나? 나는 일상이 지루할 뿐이야. 단지 잠깐 동안에 흥미 있는 일을 만들었을 뿐이야."

　나는 노숙자를 지켜보았다. 노숙자는 망설이고 있다. 조형훈은 노숙자에게 계속 화살 같은 눈짓을 보내고 있다. 지하철 안은 꽤 많은 사람들로 가득하다. 마치 성냥갑 속의 성냥개비를 정렬하여 넣어 두었듯이 말이다. 그리고 낯선 시선들 속에 빨려 들어가는 기분이다. 분쇄기에 내 자신이 분쇄되는 기분이다. 쇼윈도우의 마네킹을 보듯이 나도 마네킹이 된 기분이다. 아니면 구정물 속의 건더기, 이 더러운 도시는 어떠한 빛도 존재하지 않는다. 조소가 섞인 미소, 상품의 가치가 있는 곁눈질, 숨이 막힌다. 아니 환락적이다. 쾌락적이다.

　잠시 엉뚱한 생각에 골몰해 있었다. 그리고 여자의 톱날 같은 비명 소리가 들려왔다. 많은 마네킹들의 시선이 한 곳으로 모아졌다. 노숙자는 매캐한 냄새를 풍기며 자신을 피하는 사람들에게 접근하는 방식으로 치마를 입은 한 여자의 엉덩이를 볼링공을 쥐듯이 중지와 인지로 찌른 것이다. 여자는 발을 동동 굴렸고, 옆에 있던 한 남자는 큰소리를 질러댔다. 그리고 노숙자는 그 자리를 피해 달아나려 했지만 많은 사람들을 비집고 빠져나가기가 어려웠다. 큰소리로 욕을 내뱉던 남자는 그녀의 애인으로 보였다. 그는 잽싼 몸동작으로 날렵하게 노숙자의 어깨를 잡아끌었다. 노숙자는 그 남자의 휘두른 주먹에 아귀 한 대를 얻어맞고 냉동탑차에 고깃덩어리를 던져 올려놓듯이 나가 떨어졌다. 노숙자는 일어나지를 못하고 신음소리를 내었다. 그리고 턱을 훑은 손에는 선홍빛 피가 묻어 나왔다. 그의 턱은 대각선으로 살점이 파여 있었다. 그 남자의 인지에는 꽤 둔탁하게 보이는 반지가 끼어 있었다. 주위에 마네킹들은 물끄러미 바라만 볼 뿐이다. 그 남자는 노숙자를 일으켜 세워 아귀 한 방을 더 가격하였다. 마치 정육점에서 고깃덩어리를 다루듯이 가볍게 다루는 그 남자였다. 노숙자는 신음소리 대신 웃음을 토하였다. 주위에서는 '미친놈!'이란 말로 웅성거렸다. 조형훈은 그 상황을 연출하고서도 무척 재미있어 하였다. 순간 내 뇌리를 장식한 것은 크리스마스 추리가 아닌 용암처럼 끓어오르는 분노였다. 쓰러져 있던 노숙자의 복부를 그 사내는 힘껏 발로 가격하였다. 그러자 노숙자의 웃음소리는 사라졌고, 간신히 내뱉는 끊어질 듯한 숨소리와 신음소리였다. 그리고 그 사내는 쓰러진 노숙자에게 침을 뱉었다. 다음 정거장에서 그녀와 그는 내렸고 노숙자는 일어나지 못한 채, 복부를 쥐고 있었다. 매우 허약해 보였고 그로서는 일어날 의지조차 없어 보였다. 바닥은 그에게 있어 장소 불문하고 자신의 육체를 눕힐 수 있는 관(棺)이었다. 많은 줄톱 같은 시선들에 상관없이 그는 히죽히죽거리며 누워 있었다. 혀를 차든 욕을 하든 그에게는 뇌에 어떤 자극도 되지 않는 말들이라 여겼다. 조형훈은 지갑에서 삼만 원 가량의 돈을 꺼내 조심스럽게 그의 얼굴 밑에 놓아두었다. 그리고 그는 내게 다음 정거장에서 내리자고 하였다. 그리고 그는 내게 귀엣말로,

"나는 찌르라고 하지 않았어. 단지 엉덩이만 만지라고 했을 뿐인데…"

그리고 그도 노숙자처럼 히죽히죽 웃고 있었다. 이 상황이 삶의 활력이라고 생각하나? 하고 물었다. 조형훈의 대답은 간단명

료하게 자신이 한 일은 미친 짓이었다고 자인하다시피 시인하고 있었다. 그러나 그의 말은 내가 자신에게 쏟아낼 말들에 대하여 미리 장막을 치는 것이리라! 인사동에 도착할 때까지 그에게 말을 걸지 않았다. 우린 최은숙이 운영하는 찻집을 찾기 위해 주위를 두리번거리며 걸었다.

"단지 이유가 그뿐인가?"

나는 화가 치밀었지만 자동차 분쇄기처럼 억누르며 차분하게 물었다. 그러자 그는,

"너를 즐겁게 해주기 위해 꾸민 일이야. 물론 얼마의 돈을 써야 했지만…"

그는 내가 기분이 상해 있음을 알고 말꼬리를 줄이었다. 그리고는 잠시 침묵의 시간이 흐르고 난 뒤 그가 다시 말끝을 이었다.

"그녀들이 우리의 존재를 아직도 기억하고 있을까? 아니…반갑게 맞아줄까?"

그는 분위기를 바꾸기 위해 어색하고 더듬는 말투로 말했다. 나는 쥐고 있던 감정을 놓아버리기로 하였다.

"미친 녀석!"

하고 욕을 내뱉었다. 그리고 담배 한 개비를 피워 물고는 여러 상점들의 물건을 구경하며 걸었다.

오전 열시가 되어서 찻집에 도착한 최은숙이었다. 어둡고 텅 빈 가계를 가득 채운 것은 전등 빛과 그녀가 아끼는 CD음반에서 흘러나오는 음악이었다. 성시경의 감미로운 목소리가 흘러나왔다.

그녀는 커피포트를 들어 커피 잔에 어둠을 채워놓은 듯이 검푸른 빛깔의 원두커피를 채웠다. 그리고 전날과 별다를 것 없이 인사동 거리가 보이는 창가에 앉아 커피를 마신다. 그녀는 그 순간만큼은 평온한 시간이며 신선한 생선마냥 느껴지는 거리의 아침을 즐겼다. 짧은 시간이지만 그 주어진 시간만큼은 낙원에 앉아 있는 듯이 도취된 무저갱(無低坑, abyss 악마가 벌을 받아 한번 떨어지면 영원히 못 나오는 밑 닿는데 없는 깊은 구덩이)의 감정을 느낄 수가 있다. 그리고 어제 있었던 일을 그는 떠올렸다. 그림 전시회를 며칠 남겨두지 않은 송계숙의 연락을 받고 만난 곳이었다. 송계숙은 전시회 준비에 바빴음에도 권태와 의욕이 없던 최은숙의 기분을 풀어주기 위해 그 술집으로 간 것이다. 며칠 동안 최은숙의 감정은 암울하였다. 그것은 자신의 존재가 점점 사라져가고 있다는 두려움에서 오는 것이었다. 그런 소심한 성격과 외로움을 잘 타는 최은숙에 비하여 송계숙은 적극적이며 활달하였다. 술집 분위기는 최은숙의 감정을 어린 소녀로 만들어가고 있다. 고막을 찢는 음악소리와 춤을 추는 사람들의 모습은 예전에 느꼈던 감정과 달랐던 것이다. 그녀는 자신도 모르게 열정적으로 도취되어 갔다. 경쾌한 음악에 맞춰 머리를 흔들고 춤을 추며 자기 자신 속에 들어 있는 동물적 본능에 육체와 마음을 의지하고 싶을 뿐이다. 때론 자기 자신에게 물을 때도 있다. '나는 행복을 볼 줄 모르는 여자다. 그런데 이 우주같이 광활한 허전함이란 무엇인가? 불행도 아니고, 족쇄도 아닌 이 감정은 무엇인가? 웃어야 한다. 그러나 웃지를 못한다. 어떠한 농담도 내게

는 잔소리로밖에 들리지 않는다.'

최은숙은 커피를 다 마시고 나서도 창가에 오랫동안 머물렀다. 그리고 유리창에 비친 자신의 모습을 바라보았다. 그녀는 비친 자신의 눈을 크게 뜨고서는 눈을 바라보았다. 문신을 새기듯이 세밀하게 동공을 바라보았다. 떨어진 쇠가죽 신발처럼 거칠어만 가는 자신의 볼을 어루만진다. 그리고 눈가의 주름을 살핀다. 마치 죄인에게 형량이 가해진 것처럼 마음이 무거워졌다. 그리고 자신도 모르게 창가에 비친 자신의 모습이 낯설게 느껴진다.

인사동을 이십여 분 배회하고 나서야 그녀가 운영하는 찻집을 찾을 수 있었다. 시간을 보니 오전 열시 삼십분이다. 너무 이른 시간이다. 찻집은 이층이었고, 우린 나무계단에 구두 굽 소리를 내며 올라갔다. 문을 열자마자 잔잔한 음악이 흘러나왔다. 창가에 서있던 최은숙은 고개를 돌려 우리에게 시선을 주었다. 그리고 그녀는 우리를 잠시 살펴보더니 방긋 웃음을 보였다. 그녀는 빠른 걸음으로 우리를 창가 쪽으로 안내했다.

"한 번 와보고 싶었습니다. 분위기가 좋군요."

나는 정중하게 말했다.

"뭐로 드시겠습니까?"

그녀는 서있는 채로 물었다. 우린 커피로 시켰고, 그녀가 커피를 가져올 때까지 주위를 살폈다. 조형훈은 자신의 몸을 숙여 나지막한 목소리로 말한다.

"정말 근사한 찻집인데…"

그리고 그는 히죽히죽 웃었다. 조형훈의 웃음소리가 귀에 거슬렸다.

"이봐! 좀 얌전히 굴어."

조형훈에게 가늘고 날카롭게 말했다.

"내가 뭘 어쨌다구 그래."

"지금 네 머릿속에는 엉뚱한 상상을 하고 있잖아!"

그는 깔깔 웃어댔다.

"사실 얼굴도 미인인 데다가 돈이 많으면 뻔하지 않은가!"

"젠장, 그런 생각을 하면 즐거운가?"

나는 화가 치밀었다.

5

찾집을 빠져 나온 후, 우린 경복궁에 들러 산책을 하였다. 무더웠기 때문에 나무 그늘에 앉아 많은 대화를 하였다. 그날 저녁, 우린 사창가로 향했고 비좁은 밀실에서의 향락적이고 쾌락적인 일들을 즐기며 돈을 썼다. 이제는 창녀의 자궁 안에서 그 어떠한 만족도 느끼지 못한다. 어느 초가집의 방문을 열고 닫듯이 들어갔다 나오는 정도의 일이다. 아니, 시궁창에 더럽혀진 신발 같은 느낌이다. 우린 창녀에게 일 만원의 팁을 주었고, 창녀는 기분이 좋았던지 밀실 안에 있던 노래방 기계의 반주를 틀어 놓고 조형훈과 내 옷을 벗겨놓고는 교대로 돌아가면서 그 짓을 하였다. 나는 깔깔 웃어댔다. 마치 잠긴 문에 많은 열쇠를 갖고 맞는 열쇠를 찾듯이 이것저것 끼어보는 듯한 느낌이었다. 우린 누운 채로 창녀의 기계적인 삽입과 능수능란한 엉덩이를 흔들어대는 것을 바라만 보고 있다. 어찌 보면 그 능수능란함이란 것도 기계체조에 불과한 것 같아보였다. 오, 이런 젠장! 사정을 할 것만 같았다. 우린 몇 병의 맥주를 시켰고, 시간이 조금 흐르자 포주가 들어와 조형훈하고 흥정을 하였다. 창녀들을 하루 티켓을 끊어 달라는 것이었다. 조형훈은 가격을 말하였지만 포주는 그보다 두 배 가격인 창녀 일인당 오십만 원을 불러댔다. 물건값이 꽤 비싼 편이라는 생각을 하였다. 물건? 인간물건 말이다. 우리는 벗어 놓은 바지나 남방으로 아랫도리 부분만을 가리고 있었다. 나는 포주에게 꺼지라고 말하고 싶었다. 그들의 흥정에 끼어들지 않았다. 흥정에 뛰어들 만큼 그만한 돈이 없었기 때문이다. 포주가 나가자 김빠진 맥주처럼 분위기가 가라앉았다. 우린 창녀와 마찬가지로 발가벗은 채, 맥주잔을 들어 건배 제의를 하였다. 때론 삶이란 것은 큰 모험이 없어도 흥미로운 것일지도 모른다. 아무런 변화를 요구하지 않아도 세상은 누군가에 의해 변화하기 때문이다. 그 변화에 맞춰 살면 되는 것이다. 나약한 인간 벌레에게는 아무런 힘도 없기 때문이지 않은가! 제기랄! 염병 같은 세상!

우린 사창가를 빠져나와 택시를 잡아타고 성수동으로 향했다. 우린 새벽이 되었어도 술집을 찾아 헤맸다. 우리는 정신이 가물가물 해지도록 술을 마셔댔다. 물을 먹인 소처럼 우리의 육체는 부풀어만 갔다. 그리고 골목을 걸어 불이 켜진 여관을 찾았다.

다음날 아침, 조형훈은 일찌감치 일어나 출근을 하였다. 잠결에 그가 내게 저녁때 보자고 한 말을 들었다. 눈을 떴을 때는 오후 한시였다. 간단히 샤워를 한 후에 나는 최은숙의 찻집으로 향했다. 내 마음이 그녀를 향하는 까닭을 깊게 생각하여 보지를 않았다. 그녀의 이국적인 외모 때문만은 아니다. 여성스러운 그녀에게는 다른 여성이 지니고 있지 않은 매력이 있었다. 마치 많은 보석들 중에서도 아주 특별하고 흔하지 않은 보석을 본 것만 같은 기분이었다. 내 감정에 소용돌이가 일어나고 있는 기분이다. 그녀의 찻집에 들러 많은 시간을 그녀와 함께 있기를 바라고 있다. 뜻대로 되지 않더라도 몇 잔의 커피와 음료수를 시키며 그 자리에 오래도록 머물 것이다.

찻집 안은 어제의 분위기와 별다를 것이 없다. 한 테이블에는 송계숙이 앉아 있었다. 그녀는 차 한 잔을 마시고 있었고, 최은숙은 카운터에서 마른 헝겊으로 유리잔을 닦고 있었다. 내가 들어서자 송계숙은 자리에서 일어나 방긋한 미소를 지었다.

"그때 만난 작가 선생님 아니세요."

나는 미소를 지어 답례를 하였고, 그녀가 앉은 자리로 향했다.

"한 번 뵙고 싶었습니다."

"그래요, 무슨 일로…?"

반사적으로 물었다. 그리고 물끄러미 바라보았다. 그녀는 잠시 말을 하지 않았다.

"그냥 호감이 가서요. 이유가 되나요."

그리고 그녀는 방긋 웃었다.

"이유야 되죠. 저도 사실 화가라 하기에 매우 관심이 있었습니다.”

내 스스로가 매우 호의적으로 그녀를 대하고 있다고 느꼈다. 카운터에서 마른 헝겊으로 유리컵을 닦던 최은숙, 그녀가 자리에 합석하였다. 그녀의 눈은 아침이슬처럼 투명하고 컸다. 그녀의 커다란 눈이 좋았다. 어디에서도 구하기 힘든 빛을 지닌 눈이라고 나는 믿고 있었다.

“어제도 이곳에 들렀다면서요?”

송계숙은 물었다.

나는 가볍게 그렇다고 말하고는 찻잔을 들어 입술을 적시었다.

“서울에는 며칠 동안 머무실 건가요?”

최은숙의 물음이었다.

“글쎄요. 딱히 서울에서 할 일은 없습니다만…”

우물쭈물하듯이 대꾸하였다.

“그럼 저랑 극장엘 가보지 않겠어요.”

송계숙은 상냥하게 물었다. 그리고 그녀는 담배 한 개비를 피워도 되냐고 물었다. 나는 흔쾌히 허락을 하였고, 그녀는 악어가죽의 가방에서 가느다랗고 긴 담배 한 개비를 꺼내 물었다.

“극장이요?”

하고 대꾸하였다. 내게는 잘된 일이라 여겨졌다. 송계숙은 이어 최은숙에게 잠시 찻집을 비우고 함께 가자고 제의를 하였다. 수락하는 최은숙이었다. 나는 기분이 매우 좋아지고 있었다.

“종업원이 곧 나올 거예요. 그가 열쇠를 갖고 있으니까 알아서 정리할 것입니다.”

우리 일행은 그 찻집을 빠져나와 송계숙이 모는 차를 타고는 종로 쪽으로 향했다. 나는 영화에는 별 관심조차 없었다. 송계숙도 여자로서의 매력적인 부분이 많다. 그녀의 활달한 성격도 마음에 들었고, 가식이 절제되어 있는 여자로 보였다. 그러나 내 관심은 최은숙에게로 가 있었다.

극장표를 산 송계숙을 따라 우린 극장 안으로 들어갔다. 시간이 맞지 않아 극장 내 매점에서 음료와 맥주를 사들고 영화가 끝나기를 기다렸다.

"맥주를 좋아하시나 봐요."

송계숙의 물음에 나는 짤막하게 끊어 '그렇다'라고 대답하였다. 그녀가 보고자 하는 것은 일본의 애정 영화였다. 나는 영화중에서도 일본 영화나 드라마는 지루하였다. 그러나 그녀는 일본 영화 마니아였다. 그녀는 상영 중인 영화의 감독이며 배우에 대하여 자신의 생각들을 늘어놓았다. 최은숙은 호감 어린 표정으로 그녀의 말에 귀를 기울이었다. 송계숙을 바라보면서도 머릿속은 온통 최은숙 생각으로 가득하였다. 그녀가 나를 지배해버린 이유가 뭘까? 라고 곰곰이 생각을 하여도 알 수가 없는 일이다. 마력에 끌려들어간 기분이다. 상영중인 영화가 끝나자 사람들이 성냥개비처럼 북적거리며 쏟아져 나왔다. 우리가 앉은 곳은 중간쯤의 객석이었다. 나는 그들 중간에 앉았고 송계숙과 최은숙 손에는 팝콘이 넘칠 듯이 담겨 있는 커다란 일회용 종이컵이 들려있었다. 영화가 상영이 되자 우리의 시선은 스크린으로 집중되었다. 나는 그녀가 들고 있는 팝콘 종이컵에 손을 담그듯이 넣어 한 주먹의 팝콘을 쥐고는 입 속에 구겨 넣었다. 어느 순간 최은숙은 스크린 대신 나를 바라보고 있었다. 나는 힐끔 그녀의 시선을 확인할 뿐, 그녀의 눈을 바라 볼 수는 없었다. 내 장딴지가 뜨거워지고 있었다. 그녀의 체온이 고스란히 내 장딴지에 전해지고 있었다. 내 장딴지 위에 손을 올려놓은 그녀가 주는 온기는 혈관의 피를 빠르게 순회하게 하였다. 그 손등에 손을 올려놓았다. 마치 우린 경구개를 통해 만들어내는 소리가 아닌 메시지로서 서로의 음성을 듣고 말하고 느끼는 것이다. 그녀의 행동에 대하여 눈곱만치의 거부감보다는 희열로써 받아들여졌다. 그제야 스크린 빛에서도 맑고 큰 눈을 한 그녀를 바라보았다. 송계숙은 영화에 도취된 듯이 우리의 행동을 눈치 채고 있지 못하였다. 나는 밖으로 나가자는 눈짓을 하였다. 그러고 나서 송계숙에게 화장실을 갔다 오겠다고 말하였다. 뒤이어 최은숙이가 비좁은 객석사이를 빠져 나와 밖으로 나왔다. 나는 귀퉁이로 그녀의 손을 잡아끌었다. 복도 통로 쪽은 화장실이 있었고 그 안쪽으로 더 들어갔다. 문이 하나 있었는데 다행히도 잠기지 않았고 그 안에는 잡동사니들로 수북하였다. 그녀를 끌어안고 탁자에 눕혔다. 그녀의 혀가 내 몸 속을 파고들어 모든 이성을 빼앗아 가고 충동만 남겨 놓았다. 그녀의 치마 사이로 손은 깊숙이 파고 들어갔다. 그녀의 몸은 뱀처럼 꾸물거렸다. 우린 마치 사자가 어린 사슴의 살점을 뜯어먹듯이 본능적이었다. 그리고 그녀의 몸에서 아이스크림처럼 녹는 고통이 느껴졌다. 마치 바늘로 거대한 우주를 찌르듯이…

  송계숙은 화장실로 간 우리가 오랫동안 들어오지 않자 객석에 앉은 채로 밝은 빛을 끌어안고 들어오는 문을 바라보았다. 우리의 흥미롭고 모험적인 섹스가 끝나고 상영관 안으로 들어섰을 때는 중반의 스토리가 전개되어가고 있었다.

"밖에서 무슨 일 있었어요?"

송계숙은 물었다.

"아뇨, 담배 한 개비를 피우고 들어오는 겁니다."

"아, 그래요."

그러고 나서 그녀는 스크린으로 시선을 주었다. 그러나 그녀는 밝은 기색이 사그라진 표정이었다. 내 몸에는 찌릿한 정전기가 머물고 있었다. 영화가 끝나고 극장을 빠져 나온 뒤로 최은숙은 내게 귀엣말로 "오늘 저녁 때 보아요." 하고는 찻집으로 향했다. 송계숙이가 찻집까지 데려다준다고 하여도 최은숙은 만류하며 지하철을 타고 가겠다고 하였다. 팔목에 찬 시계의 시침을 훔쳐보던 송계숙은 내게 점심을 같이 하자고 제의를 하였다. 나는 흔쾌히 수락하고 그녀의 차에 올라탔다. 그녀는 고풍스럽고 음식이 맛깔스러운 식당으로 나를 안내한다고 하였다. 꽤 후한 대접을 받는다는 생각을 하였다. 내 스스로 내겐 이런 권리조차 없으면 아마도 지옥에서 휴식조차 없이 유격훈련 하듯 혹사시키는 거야, 하고 생각하였다. 마치 지옥에서의 특별휴가를 받은 기분이었다.

그녀는 자신의 오피스텔과 멀지 않은 통나무집으로 향했다. 그녀는 차를 몰면서 그 통나무집에 대한 칭찬을 아낌없이 쏟아내고 있었다.

"그래요, 그 곳이 정말로 그렇게 서비스도 좋고 음식 맛도 일품입니까?"

나는 그녀의 말을 보태었다.

"전 항시 여러 작가들과 그 곳에서 점심을 먹었죠. 비록 귀족은 아니지만 가격도 저렴하고 오랜 시간 동안 앉아 사색을 합니다."

그녀의 말에 약간의 동요를 내비치었다. 내 머릿속에 어떠한 그림이 그려지기는 했지만 선명하게 드러나지 않았다. 삼십여 분을 차를 몰고 달려온 곳은 빽빽한 도심 속에서도 한가할 정도였다. 유령의 도시처럼 말이다. 주위는 공원이었고 그 안에는 작은 호수가 있었으며, 이층의 서양식 구조의 통나무집이 있었다. 이층은 넓은 발코니에 자연적인 바람과 햇볕을 받으며 식사를 할 수 있는 곳이었다. 나는 그녀에게 발코니에서 식사를 하면 안 되냐고 물었다. 그녀는 흔쾌히 승낙하고는 이층 나무계단을 밟고 올라갔다. 말끔한 웨이터가 그녀에게 정중히 허리를 숙여 인사하였다. 그리고 사장까지 나와 정중하게 인사를 주고받았다. 그녀는 날 작가라고 웨이터에게 소개를 해주고는 발코니 쪽으로 향했다. 나는 작가라는 말에 기분이 흡족하였다. 그리고 그녀는 메뉴판도 보지 않고 자신이 즐겨 먹는, 쇠고기 카르파초(쇠고기를 날 것으로 얇게 저며 썰어 올리브 오일, 식초, 마요네즈로 잰 것)와 파스타와 와인을 시켰다. 메뉴판을 훑어보았지만 내가 아는 음식이라고는 찾아볼 수가 없었다. 그녀가 말한 것과는 달리 꽤 비싼 음식들뿐이었다. 나는 송계숙이 주문한 음식과 똑같은 것으로 달라고 주문하였다.

"이탈리아 음식 좋아하세요?"

그녀는 물었다.

"아뇨. 아니, 잘 모르겠습니다. 이탈리아 음식을 접해 본 지가 없어서 말입니다."

"그래요, 그럼 오늘 어떤 맛인가 느껴보세요."

"이탈리아 음식에 매우 호감이 있으신가요?"

나는 물었다. 질문을 하고 나서 바보 같다는 생각을 떨칠 수가 없었다.

"대학 다닐 때부터 이탈리아 화가나 그림에 빠져 있었는데 자연히 음식에도 관심이 가더군요."

그녀의 말에 머리를 끄덕였다. 그리고 나서 웨이터가 붉은 헝겊으로 감싼 파스타와 와인 한 잔을 유리잔에 따라주었다. 우린 유리잔을 눈높이까지 들어 보이고는 한 잔을 마셨다. 나는 한 번에 들이켰고 그녀는 입술만 축일 정도로 조금 마시더니 눈을 감고는 그 맛의 미지에 대하여 음미하였다. 잠시 내 자신이 무식하고 부끄럽다는 생각이 들었다. 그러나 나는 금방 그 생각들을 떨쳐버렸다. 그녀는 나의 바보스런 행동에 대해 깔깔 웃어댔다. 무안하고 부끄러워하던 내게 '저도 처음에는 그렇게 배웠어요. 처음에는 다 그렇습니다.'하고 위안의 말을 건네주었다.

"저도 어떻게 먹어야 할지는 알고 있습니다. 그런 습관이 너무 어색해서 적응하기 힘이 들더군요."

나는 변명 아닌 변명을 늘어놓았다.

최은숙은 지하철을 타고 인사동의 자신의 찻집에 도달할 때까지 흥분된 상태였다. 남편에 대한 자책감도 들었지만 자기 자신에게서 특별한 무엇인가를 발견한 듯 새로웠다. 아르바이트 종업원인 임경실은 사장의 의뭉스런 표정에 납득이 가지 않았지만 이내 무시하였다. 최은숙은 창가로 가 앉았다. 몇 탁자에 손님들도 눈에 띄었다. 그녀는 자신의 심장이 아닌 남의 심장이 자신의 가슴 속에서 뛰고 있다고 느꼈다. 그녀는 쾌락과 희열에서 오는 만족감보다는 자기 자신의 정체성에서 조금 벗어났다는 기분에 도취되어 있었다. 그리고 그녀의 남편 오경달이 찻집 문을 열고 들어 왔다. 그녀의 육체에 남아있던 찌릿한 감정들이 일순간에 날아가 버린 오싹한 느낌이 들었다. 그녀는 점잖게 남편에게 물었다.

"어쩐 일로 왔어요, 전화도 없이."

"점심이나 같이 먹을까 해서 왔어."

"바쁘지 않아요?"

"방학이라 다들 한가해. 전화 하니까 임경실이가 받더군. 어디 갔다 오는 거야."

그녀는 남편의 말에 주저함 없이,

"송계숙하고 극장엘 갔었어요. 일본 영화를 보고 왔어요."

"그래, 아직 점심 안 먹었지?"

그녀는 남편의 말에 머리를 끄덕였다. 그리고 그녀는 자리에서 일어나,

"뭐로 드시겠어요."

"모처럼 나왔는데 외식을 하지 그래."

"여기도 식사는 나오니까 제가 간단히 준비하죠."

그리고 그녀는 자리에서 일어나 카운터 쪽으로 향했다.

송계숙과 간단히 점심식사를 끝마친 후, 그녀는 차를 몰고 서울 중구로 향했다. 나는 그녀에게 물었다. 그러자 그녀는 내게 보여 줄 곳이 있다고 말했다. 그 곳이 어디냐고 묻자 덕수궁미술관이라고 하였다. 그녀는 덧붙여 르네상스 양식으로 지어진 삼층의 전시관으로 된 콘크리트 건물이라고 말했다. 아비지옥에서 준 특별휴가 치고는 꽤 호의적인 대접을 받고 있다. 한편으로는 그녀가 내게 호의적으로 대하는 이유가 궁금하였다. 하지만 나는 그 모든 생각을 접고 그녀의 호의적인 접대를 즐기기만 하면 된다, 라고 생각하였다.

"헌데 전시회 준비에 바쁘신데 이렇게 시간을 보내셔도 되겠습니까?"

하고 말거리를 떠올리다가 그 생각뿐이어서 물었다.

"제가 할 일은 끝났습니다. 준비는 마무리 단계이고 그 곳 관장님이 정돈만 하여주시면 됩니다."

"아, 그래요."

그리고 말을 잇지 못하였다. 그것은 그녀와 나 사이가 아직도 서먹하다는 것을 말해주고 있는 것이다. 잠시 침묵이 흐르고 난 뒤 그녀는 내게 짤막하게나마 물었다. 그녀의 질문은 대강 이렇다. 지금 살고 계신 곳은 보령입니까? 돈을 벌기 위해 다른 일은 하지 않느냐는 등등의 질문에 대하여 나는 거짓 없이 말하여 주었다.

"보령은 대천해수욕장이 있어서 낭만적이겠어요. 고등학교 때 한 번 가본 적이 있어요."

그녀는 나긋나긋한 목소리로 말했다.

"낭만적인 곳이죠."

하고 대꾸하고는 덕수궁미술관에 도착할 때까지 아무 말도 꺼내지 않았다.

덕수궁미술관의 입장표를 산 건 나였다. 이탈리아 음식을 맛보게 하여준 송계숙에게 감사하게 여기며 값싼 입장표를 끊은 것이다. 나의 잔꾀일지도 모른다. 지옥의 특별휴가비가 적기 때문이다. 상설특별전시관에서 1937년 스탈린의 '소수민족 강제 이주 정책'의 희생양이 되어 중앙아시아 황무지에 내팽개쳐진 17만 카레이스 키의 고통과 애환의 삶을 기록한 유민 화가 신순남(申順南) 화백의 기증 작품의 특별 전시를 관람하였다. 미술관 중앙에 들어서자 원추형 천장 지붕으로 이루어진 공간에 도달하자 램프코오가 눈에 띄었다.

"1988년에 설치된 작가 백남준의 비디오탑 다다익선입니다."

그녀의 설명은 장황하였다. 나는 짧막하게,

"신비롭군요."

그녀와 덕수궁미술관을 빠져나온 시간은 오후 네 시였다. 오늘 하루 멋진 시간을 보내고 있다는 생각을 하였다. 그녀는 자신의 원룸으로 가자고 말했다. 사양할 필요성도 느끼지 않았다. 그녀와 좀 더 시간을 보낸 후 최은숙을 만나러 갈 작정이다.

그녀가 사는 집 주위로는 원룸의 건물들이 즐비하였다. 이유는 근교에 H대학교가 있기 때문이다. 그녀의 원룸으로 가는 계단은 비좁았고 이층의 통로 또한 여관방 같은 느낌이 지배적이었다. 그녀의 원룸은 스물네 평짜리였다. 벽에는 서양화 그림들이 걸려 있다. 그리고 침대에 작은 발코니, 탁자와 화분 몇 개가 눈에 들어왔다.

"제가 잠만 자는 곳이라서 조금 지저분합니다."

그녀의 침대에 걸터앉았다. 벽에 걸려있는 서양화 액자를 빼면 그녀의 직업이 화가라는 것에 대하여 의심이 갈 정도였다. 그녀의 작업장은 서울을 벗어나 폐교된 한적한 시골학교라고 하였다. 나는 관심이 없었기 때문에 더 이상 묻지 않았다. 그리고 텔레비전 옆에는 재떨이가 눈에 띄었다. 그녀는 싱크대에서 과일을 씻고 냉장고에 묵혀두었던 임페리얼 양주를 꺼냈다. 그리고 얼음과 우유를 찾았다. 그녀는 우유가 다 떨어졌다는 것을 알고 내게 우유를 사갖고 온다고 말하고는 원룸을 빠져나갔다. 재떨이를 침대 밑에 두고 담배를 피워 물었다. 재떨이에는 국산 담배 세 종류와 외국산 담배 두 종류가 꽁초로 남아있었다. 그녀가 바람둥이라 할지라도 아무런 관심이 없었기 때문에 시선은 이내 다른 곳으로 향했다. 그녀는 내가 작가라서 관심을 보인다고 생각하지 않았다. 그녀에게는 군것질 같은 것이 필요할지도 모른다. 그녀가 영리하다면 내가 생각하고 있는 것들을 투시경으로 이미 읽었을 것이다. 내 생각이 맞는다면 그녀는 새로운 성기, 희열, 쾌락을 만끽하려고 하는 것이다. 그녀도 나와 같이 지옥에서 특별휴가를 받은 것일 것이다. 그녀가 편의점에서 우유를 사올 때까지 벽에 걸린 서양화를 감상하였다. 그리고 작은 발코니로 나가 먼발치의 건물과 풍경을 바라보았다. 내가 원룸에 찾아온 백 번째 남자라고 하여도 썩 기분 나쁘지가 않았다. 인간은 한 끼의 식사를 먹고 나면 저녁때까지 뱃속은 평화로울 테니까 말이다. 나는 욕실로 들어가 땀에 젖은 옷을 벗고 목욕을 하였다. 순간, 조형훈의 퇴근시간이 가까워지고 있음을 알았다. 그에게 전화 한 통화라도 넣어줄 생각이었다. 목욕을 끝내고 나서 성수동우체국에 전화를 하였다. 그는 내게 전화를 기다렸다고 말한다. 덧붙여, 오늘 무슨 일을 하였냐고 물었다. 그가 송계숙에게 마음이 있다는 것을 알았기 때문에 그녀의 원룸에 있다는 말을 하지 않았다. 나는 거리를 배회하다 불광동 어느 여관에 투숙하고 있다고 말했다. 그는 인사동 사번 지하철역 출구에서 만나자고 한다. 나는 너무 피곤하다고 말하고는 그의 약속을 뿌리쳤다.

"내일 만나지, 오늘 너무 많이 걸었어. 피곤하네."

목소리를 가라앉혀 말했다.

"그 찻집에 가자구."

조형훈은 내 말에 아랑곳없이 일방적으로 말했다.

"너무 멀고 힘들어서 자야겠어. 그럼."

그리고 나서 전화를 일방적으로 끊었다.

송계숙은 우유를 사들고 들어왔다. 그리고 그의 다른 손에는 많은 물건들이 검은 비닐봉지에 담긴 채로 들려 있었다. 그녀의 짐 중에 하나를 들고 싱크대에 올려놓았다.

"먹을 게 없어서 나간 길에 장 좀 보고 오느라고 늦었어요."

그리고 그녀는 차려둔 임페리얼과 과일을 탁자에 올려놓고 목욕을 하러 욕실로 들어갔다. 투명한 유리잔에 임페리얼과 우유를 나눠 채우고는 한 잔을 거뜬히 비웠다. 경구개를 타고 위장으로 흘러 스며드는 술은 숯덩이를 삼킨 듯이 뜨거웠다. 그녀는 목욕을 끝내고 흰 가운을 입은 채로 나왔다. 마치 무슬림이 살라트(예배)를 하기 위한 모습으로 보인다. 흰 수건을 머리에 감아놓은 것이 차도르(chador) 같아 보인다. 종교란 얼마나 다양한가? 절대적인 신의 존재 또한 얼마나 많은가 말이다. 그것은 문화의 현상일 것이다. 우린 그 문화에 객관성을 잃고 준엄한 지식을 잃어버린 것뿐이다. 또한 지식의 산물이다. 두려움의 산물이다. 그것을 증명하는 것은 종교에는 토템신앙의 역사가 있다는 것이다. 문명이 발전하였듯이 종교는 철저한 보수주의로 발전한 것뿐이다. 나는 그녀가 가운을 입고 있는 모습에 넋을 잃고 있었다. 당장이라도 그녀를 침대에 눕히고 영원불멸의 번식을 위한 문명의 창조를 일구어내고 싶었다. 즉, 쾌락 말이다. 그녀의 다리는 가운 사이로 나왔다. 마치 귤껍질을 벗겨낸 듯한 속 알맹이처럼 여겨진다. 그 두 다리 사이로 어떤 신비감의 마력이 내 마음을 이끈다. 그리고 그녀는 탁자에 앉아 잔을 들어 보였다. 나는 따라주었다. 그리고 잔을 부딪쳤다. 유리잔에 투명한 액체가 흔들거린다. 우린 기린처럼 어색한 자세로 물을 마시듯이 술을 마셨다.

"무엇이 우리 자신을 신비롭게 한다고 하세요? 작가로서 말해주시겠어요."

그녀는 나지막이 물었다.

"그게 무슨 뜻이죠."

나는 되물었다.

"음, 이를테면 낯선 동물들끼리 작은 격식의 거리로 마주 앉아 술을 마시는 모습이요."

그녀의 말을 알아들을 수 없었다. 하지만 궁지에 몰린 쥐처럼 무엇인가를 말해야만 했다.

"송계숙씨, 당신의 그림을 살펴보니 주제가 대부분 자연을 다루고 있더군요. 그런 부분을 엿보았을 때 정서적으로는 아무 문제가 없군요. 자연을 주제로 한다는 것은 문명과 자기 자신을 멀리 두려고 하는 심리적인 바람일 것입니다. 그러나 제가 생각할 때는 송계숙씨는 결코 전원생활을 하지 못하시는 분이라 여겨집니다. 단지 당신의 직업 때문이라서, 또 취향이 그러해서일 것입니다. 당신은 사실 도시에 만족하고 있습니다. 당신은 도시의 쓰레기를 찬양하는 부류에 속한다고 봅니다."

나는 지껄이었다. 그녀의 정확한 물음도 아니고 의도와는 상관없이 헛소리를 지껄이고 만 것이다. 그녀는 방긋이 웃음을 보였다. 나는 그녀의 진심을 들여다 볼 수 없었다. 확대경이라도 있다면 그녀의 미세한 속마음을 확인할 수 있으리라! 어쨌든 여자는 남자의 악마이리라!

"신비롭다는 것은 새로운 것을 의미하는 것이 아닙니다. 우리에게 존재하고 있는 것입니다. 그 존재하고 있던 것을 다시 발견하는 것이 신비롭다고 할 수 있지요. 인간은 때론 자신의 기억에 놀랄 때가 있습니다."

나는 덧붙여 말했다.

"사실 전 당신에 대하여 관심이 많습니다."

송계숙은 말했다. 덧붙여,

"아직 당신에 대하여 아는 것이 없지만 당신으로 인하여 제게 신비감을 느끼게 하였으니까요."

"그래요, 저같이 평범하고 보잘 것 없는 사람을 보고 신비롭다니요."

"자기 자신을 너무 낮추시는군요."

"저는 사실을 말했을 뿐입니다. 제게 신비감이 숨어 있다면 아주 평범함이 아닐까요."

"자신의 매력은 거울로도 볼 수 있는 일이 아닙니다. 상대방의 거울에 의해 알 수 있는 것이지요."

"그럼 제 신비로움을 말해주시겠어요."

"제가 아직 당신에 대하여 많은 것을 알고 있지 않다는 것입니다."

나는 깔깔 웃었다.

"차라리 내 매력에 대하여 물어 보는 것이 나았을지도 모릅니다."

웃음을 참지 못하였다. 나 또한 그녀에 대한 신비로움을 갖고 있지 않은가!

우린 양주 두 병을 비울 때까지 서로의 비밀을 속삭이듯이 많은 이야기를 나누었다. 그리고 취기가 오르자 그녀가 입고 있는 가운 사이로 그녀의 허벅지까지 드러났다. 그녀에게 다가갔다. 그녀의 볼을 손으로 보듬자 강아지처럼 머리를 조아린다. 그리고 그녀를 침대에 눕히고 절벽을 기어오르듯이 그녀 위로 올라가 입을 맞추었다. 우리의 몸속은 뜨거운 지성과 이성이 혈관을 따라 흐른다. 그리고 혀끝에서 서로의 신비로움을 벗기고 있었다. 오, 제발. 더 강렬하게! 제발 당신으로 하여금 나를 지워주세요. 그녀의 나지막한 음성에 내 몸은 아궁이 속으로 내던져진 장작에 불과했다.

6

다음날 아침, 악몽에 뒤척이다 잠에서 깨었을 때 원룸에는 아무도 없었다. 탁상시계가 눈에 들어 왔는데 오전 열한시를 가리키고 있다. 창밖으로 바람을 동반한 해갈의 비가 내리고 있다. 배가 고팠다. 냉장고 안에는 맥주 한 병과 차디찬 피자 몇 조각이 있었다. 그 두 가지를 간단히 먹어치운 후 무엇을 할까 고민에 빠지지 않을 수 없었다. 최은숙과 어제 저녁 만나기로 한 약속을 떠올렸다. 그녀를 찾아가기로 하였다. 그리고 내일 이 곳을 떠날 작정이다. 나는 성수우체국으로 전화를 하였다. 조형훈은 내 연락을 무척 기다리고 있었다는 표현을 하였다. 어젯밤의 일에 무척 궁금해 하기도 하였다. 나는 여관에서 나와 어느 술집에서 술을 먹고 창녀와 잠을 잤다고 하였다. 화대 값으로 얼마의 돈을 날렸다는 궁색한 변명을 늘어놓았다. 그리고 저녁때 보자는 약속을 하였다.

최은숙은 전날 밤 남편과 함께 외식을 하였다. 그녀에게 남편은 매우 친절하고 자상한 신사였다. 자신을 위해주고 배려하는 마음이 남달랐다. 그러나 그녀의 마음속에는 찌릿한 전류가 흐르고 있었다. 남편의 자상함에서 오는 찌릿함은 아니다. 극장에서 남편과 영화 한 편을 관람한 후 집으로 향했다. 그리고 향기를 잃어버린 꽃처럼 남편과의 섹스는 자상함 자체로 느낄 뿐이다. 남편의 신사적인 성품이 감옥으로 느껴지는 것은 무엇일까? 그녀는 곰곰이 생각을 하였다.

다음날 아침, 그녀는 찻집으로 향하던 중 가판대에서 일간스포츠 한 부와 망설임 끝에 산 담배 한 갑을 자신의 치부처럼 깊숙하게 바지주머니에 숨겨 놓았다. 그녀는 찻집에 도착하자마자 카푸치노를 마시고 싶다는 생각을 하였다. 좀처럼 작아질 줄 모르는 그녀의 커다란 눈으로 우주가 담긴 빛이 또렷이 빛나고 있었다. 그녀는 자신이 늘 서성이던 창가로 가 쏟아지는 빗줄기를 하염없이 바라보고 있었다. 그리고 그녀는 자궁이 열리듯 자신의 주머니 속에서 손에 잡히는 조그마한 상자를 꺼냈다. 노점상에서 산 담배였다. 그녀의 마음은 아침이슬에 젖은 잎사귀처럼 신선하였다. 마음이 약간 떨려온다. 자신이 즐겨 먹던 원두커피 대신 카푸치노며, 피우지 않던 담배를 산 까닭이며, 자신이 누군가를 흉내 내고 있다는 생각을 하였다. 신선한 모방이라는 생각이 들었다.

자신의 남편에 대한 죄책감이 들지 않은 것은 거짓말일 것이다. 그녀는 마음이 혼란스러웠다. 그러나 자신이 간절히 원하고 있는 그 무엇이 아니었다.

그녀는 창가에 오랫동안 서있었다. 그리고 담배를 피워 물었다. 그녀는 두 모금의 연기를 들이마시고는 기침을 토했다. 눈물이 찡할 정도였다. 그리고 그녀는 담배를 짓뭉개 껐다.

나는 원룸에 작은 메모를 남겨두고 지하철을 타기 위해 지하도로 향했다. 메모의 내용은 이렇다.

〈즐거웠습니다. 휴가가 며칠 남지 않아 이렇게 몇 글자로 인사말을 남깁니다. 전시회 성공적으로 치러지길 진심으로 빕니다. 안녕〉

그녀의 찻집에 들어섰을 때 실내등이 켜져 있지 않았기 때문에 어두웠다. 그리고 검은 형체의 한 여자가 창가에 서서 내 쪽을 바라보았다. 그녀였다. 나는 담배를 피워 물고는 그녀에게로 다가갔다. 그리고 카푸치노 한 잔을 시켰다.

"어제 한 약속을 못 지켜서 미안합니다."

나는 정중히 사과를 하였다. 그녀는 방긋 웃음을 보였다. 천사의 미소 같았다. 한동안 물끄러미 그녀를 바라보았다. 그녀는 담배를 피워도 되냐고 물었다. 머리를 끄덕였다. 담배 연기는 안개처럼 공중으로 흩어져 갔다.

"전 사실 당신에게서 새로운 기분을 얻었어요. 의욕 같은 것이라고나 할까요. 제가 작은 존재일 뿐, 세상이 작은 존재는 아니지요. 그것만으로도 저는 매우 만족감을 느낍니다."

그녀는 조용한 공간 속에 피아노 건반처럼 울려나갔다.

"당신은 매혹적인 여자입니다. 다른 사람들에게는 없는 특별한 무엇인가가 있습니다."

나는 말했다.

"그래요, 그 특별한 점이 무엇인가요?"

"글쎄요. 알 수가 없습니다. 아니 안다고 하여도 제 마음이 말하고 싶지 않아서일 것인지도 모릅니다. 그 감정은 묘해서 제 손에 무엇인가 들려있는 기분이면서 그 물건이 무엇인지 모르는 것과 같습니다."

"그런 기분 이해해요."

그녀의 표정은 긍정적이었다.

"그러나 중요한 것은 내가 그 감정을 느끼고 있다는 것입니다."

"그래요."

"전 내일 열차를 타고 내려갑니다."

"휴가가 끝인가요?"

나는 담배 한 개비를 피워 물었다. 그녀는 한 모금의 연기를 뿜어대고는 더 이상 연기를 빨아들이지 않았다. 그리고 침묵이 흘렀다. 창가에 시선이 가기도 하고 커피 잔에 손이 가기도 하였다. 마치 나의 손과 눈은 나의 것이 아닌 듯이 움직였다. 그녀도 아무 말 없이 창가를 바라보았다. 그리고 그녀의 손을 잡아끌었다. 그녀의 옆자리로 몸을 움직였다. 그리고 서로가 원하던 것처럼 끌리어 키스를 하였다. 이른 아침이었기 때문에 손님이 들어오리라고 생각하지 않았다. 그리고 내 손은 그녀의 치마 속으로 깊숙이 미끄러져 들어갔다. 그녀는 지렁이처럼 꿈틀하였다. 그리고 뜨거운 신음소리가 흘러나왔다. 그녀를 들어 올리고는 키스를 하였다. 그리고 카운터로 향했다. 그녀는 신이 났는지 웃음소리를 내었다. 그녀를 카운터에 올려 앉히고는 그녀의 가슴속으로 머리를 넣어 젖무덤을 애무하였다. 그녀는 임산부처럼 나온 내 머리를 쓰다듬었다. 그리고 우린 거칠어졌다. 나는 다시 그녀를 들어 올려 카운터 안쪽 바닥에 그녀를 눕혔다. 그리고 모든 신비로움이 사라지고 따듯한 커피 한 잔을 마신 듯한 기분만 남는, 그러나 그녀의 입가에는 미소가 사라지지 않았다.

"신사적인 것은 싫어요. 조금은 거칠고 부드러운 것이 나아요."

그녀는 혼잣말로 하였다.

"당신을 사랑합니다. 보석은 버릴 수 있어도 이 마음은 버리지 못할 것입니다."

"저두요."

우리는 뜨거운 열정과 정열로 몸이 뜨거워졌다. 마치 대장간에서 달군 쇳덩어리처럼 말이다. 한 편의 드라마처럼 열정이 끝난 후에 우린 기진맥진 상태였다. 그리고 벗어 놓아두었던 바지를 입고 나머지 옷들을 챙겨 입었다. 그녀도 벗어던진 옷들을 챙겨 입었다. 그리고 그녀에게 입맞춤을 하고는 거울에 모습을 비추며 흐트러진 머리를 정돈하였다. 그녀는 손거울을 꺼내 화장을 고치었다. 그녀는 내게 점잖은 어조로 카푸치노를 마시겠냐고 물었다. 시간이 조금 흐른 뒤에, 그녀의 남편이 찻집으로 들어왔다. 나는 카푸치노를 다 마신 상태였기 때문에 자리에서 일어날 생각이었다. 그녀의 남편은 말끔한 머리스타일에 정장을 입고 있었다. 담배를 한 개비 피워 물고, 다 피우고 나면 이곳을 떠날 것이다. 그녀에게 오늘 저녁식사를 제의하고는 말이다. 그녀는 남편을 소개하여 주었다. 나는 간단하게 소개를 하고 그녀와 작별인사를 하였다. 그녀의 남편은 내가 작가라고 그녀에 의해 소개를 받자 많은 이야기를 나누고 싶어 하였지만 나는 그럴 수 없다고 사양을 하였다. 그녀가 남편과 이야기를 하는 동안 메모지에 몇 글자의 글귀를 남겼다. 그리고 그녀는 남편을 뒤로하고 출입구까지 배웅해 주었다. 그 쪽지를 어깨너머 남편의 시선 몰래 건네주었다. 그것은 내 주소와 전화번호였다. 그녀의 커다란 눈은 출입문이 닫히는 순간까지 내게 고정되어 있었다.

배꼽 아래

*

　그녀는 쿠션이 좋은 값싼 침대를 무척 마음에 들어 했다. 니트 직물 침대보의 감촉과 솜이불의 질감을 그녀는 온 몸으로 느끼기 위해 알몸으로 몇 시간 동안 침대에 누워있기도 하였다. 그녀의 육체는 신이 만든 조각 작품의 걸작 중에도 섬세하고 고풍스러울 정도였다. 그럴 때마다 그녀의 얄브스름한 입가엔 귀적(歸寂)한 승려처럼 평안하고 자비로운 미소가 번져있다. 그녀는 자신의 체온을 느끼고 있었다. 그 체온이라는 것은 육체의 자유, 마음의 안식이라는 곳에서 발산하는 열기였다. 그 때문에 붉은 매니큐어가 칠해진 날카로운 손톱을 세운 손은 슬며시 복부를 더듬고 있다. 그리고 그녀는 귀잠에 빠져들고는 하였는데 마스카라로 치켜 올린 긴 속눈썹은 큰 눈에 드리워진 평온한 수심 속으로 빠져들게 하였다. 나는 그녀의 볼에 가볍고 부드럽게 입술을 맞춰주었고 그 암흑의 안식에서 깨어나지 않기를 바라고 있다. 혹은, 그녀 자신이 환상을 스스로 깨어 버리고 다시 일상의 지옥으로 빠져들려 한다면, 현실의 마귀들을 다시 불러들인다면, 그녀는 니트 직물의 부드러운 감촉을 다시는 느끼지 못하게 될 것이다. 그녀가 알몸으로 자신의 의복에서 벗어나 자유를 값싼 침대에서 누리는 만큼 안식의 감옥에서, 수렁에서, 그녀의 맑은 눈이 암흑에 잠들어 있는 순간이 영원하기를 바랄 뿐이다. 그녀가 잠에서 깨어날 때까지 식탁에 앉아 따듯한 커피 한 잔과 그녀가 만들어놓은 토스트를 먹고 있었다. 담배 한 개비를 피워 물고 베란다로 향했다. 눈이 내리고 있다. 그리고 다시 식탁에 앉아 잡지책을 뒤적거리고 있다. 그리고 그녀가 잠이 든 안방의 미닫이 방문을 열고 그녀를 잠시 동안 바라보았다. 그리고 다시 식탁에 앉아 창밖을 바라보았다. 그리고 가습기에서 뿜어져 나오던 수증기가 끊어졌다. 나는 가습기에 물을 채워 넣고 다시 식탁에 앉았다. 거실은 안락하고 평온할 뿐이다. 그리고 나는 다시 S잡지책을 들고 욕실로 향했다. 야한 포즈의 동양, 서양의 여자들은 내 아랫도리를 불쏘시개처럼 뜨겁고 날카롭게 달구었다. 그리고 다시 식탁으로, 그리고 담배 한 개비를 피워 물었다.

때론 임나래의 남편에 대하여 시기와 질투를 가진 적이 있었다. 간혹 불행한 주문, 주술의 공상에 휩싸인 적도 있다. 거리를 걷다가 갑자기 심장마비를 일으켜 그 자리에 쓰러진다거나, 혹은 건달에 의해 피습을 받아 반 불구자가 된다거나, 교통사고를 당하는 등의 악몽을 상상하기도 하였다. 그래서 그녀가 나와 함께 영원히, 값싼 침대에서 영원한 쾌락을 추구할 수만 있다면, 임나래의 남편이 어떻게 되든 상관없는 일일 것이다. 고개를 절래 저었다. 「오, 바보 같은 생각이야.」 하고 나는 속으로 생각하였다. 나는 아마도 전생에 마귀였는지도 모른다. 혹은 이브(하와)에게 금단(禁斷)의 과실을 먹게 만든 뱀(사탄)이었을지도 모른다. 식탁에 앉아 있는 동안, 온갖 잡념에 사로잡혀 있었다. 그녀가 잠에서 깨면 그녀에게 금단의 과실을 먹이기 위해 귀엣말로, 「아마도 당신은 창세기보다 현재의 잡귀로 더욱더 아름다워. 아니, 당신은 판도라이며 나는 에페메테우스(나중에 생각하는 사람) 일지도 모르지.」 하고 말할지도 모른다. 침대에 걸터앉아 깊이 잠든 그녀의 얼굴을 바라보았다. – 눈꺼풀은 인간에게 고단함과 노예근성을 잠시 잊게 한다. 그녀의 잠든 모습에서 자유를 보았다. 영원히 잠에서 깨지 않는다면 판도라의 상자는 열리지 않으리라!

이틀이 지나고 나서 그녀의 부드러운 숨결과 손길이 닿지 않은 곳이란 없다. 모든 물건들이 제 자리로 찾아가는 일이었다. 내 환경의 변화라고도 할 수 있다. 그녀가 집안 청소 일을 개미처럼 하는 동안, 맥주로 가득 채워진 냉장고에서 꺼낸 맥주를 마시거나 날짜가 며칠이 지난 조간신문을 읽으며 거드름을 피웠다. 그녀가 바꾸어놓은 환경에 카멜레온처럼 빨리 적응해가고 있었다. 그녀는 거실과 부엌, 안방과 신발장 등 그리고 때 낀 욕조나 세면대, 변기 등을 빛이 번쩍 나도록 솔질과 걸레질을 하였다. 소파에 누워 텔레비전을 보며 굼벵이처럼 거드름을 피우는 내게 불평불만을 늘어놓기는 하였지만 옴짝달싹하지 않은 내게 지쳤는지 그녀

는 더 이상 능청맞고 게으른 나의 행동에 대해 참견하지를 않았
다. 말하자면 그녀는 무시하고 있었다. 그것만이 능사라고 생각한
모양이다. 「당신은 돼지우리 속에 한 마리의 돼지처럼 구는군요.」
하고 그녀는 한마디 내뱉었다. 그럴 때마다 임기응변식으로 「당
신의 엉덩이는 매혹적이야!」 하고 얼버무릴 때마다 그녀의 잦아
지는 간섭이 줄어들 뿐이었다. 그녀의 손길이 유독 닿지 않은 곳
은 내 서재와 작업실뿐이다. 그녀는 서책이나 원고들이 방바닥에
나뒹구는 것에 대해 구김살 있는 시선을 내리 꽂으며 불쾌한 감
정을 드러냈다. 「어떻게 책들을 함부로 할 수 있는 거지. 마치 휴
지조각 다루듯이 하는 것은 작가지망생의 태도로 보기에는 불량
해 보여!」 그리고 자신의 손으로 치우려 하였지만, 그녀에게 「저
책들은 제 자리에 있는 것이 맞아. 적어도 내 눈에는 정돈이 되어
있는 것이지.」 그러자 그녀는 정서적으로 불안하거나 머리에 불
순물이 많아 제정신이 아니라고 말했다. 덧붙여, 자신이 작업하는
장소는 무엇보다도 깨끗하고 정리정돈이 잘 되어 있어야 작품이
잘 나온다고 말했다. 나는 후에 치운다고 말했다. 그러나 당분간
은 저 모양새로 놔두는 것이 내겐 편안하다고 그녀에게 덧붙여
말하였다. 그녀의 눈에는 여전히 방바닥에 나뒹구는 정도로 밖에
생각되어지질 않았고, 되도록 자신이 머무는 동안 치우려 하였다.
그녀가 방안 구석구석을 이 잡듯이 청소한 곳 중에 내 마음에 든
곳은 장롱 속의 옷가지들이다. 장롱 속에는 옷과 잡동사니들이
산재하여 있었다. 나는 옷을 가지런히 개어놓지 않는 버릇이 있
었기 때문에 옷장에다 옷가지들이나 양말, 심지어 칫솔이나 구두

약까지 처박아 놓았다. 그녀는 긴 한숨을 내쉬었다. 「꼭 쓰레기 더미에서 재활용품을 고르는 것 같아.」 그녀의 말에 나는 킥킥 웃을 수밖에 없었다. 그녀의 모든 행동은 책임감과 의무가 수반된 행동이었기 때문에, 그녀가 다음날 아침 출근하고 난 뒤 저녁 무렵 퇴근 후 난장판이 된 방을 보고 그녀는 내게 「빌어먹을 양서류 같으니!」 하고 분개하였다.

나는 실오라기 하나 걸치지 않은 채로 그녀의 옆에 누웠다. 온기가 담긴 니트 직물의 감촉이 온 몸으로 전해지고 있다. 그녀 또한 알몸이었고 얼음덩어리처럼 차디찬 내 몸이 그녀의 살갗에 닿는 순간 몸을 뒤척이었다. 실톱처럼 날카로운 감촉을 느꼈다. 그녀는 남편이 출장 가 있는 동안 밤이면 나와 싸구려 침대에서 열정과 끓어오르는 욕망의 용광로 속에 사로잡혔다. 그럴 때마다 싸구려 침대에서는 삐걱 소리와 압박붕대처럼 조여 오는 신음소리와 섞이었다. 판도라의 상자가 전류 속을 흐르며 닫히고, 갑각류처럼 지친 육체를 침대에 눕히고 허무한 회상을 떠올린다. 그리고 다음날 저녁, 침대에 누우면 그녀와 나는 가리비 모양처럼 서로를 부둥켜안을 수밖에 없었다. 굶주린 짐승, 배꼽아래의 본능, 탐욕, 흙탕물의 이성, 탁한 공기, 휘발유성 존재를 맘껏 향유할 뿐이다. 이틀 동안 내 집에 칩거하다시피 생활한 그녀는 내 알몸을 스케치하기도 하였다, 나는 그녀를 위해 침대 위에서 석고처럼 한 시간 여 동안 모델이 될 수밖에 없었다. 그녀는 스케치북에 담은 누드의 그림을 보여주지 않았다.

"그림이 완성되면 보내줄게."

"언제 볼 수 있는 거지, 빨리 보고 싶군. 그리고 되도록 눈을 크게 그려 주었으면 해. 성기도 말야. 그 정도는 들어줄 수 있겠지."

그녀는 깔깔 웃었다.

"네가 말한 대로 그린다면 차라리 어느 잡지에서, 아니 내 상상으로도 얼마든지 그릴 수 있어."

"조작 같은 기분이겠지만, 나는 좀 더 남성다운 풍채의 모습을 담아 그렸으면 해."

"그런다고 네가 뭐 달라질 수 있다고 생각해. 있는 네 모습을 그냥 그리고 싶을 뿐이야."

나는 대꾸하지 않았다. 그것은 그녀만의 영역, 자존심을 침범하는 것 같은 기분이 들었기 때문이다. 어쨌든, 그녀는 알몸인 야릇한 자세로 의자에 앉아 스케치북에 스케치를 마치고 나서 침대 속으로 들어갔다. 창 밖으로는 여전히 눈이 오고 있었다. 나는 잠시 창밖을 주시하며 담배 한 개비를 피워 물었다.

"맥주를 마시고 싶군."

그러자 그녀는,

"오늘이 마지막 밤이야. 남편이 돌아오면 너와 며칠, 아니 몇 달 동안 못 볼지 몰라."

그녀는 계속 말을 이어,

"잠시 환상에 머물다 다시 현실로 돌아가는 기분이야! 현실을 바꿀 수도 없고 변화를 갖기에는 지금까지의 노력들이 허무했기 때문에 너무 지쳤어. 아, 시간이 이대로 멈춘다면…"

그녀는 푸념 같은 한숨을 깊게 내쉬었다.

　냉장고 속에서 맥주 서너 병을 꺼내온 나였다. 그녀는 여전히 침대에 알몸인 채로 누워 있었고, 계속해서 푸념인 얘기들만 늘어놓는다. 그녀의 전신에 정성을 들여 올리브오일을 발라주었다. 미꾸라지처럼 매끄러운 몸이 되어서야 그녀는 말문을 열었다.

　"네가 말한 말을 줄곧 생각해 봤어. 남편은 내 삶에 구속력을 지닌 하나의 제도와 같은 존재라는 것을 말야. 때론 그 제도에 의지하고 경제적인 도움을 받은 것은 사실이야. 그동안 나는 내 자신을 너무 몰랐던 것 같아. 영혼 속에 낯선 누군가 있다는 것을 말야. 매일 밤 악몽을 꾼 적이 있어? 그 악몽 속에서 항상 내 모습을 보지. 낯설고, 두렵고, 무서운 존재로 나타나서 내게 칼을 겨냥하지. (잠시 침묵이 흐르고 난 뒤에) 내가 사물을 보고 감촉을 느낀다고 해도 정말 내 정신이 깨어있는 것인가 하는 의문이 들어. 지금도 잠을 자고 있는 것일까? 아니면 무지의 장막이 모든 시야와 정신을 가두고 있는 것일까? (그녀는 맥주를 마시기 위해 몸을 일으켰다. 그녀의 아담한 사이즈의 젖가슴이 드러났다.) 지나간 과거는 내게 존재하지 않아. 기억 속에 남아있는 것은 미련과 죄책감 때문에 남는 환상일 뿐이지. 무엇이 사실이고 거짓인지는 알겠지만, 그 사실과 거짓만으로 진실을 알 수는 없다고 생각해. 나는 너무 많은 변화를 가지려고 했어. 너를 통해서 나를 발견하고, 너를 통해서 내 존재를 확인하려 했어. 내 자신에게 남아있는 모든 자원들이 남편의 제도 속에서 고갈되고 기체처럼 증발하였기 때문일까? 나는 요구하고 있어. 낯선 목소리에 의해, 낯선 자력에 의해, 그 힘들이 나를 어디론가 끌고 가고 있어. 반항하지 않고 한 걸음 한 걸음씩 걷고 있어. (또다시 침묵, 침묵을 깨는 데는 오랜 시간이 흐르지 않았다.) 너를 처음 보았을 때 내게 그 힘이 있다는 것을 느꼈지. 이 감정이 내 자신에게 사사로운 것일까?"

"글쎄…. 자신의 감정은 중요한 것이지. 때론 거추장스러운 감정도 있기는 마련이지만 나는 내 자신의 감정을 함부로 취급하지 않아. 지금 우리의 모습은 사회의 통념으로 볼 때 간통에 지나지 않을 거야. 사회와 문화는 우리가 벌이고 있는 섹스에 대하여 간섭하기를 좋아하지. 그 사회와 문화는 때론 우리 자신의 감정을 무시하거나 입 속에 넣어 녹여 먹는 사탕처럼 가볍게 취급을 하지. 그러나 그것이 우리 자신 속에서 일어나고 있는 수많은 감정들을 제압하지는 못하지. 감정이 이성보다 더 좋은 결과를 가져올 수도 있지. 감정도 인간이 지닌 최소한의 사고로 보아야 할 거야. 결코 사회와 문화가 판단을 내리는 것은 아냐. 이성과 판단은 자기 자신에게 존재하는 거지. 문화와 사회에 대한 학습에 너무 길들여진 사람들은 온실의 화초와도 같지."

"그 생각은 우리만의 독단이 아닌가?"

그녀는 말을 끊으며 말했다. 덧붙여,

"자기 자신을 위해 정당화하는 것 아냐. 적어도 사회와 문화는 개개인을 지배하는 물질과 정신의 지배력이 있어. 잠시 자신을 그 울타리 안에서 도피시켰다는 환상은 너만의 착각일 수도 있지. 또한 네가 느끼는 욕망과 욕정은 변화가 아니라 인간의 육체와 이성이 갖고 있는 동물적(본능)이자 사소한 요구에 불과할 뿐이지. 늘 그렇게 생각해 왔어. 시간의 흐름은 감지할 수 없지만 변화는 알고 있다는 것이지. 그러나 그 변화라는 것은 나 자신을 놀라게 하거나 자연적인 감성을 맑게 해주지는 않아. 단지 최소의 가치를 추구하는 본능의 기능이라고 생각하지."

"그 말에 부정하지는 않겠어."

그리고 나는 깔깔 웃었다. 사실 그 영향력에 대해 실감하고 있었기 때문이다. 또한 그 영향력 안에 여전히 어린 승냥이처럼 존재하고 있다. 사회나 문화, 혹은 임나래에게조차 보호받아야 할 연약한 짐승인지도 모른다. 임나래에게 꺼낸 말은 모두 투정에 지나지 않는다는 생각에 사로잡혔다. 그렇다고 그녀의 말을 수용한다는 것은 또한 불쾌한 일이 될 수도 있다.

나는 유리컵에 맥주를 따라 마셨다. 그리고 트림을 두어 번 하였다. 그녀도 맥주를 단번에 마셨다.

"착각? 그것은 호르몬의 상태를 수축 혹은 팽창하게 만들지. 말하자면 착각은 육체나 정신의 윤활유 정도로 보면 될 거야!"

"그럼 내 말을 인정한다는 뜻이야?"

그녀는 담배 한 개비를 물어 피웠다. 그녀의 가슴은 여전히 탄력이 있는 채로 드러나 있다. 나는 그녀의 작고 아담한 사이즈를 좋아한다.

그리고 그녀는 말을 이어,

"지금 착각에 빠져있다는 뜻이야?"

"마치 환각제를 먹은 사람 취급하는군. 아니, 착각은 환각제일 수도 있지. 아니면 두통약 치료제쯤으로 취급해야 한다고나 할까?"

나는 그녀의 가슴을 더듬었다. 코르크마개처럼 딱딱하게 솟은 그녀의 젖꼭지를 한동안 손가락으로 만졌다.

"어떤 힘이 우리를 모순으로 빠져들게 하고 있는 거지?"

나는 안정된 자세로 되돌아와 유리컵에 맥주를 가득 채우며 말했다.

"……?"

"어떻게 보면 사회, 문화에 대한 저항적인 것 같지만 그렇지가 않아. 단지 그 제도가 이 형식과 환경을 이해하고 있지 못할 뿐이지. 왜? 사회와 문화의 여물을 먹고 정신과 육체가 살이 찐 돼지마냥 길들여진 채 그 손길만 애타게 기다리는 거지? 내가 네게 말하려는 것은 단지 우린 좀 더 독특한 문화와 사회를 공유하고 있을 뿐이라는 것을 이해시키고 싶을 뿐이야."

"이해를 못하겠는걸."

"그것은 중요치 않아. 중요한 것은 우리가 함께 있고 섹스를 하고 있다는 사실뿐이지."

내 가슴으로 밀착시킨 그녀의 머리를 쓰다듬어 주었다. 오랫동안 머리를 쓰다듬어주던 넙죽이(개 이름)처럼 말이다.

어느덧 밤은 깊어졌다. 그녀는 저녁 식탁에 오므라이스를 준비하였다. 그녀와 식탁에 마주 앉아 맥주와 오므라이스를 먹었다. 그녀는 알몸에 앞치마를 두른 채로 앉아 있었고, 나 또한 알몸이었다. 상당히 희한하고 기발한 상황임에는 틀림없었지만 우리에겐 평범한 행동으로 인식되었을 뿐이었다.

"멋진 밤이군."

나는 말했다.

"그래."

그녀의 대꾸였다.

"사계절 중에 겨울이 멋져. 아니, 맘에 드는 계절이지. 안 그래?"

"그림을 그리고 싶어. 붓을 너무 오랫동안 잡지 않은 것 같아."

어느덧 창에는 성에가 끼었다. 이따금씩 그녀와 나의 시선은 창가를 조금씩 훔치며 맥주를 마시었다. 우린 유리컵을 부딪치고 나서 〈건배〉를 외쳤다. 그녀의 청명하였던 큰 눈은 눈꺼풀에 반이 잠겨 있었다. 피곤해 보였지만 그녀는 내색하지 않으려 애쓰는 듯 〈건배〉 제의를 자주 했다.

"이젠 마땅한 일자리라도 구해야 하겠어, 일용직이나 노무자라고 해도 상관없어."

그녀는 고개를 절레절레 흔들었다.

"당분간 글 쓰는 일에 주력해. 그리고 겨울이잖아. 요즘 아이엠에프보다 더 구하기 힘든 게 일자리잖아. 그리고 일용직은 네게 어울리지 않아. 그렇게 해. 필요한 용돈은 그때그때 말해."

그녀의 말에 안도감마저 들었다. 당분간은 그녀에게 그리하겠노라고 말했다. 그녀는 유리컵의 맥주를 마시고 나서 내 아랫도리에 손을 넣었다. 문어발 같은 손놀림에 뻣뻣해진 성기였다. 그리고 그녀와 서로의 혀를 주고받으며 교신을 하였다. 그 교신은 짧게 이루어졌고 달구어진 프라이팬에 버터가 녹듯이 그녀와 뒤엉킨 채로 풀릴 줄 몰랐다. 엉킨 실타래처럼 몸은 풀리지 않을 듯하였다. 우린 격렬했다. 본능 속에서 오랫동안 잠재해 있던 야만성이 분출되었다.

"제발…더…그래, 그렇게. 아…."

그녀의 신음소리는 내 고막을 간지럼 피웠다. 그리고 값싼 침대의 스프링에서는 끊어질 듯한 긴장감의 소리가 들렸다. 몇 번이고 침대에서 흔들었다. 그럴 때마다 그녀의 따듯한 입김과 함께 신음소리가 내 귓불을 물고 늘어졌다. 그럴 때마다 더욱더 격렬해졌다. 춤을 추는 요정처럼, 아니, 환각에 취해 몸을 바들바들 큰 너울에 휩싸여 어디론가 휩쓸려 가는, 나는 격정하고 분노를 하고 있다. 육체가 풍선처럼 팽창하여 터질 것만 같다. 내 영혼을 종잇장처럼 갈기갈기 찢는다. 그리고 살을 도려내는 듯한 추위를 느낀다. 눈앞이 캄캄하다. 따듯한 온기가 아랫도리에 흐른다. 그리고 지상에서 최대로 위대한 허무가 먹구름처럼 엄습해 온다. 아랫도리의 내 물건과, 위장과 머리로 점차적으로 뒤덮는다. 나는 위대한 일을 한 것뿐이다. 머리와 가슴으로 느끼고 있는…. 그러나 이 허무는 무엇인가? 나는 알 수가 없다. 그 쾌락의 진창말이 속에 허무의 권리는 신에게만 있을 뿐이다.

"즐거웠어?"

그녀는 물었다. 나는 침대에 누운 채로 담배 한 개비를 물었다. 그리고 유리컵에 남은 맥주를 마저 비웠다. 아직까지 어리둥절해 있었다. 아니 허무의 찌꺼기가 내 머릿속에 잔류하고 있었다. 이빨 사이에 낀 음식찌꺼기처럼 뇌 속에 이물질처럼 끼어있는 느낌이다. 썩 좋은 기분은 아니다. 마치 신을 의심하는 기분이다.

"이 시간이 지나면 우리에게 남는 것은 무엇일까?"

그녀는 나지막이 물었다. 의뭉스런 눈초리로 그녀를 바라보았
다. 그녀는 어린아이로 되돌아 가 있었다. 아니 모든 찌꺼기를 걸
러낸 완벽한 여자가 되어 있었다. 그녀는 자신의 본능과 육체에
대한 자유로운 감정에 사로잡혀있다. 허무함을 느끼는 내 감정과
는 달리.

"아무것도 없어…."

하고 말했다. 덧붙여,

"섹스는 환각제에 불과해. 그것은 나 자신을 착각하게 만들지."

그녀는 말똥한 눈빛으로 나를 바라만 볼 뿐이다. 그녀는 내 말
의 종점을 기다리고 있다. 그녀를 실망시켜서는 안 된다는 생각
이 문뜩 들었다.

"내 말뜻은 우리가 무의미하게 섹스를 하고, 그 파트너가 싫증
나면 차버린다는 뜻은 아니야"

"그럼 무슨 얘기지? 네 말을 알아들을 수가 없어."

그녀는 화가 치민 듯이 목소리를 높이었다. 그리고 방바닥에
나뒹구는 브래지어와 망사팬티, 옷가지들을 주섬주섬 챙겨 입는
다. 그녀의 어깨를 잡아채고 그녀를 꼭 껴안았다. 그녀는 울기 시
작했다. 나는 그녀를 놓칠 수가 없었다. 언뜻 그녀는 겨울 내내
돈 걱정 없이 작품을 쓰도록 용돈을 줄 여자라는 생각이 들었다.
육체와 육체와의 교감은 그다지 중요한 것은 못 된다. 우린 이미
육체와 정신이 결합하였기 때문이다. 그녀는 눈물을 그치지 않았
다. 오-이런 젠장! 나는 그녀를 달래기 위해 어떠한 우스운 말이
라도 꺼내야 했다. 임나래, 그녀의 마음이 이렇게도 여리단 말인

가? 내 말에 채찍이라도 있었던가? 아, 도무지 생각이 떠오르지 않아 일방적으로 그녀에게 키스를 퍼부었다. 그녀는 거부했지만, 내 힘에 이끌려 완강하던 그녀도 어쩔 수 없다는 듯이 호응한다.

싸구려 침대 안으로 고요와 침묵의 시간이 흐른다. 황홀한 밤이다. 그녀는 어느새 귀잠이 들어있었다. 열정적인 순간이 끝나버리고 나면 남성호르몬엔 본능적으로 나약한 허무가 찾아든다. 나는 곰곰이 생각하지 않을 수 없다. 환상과 환영이 거품처럼 사라지고, 단백질과 지방이 풍부한 육체의 육질은 내 몸 속을 빠져나가 버렸다. 유충이 빠져나간 껍데기 같은 알몸의 육체를 침대 아래로 끌어내리는 행위는 너무 간단하였다. 허무를 달래기 위해 담배 한 개비를 피워 물었다. 아, 허무란 무엇인가? 머리로만 느끼는 죄악인가? 밤은 깊어가고 있었다. 그러나 아무것도 떠올릴 수가 없었다. 내 머릿속에 맴도는 〈허무〉라는 단어 외에 다른 단어는 떠올리지 못했다.

"무슨 생각을 골똘히 해?"

그녀는 귀잠에서 깨어 나지막이 말하였다.

"잠을 자지 않았군."

"잠깐 새우잠에 빠졌지만 뒤척이는 소리에 깨었어요."

"잠이 오질 않아."

그녀는 아무런 대꾸가 없다.

"간혹 내 자신이 누구인지 묻기도 하지? 한 인간으로써 신에게 묻는 질문치고는 바보짓이지. 그러나 이따위 상념들에 젖어 쓸쓸해 한다는 내 자신이 우스꽝스럽군. 아마도 허무는 전부터 내게 존재하였지만, 진지하게 느껴보려 하지 않았기 때문에 오늘의 이 허무가 몇 톤의 무게로 날 짓누르고 있는 것 같아."

"허무요?"

그녀는 물었다.

"아무것도 아냐. 단지 내 감정의 일부분에 지나지 않는 것인데 너무 치우치고 있는 것 같아."

그녀는 침대 안에서 내려와 내 머리를 자신의 가슴속으로 끌어당겨 감싸 안았다. 한동안 그녀의 가슴속에 흐르는 선홍빛의 뜨거운 피의 흐름을 느끼고 있었다. 아비지옥에서 천국으로 이어지듯이. 오늘밤이 지나고 아침이 오면 달라지는 것이라고는 아무것도 없을 것이다. 단지 그녀가 정돈해 놓은 옷장이나 부엌의 음식들이 상하거나 개수대는 오물로 가득할 뿐일 것이다. 그것은 어떠한 변화도 아니다. 나는 다시 고아로 되돌아갈 것이다. 우주의 미아가 된 영혼일 수도 있다. 그리고 돈 한 푼도 없는 비렁뱅이로 전락할 것이다. 오늘밤은 특별하였다. 지난 과거와 미래가 나를 두렵거나 떨게 만들지 않았기 때문이다. 단지 현재의 공간에 갇혀 쾌락에 순응하고 젖어있었다고 보면 될 것이다. 내가 그동안 그녀에 대해 쓴 소설을 보여줄 작정이었지만 보여주지 않았다. 그것이 옳은 판단이라고 여겼기 때문이다. 나는 넌지시 그녀에게 물었다.

"내가 만약 임나래에 대해 소설을 쓴다면 어떨까?"

그녀의 손은 부드러웠다. 퍼그의 머리를 쓰다듬듯이 내 머리를 쓰다듬었다.

"그래, 그러나 나한테 어느 정도의 검증은 받아야 돼."

"아마도 오늘밤에 있었던 정황을 소설로 쓴다면 나는 멋진 실패작을 쓸지도 몰라. 아마도 애벌레처럼 오늘밤의 이야기로 몇 쪽을 오려 먹을 걸."

"내가 네게 특별하다면 검증이 없어도 돼."

그녀는 말을 바꿔 말한다.

"무슨 뜻이지? 왜, 생각을 바꾼 거지."

"단지 네가 하려는 일에 대하여 제약을 주지 않기 위함이야. 별다른 뜻은 없어."

그 다음날 아침, 그녀는 아침 일찍부터 진단장을 하고 음식 준비를 하였으며 식탁은 최후의 만찬 식으로 푸짐하였다. 나는 그녀에게 얼마의 용돈을 요구하였다. 그녀는 전 주에 받은 월급봉투 채 꺼내어 상당액의 돈을 건네주었다. 그녀는 내게 영원한 후원자가 되겠다고 말했다. 그녀의 볼에 입맞춤을 하고 감사의 뜻을 전했다. 그녀는 출근하기 위해 서둘렀다. 보령 거리는 흰 눈에 뒤덮여 있는 두꺼비집 같았다. 그녀는 소가죽의 검은색 부츠를 신고 몸을 움츠리며 걸었다. 나는 목도리를 그녀의 목에 둘둘 말아주고 그녀의 직장까지 걸었다. 그녀는 남의 눈에 띄면 좋지 않은 입소문이 나돈다며 직장 근처에 도달하였을 무렵, 헤어지자고 한다. 아스라이 사라지는 그녀의 뒷모습을 한동안 거리에 서서 바라보았다. 그녀와 헤어지고 나서 거리를 걸었다. 그리고 눈이 내리고 칼바람이 귀를 도려낸다. 집까지 걸어가는 동안 그녀에 대한 생각에 골똘하였다. 그녀는 내 정신에 존재하는 여포호르몬의 일부분이다. 그렇기 때문에 그녀에게 끌리는 것인지도 모른다. 나의 여성적이고 생물학적인 그녀는 다시 말해 나의 일부분이다. 여성적이고 자학적이기도 한 성질은 늘 성 속에서 그 충동을 느낀다. 때론 삽입하는 본능의 쾌감을 만끽할 때도 있지만, 입장 바꿔 삽입을 당하는 공상을 하기도 하며 자위행위를 할 때도 있다. 내 정신에 작은 여성의 생채기가 존재하고 있는 것이다. 그러나 이상야릇한 감정에 놀아나고 있는 것인지도 모른다. 아니, 나 자신도 모르게 그녀에 대한 감정, 내 자신에게 일어나고 있는 감정들을 속이고 있는 것인지도 모른다. 훈련되지 않은 감정이다. 그렇다면 그녀를 섹스의 대상으로, 궁핍한 대상에 용돈을 주는 구세주로 여길 뿐일 게다. 언제까지고 이런 소용돌이 속에서 장난을 할 것이다. 집에 당도할 무렵 눈은 양계장에서 흩날리는 닭 깃털처럼 흩날릴 정도로 오고 있다. 아, 천국인가? 잠시 환희에 차 있었다. 그냥 말 수 없는 일이다. 어디론가 가고 싶었다. 따듯한 차와 맥주가 있는 작은 카페를 찾아보기로 하였다. 발길을 돌려 시내로 걸었다. 눈은 어느새 모기장처럼 촘촘히 내렸다.

*

　며칠이 지나고 나서 나는 책상에 앉아 임나래와 함께 하였던 삼일의 행적에 대하여 글을 써내려갔다. 몇 쪽을 단순한 일상으로 채운다는 것은 역시 실패라고 볼 수 있을 것이다. 나는 그 실패를 고의적으로 써내려갔다. 임나래를 위해서도 나 자신을 위해서도 아닌, 평론가들에 의해 고정관념화 되어버린 장문의 문제에 대하여 그 체험을 하고 있다. 한편으로는 습작 자체의 글쓰기는 모두 실패작이 아닌가? 나 또한 습작을 하는 문학 지망생이 아닌가? 아, 문학 지망생의 꼬리표를 언제 떼어낼 수 있을 것인가? 새 옷에 걸린 부표를 떼어내듯이 말이다. 도대체 작가란 무엇인가? 숙련공에 도달하면 아마도 마술 같은 기교와 몸에 배인, 뇌에 숙련된 글쓰기의 기교에 아마도 평범함에 도달하지 않을까? 만감이 교차되고 내 머리를 혼란스럽게 하면서도 나는 글을 써내려갔다. 그리고 수십 번을 읽어 내려갔고 수십 번 모두 마음에 차지 않았다. 대패질을 하듯 다듬어볼까 하였지만 내키지 않았다. 〈치장의 미학?〉 너무도 우스꽝스런 작업이다. 소설을 쓰는 동안 점심과 저녁을 굶은 터라 배가 몹시 고파왔다. 그녀가 삼일 머무는 동안, 내 위장과 간은 제 기능을 백퍼센트 활동력을 충족시켜 주었다. 그녀에게 전화를 하여 볼까 생각을 하였지만 막상 수화기를 들고 나면 버튼이 눌러지지 않았다. 오, 이 빌어먹을 양심! 투정을 부리기라도 하듯 수화기를 내동댕이쳤다. 잠시 동안 책과 글을 쓰지 않기로 작정하였다. 그것은 온순한 바보를 위하여, 천국의 가식적인 지식과 난무하는 허위의식과 잘못 된 판단과 결과와 사랑을 잠시 잊기 위한 것이리라.

며칠 동안 연락두절 하다시피 한 유상준한테서 전화가 왔다.

"한 동안 잘 지냈어?"

유상준의 말에 나는 그냥 그렇다는 식으로 퉁명스럽게 대답하였다. 그가 빌린 돈에 대하여 말을 꺼내지 않을까 약간 두려웠다. 임나래가 준 용돈으로 충분히 갚을 수는 있었지만, 그럴 마음은 추호도 없었기 때문에 그가 돈을 얘기하면 잡아떼는 식의 태도로 임할 각오였다.

"좋은 일이 생겨서 전화한 걸세."

의외의 말에 조금 당황스러웠다.

"무슨 일인데?"

나는 물었다.

"돈을 좀 벌어 볼 생각이 없나?"

"돈? 어쨌든 반가운 일인데…무슨 일이지?"

"네 적성에 꼭 맞는 일이거든."

"……?"

"내가 요즘 주일마다 교회에 나가거든."

"교회를 나간다구! 정말 우스운 일이군."

"믿지 못하겠지만 정말로 교회에 나가… 물론 우리 사장 때문이기도 하지만."

어렴풋이 짐작이 가는 일이다. 그는 말을 이어,

"그 작자와 헤어졌거든. 아니, 아니지. 만나서 얘기를 해야겠군. 언제 어디서 만나는 것이 좋겠나."

"내일 만나지. 내가 노천카페로 가지. 그런데 무슨 일을 내게 맡긴다는 거지."

"그건 만나서 얘기를 하지. 그리고 장소는 노천카페보다는 다른 곳으로 정하지. 내일 점심 어떤가? 빌리지 레스토랑으로 오게나."

그리고 그는 수화기를 내려놓았다. 어쨌든 반가운 소식임에는 틀림없다. 또한 그가 여사장하고 놀아난다는 것도 관심이 가는 일이다.

다음날 아침, 임나래로부터 전화 한 통화가 걸려왔다. 작업이 잘 되어가고 있느냐는 물음이었다. 나는 걸림돌이 없이 착착 진행 중이라고 말했다. 덧붙여, 작품이 완성되면 출판사에 보낼 작정이라고 말하였다.

"어느 출판사에 보낼 거지?"

"글쎄, 어느 출판사에 보내든 원고는 아마 휴지통에 처박히고 말 거야."

"그렇지 않을 거야, 이번엔 잘 될 것 같은 예감이 드는데."

"남편이 하고 있는 사업은 잘 되어가?"

나는 물었다.

"그럭저럭."

"언제 방학이지?"

"곧."

"아마도 다음 주면 작품이 완성될 것 같아. 이 정도의 속력이라면 말야."

"그때까지는 못 볼 것 같아. 필요하다면 뭐든 말해."

"빨리 보고픈 생각뿐이야."

그녀도 그렇다고 대꾸하였다.

그녀와 통화가 끝난 후 그녀가 알몸으로 누웠던 싸구려 침대에 누웠다. 그녀의 체온이 아직까지 남아있는 듯하다. 그리고 그녀가 스케치한 내 누드를 머릿속에 떠올렸다. 그녀는 내 머릿속에 이미 스케치되어 있었다. 그녀의 요염하고 태만하고 자연스러운 자세로 의자에 앉아 4B 연필로 내 몸 구석구석을 측량하고 훑어보며 그렸다. 모델이 된 순간부터 그녀의 유두를 유심히 살피었다. 아니, 알몸인 채로 그녀는 가위다리 한 무릎에 스케치북을 얹어놓고 자세를 바꿔가며 그렸다. 그럴 때마다 숨이 멎은 듯하였고 침에는 성게 가시가 돋아나있는 듯 울대에 간신히 삼켰다. 그 떨림이 뭔지 안다. 그것은 남자의 식욕이다. 언제나 배고픈 것이다. 그것은 저주에 씌어진 채 그 굴레에서 영원히 빠져나올 수 없는 그런 것이다. 그녀가 액자에 담아오면 거실 쪽 벽면 어느 쪽에든 걸어둘 것이다.

"빌리지 레스토랑."

혼잣말로 그 이름을 되씹었다. 그러면서 유상준이 알선하여 주겠다는 일에 대하여 더 궁금증이 가지 않을 수 없었다. 발걸음을 재촉하여 걸었다.

빌리지 레스토랑에 도달할 무렵, 내 시선을 끈 것이 있었다. 나는 자전거포에 멈춰서 시선을 끈 물건을 유심히 살펴보았다. 그 물건은 중국산 접이식 자전거였다. 늘 갖고 싶었던 자전거였다. 가격을 물어보기로 하였다. 언제고 살 것이기 때문에 가격은 미리 알아두는 것이 나을 것 같아서였다.

"26인치에 21단 최신형 접이식 자전거입니다. 또한 MTB형으로 나온 것입니다."

자전거포 사장은 내가 지목한 자전거에 대해 설명하여 주었다.

그리고 그는 접이식 자전거가 견고하고, 덧붙여 세련미에 대하여 진지하게 설명하였다.

"Cr 도금크랑크, 스탠드를 사용하여 외관이 화려합니다. 어떠세요, 마음에 드십니까? 카드 할부도 가능합니다. 손님께서 선불로 하시면 사은품으로 육각공구 및 페달공구도 드립니다."

"Cr은 황동을 말하는 거죠? 가격은 얼마나 되죠?"

그는 고개를 끄덕이더니 말한다.

"일십만 오천 원입니다."

"별로 비싼 편은 아니군요."

나는 얕잡아 보듯이 말했다.

"접이식이라 보관하기도 편하죠. 도난당하기도 쉽지 않고요."

"반으로 접히는 것을 보고 싶은데…보여줄 수 있겠죠."

사장은 간단한 조작이라며 진열되어 있던 자전거를 꺼내 삽시간에 반으로 접어 보여주었다.

"보신 것처럼 간단한 조작에 의해 접히지요."

"그렇군요. 정말 갖고 싶은 자전거입니다."

"출근용으로도 매우 만족하실 겁니다. 급경사도 힘을 들여 올라갈 필요가 없습니다."

사장은 기아를 바꿔가며 조작법과 급경사에서의 기아 변속을 상세히 설명하여 주었다.

"상당히 쉽군요."

사장을 힐끔 쳐다보며 말했다. 사장은 제품 설명에 대해 내가 만족해하는 것을 보자 흡족해하였다. 나는 자전거의 페달을 돌려

보기도 하고 손잡이에 달린 브레이크를 잡아 보기도 하였다.

"직장은 어디 다니시죠?"

"전 학원 강사입니다. 늘 급경사를 오르락내리락하거든요. 그래서 자전거가 필요한 것입니다."

"아, 그래요. 이만한 자전거면 선생님께 안성맞춤입니다."

"그런 것 같군요."

사장은 내게 〈선생님〉이란 존칭을 붙여주었다. 나는 얄팍한 거짓말에 속아 넘어간 사장을 바라보고 있자니 웃음이 터질 것만 같았다.

"어떻게 이 제품으로 선택을 하시겠습니까, 선생님."

"이걸로 택하겠어요. 헌데 제가 급한 약속이 있어 잠깐 들린 거라서 돈이 준비되어 있지 않거든요. 제가 세 시간 뒤에 다시 들르겠습니다. 그래도 되겠죠."

사장은 잠시 멈칫하였지만 굳어가려던 얼굴색을 바꿔,

"아, 그러세요. 선생님. 그럼 어쩐다, 이 물건은 하나밖에 남지 않아서 세 시간 뒤에까지 안 팔린다는 보장도 없는데… 하지만 너무 걱정 마세요. 선생님 외엔 그 누구에게도 팔지 않겠습니다. 제가 세 시간 동안 꼭 보관해 두겠습니다."

"그럼 세 시간 뒤에 찾으러 오겠습니다."

우린 서로 인사를 나누었고, 그런 뒤에 나는 자전거포에서 빠져나올 수 있었다. 그리고 깔깔 웃었다.

빌리지 레스토랑 안으로 들어섰을 무렵, 감미로운 음악이 흘러나왔다. 아드리안느를 위한 발라드 곡이었다. 얼마 만에 듣는 아드리안느를 위한 발라드인가? 빌리지 레스토랑 안으로 들어선 나는 유상준을 찾기 위해 이곳저곳의 테이블을 둘러보았다. 서쪽 창가에서 유상준이 손을 흔들어 보였다. 그 쪽으로 향하기 전에 카운터에 앉아있는 사장에게 이 곡이 끝나면 다시 한 번 틀어달라고 부탁을 하였다. 웨이브에 연한 갈색의 염색을 한 여사장은 정중히 자리에서 일어나 '알겠습니다. 이 곡을 무척 좋아하시나 보죠.' 하고 말하였다. 여사장의 상냥함에 고개를 약간 숙여주는 답례를 하였다.

창밖으로 눈이 쌓인 대천 시내가 눈에 들어 왔다. 유상준은 붉은 마주앙 와인 한 잔을 이미 마신 뒤였다.

"자네도 한 잔 하겠나. 마주앙일세."

"아니 마티니로 하겠네."

유상준은 웨이터를 불렀다.

"식사는 얘기가 끝난 후에 하지. 일단 가볍게 한잔하면서 하지."

"그래, 헌데 돈벌이 일이란 게 뭔가."

우선 그의 대답을 빨리 들어보기 위해 물었다.

"우선 한 모금이라도 마시고 하지. 아니 자초지종을 들어보면 기가 막힐 거야."

"자초지종? 그게 무슨 말인가. 무슨 사연이라도 있다는 말인가?"

"사연보다는 자네에게 돈벌이 될 만한 일을 구한 과정이야."

"그래"

"먼저 네가 듣고 싶다면 돈벌이라는 것이 뭔지 말해주겠네."

아무 말 없이 유상준의 얼굴을 바라보았다. 그는 말을 이어,

"내가 다니고 있는 교회 목사의 부탁으로 네게 연락을 한 거야. 목사는 돈이 많은 사람일세. 또한 내 세례명을 지어 준 목사이기도 하지."

"세례명이 뭔가?"

"베아트릭스일세."

"베아트릭스?"

"그래, 베아트릭스는 네덜란드의 수스트데이크 출생이지. 전(前)여왕 율리아나의 맏딸이며 제2차 세계대전 때 망명하여, 영국·캐나다에서 지냈지. 1956~1961년 레이덴대학교에서 사회과학·법학·역사학을 공부하였으며, 1966년 독일 외교관 C.von 암스베르크와 결혼하고, 1980년 4월 30일 제6대 국왕으로 즉위한 사람이지."

"좀 이상하군? 여자가 아닌가!"

"그것은 중요하지가 않아."

그의 말에 고개를 갸웃하였다.

"베르베뚜아의 주머니를 위해 다닌다고 보면 되지. 내겐 어떤 종교적인 신념이나 신앙은 없어"

"베르베뚜아…?"

나는 물었다.

"아, 우리 여사장의 세례명일세. 사제가 마음에 두고 있는 세례명이 있냐고 묻더군. 여사장은 베르베뚜아를 세례명으로 갖고 싶다고 사제에게 말하더군. 내가 가톨릭에 대하여 아는 것이라고는 없어. 여사장에게 내 세례명에 대해 물었지. 베아트릭스가 내게 어울린다고 하더군. 목회자들은 나를 유베아트릭스라고 부르더군."

"나도 자넬 그렇게 불러야 되겠군."

"아아, 자네까지 내 심장을 간지럼 피울 생각은 하지도 않는 게 좋을 거야. 나는 베르베뚜아의 기분을 맞춰주기 위함일 뿐… 사실 교회에서 목사의 설교가 시작되면 졸기 시작한다네. 내가 아는 지식이라고는 14인의 성인뿐이네."

"에라스무스(자기의 창자를 감아 놓은 실타래)·에우스타키우스(수사슴)·게오르기우스(용)·카타리나(수레바퀴)·클리아크(묶여 있는 악령)·크리스토포루스(아기 예수를 무등 태운 자)·디오니시우스(베어서 떨어진 머리)·아카치우스(장미의 冠 또는 십자가)·위투스(수탉)·볼라시오(십자가 모양으로 된 두 개의 초)·바르바라(탑)·에기디우스(암사슴)·마르가레타(묶여진 용)·반탈레온(머리 위에 놓인 못 박힌 양손) 등…."

나는 줄줄 읊어나갔다. 그러자 유상준의 눈이 휘둥그레졌다.

"자네는 모르는 게 없군. 아니, 소설을 쓰니 평범한 사람과는 다르군."

"그 정도의 이야기면 되지 않았나. 자네가 말하려는 돈벌이란 게 뭔가?"

"아참, 다른 것이 아니고 이상목 목사의 자서전을 자네가 써주게. 자네가 흔쾌히 승낙을 한다면 선불로 삼백은 줄 것일세. 그가 원하는 방식대로 써 주면 될 거야."

"우습군! 나보고 바보 같이 한 사람을 우상화 작업을 하란 말야!"

"어렵게 자네를 선택한 거야. 아니, 그 사람이 자네를 알고 있더군."

"나를 안다구."

"그래, 어쨌든 자네를 알고 있다는 것은 좋은 일이 아닌가."

"나는 그를 모르네. 그가 나를 얼마만큼 안다는 사실조차도 놀랍지가 않아. 단지 액수에 상관없이 자서전을 써 준다는 자체부터 거부감이 들어."

"물론 자네 감정은 충분히 이해하지. 하지만 선불로 삼백 만원과 작품이 완성되면 후불로 이백 만원을 더 주겠다고 약속을 받았거든. 지금 자네의 상황을 봐. 가난에 찌들어 살고 있잖은가. 약속한 금액은 자네에게 상당한 금액이야. 잘 생각해보라구!"

나는 곰곰이 생각에 빠져들었다. 머릿속에는 접이식 자전거가 떠올랐다. 그리고 그만한 돈이면 며칠 이 곳을 벗어나 여행을 갈 수 있는 금액이다. 물론 내 감정은 몹시 상해 있었다.

"그 목사가 나를 어떻게 알고 있지."

나는 궁금하기도 하였지만 의아한 감정이 보풀처럼 일어났다.

"글쎄, 그건 나도 잘 모르겠어. 자네가 이 일을 맡든 맡지 않든 간에 내 얼굴을 봐서 상견례라도 한 번 갖는 것도 손해 보지는 않을 거야. 그때 가서 결정을 내려도 아무 상관없는 일이지 않은가 말야. 안 그래. 오늘 눈도 오고 그러는데 술이나 더 하자고."

그는 마주앙 다섯 잔 째 들이키고 있었다. 서 너 잔을 마신 마티니에 얼굴이 프라이팬처럼 후끈 달아오른 나였다.

"좋아, 다음 주 목사가 원하는 날짜와 시간에 맞춰 만나보지.

원고 매수는 얼마만큼 원하고 있지?"

"대략 천 매 정도를 얘기하더군."

나는 피식 웃었다.

"그리고 말야, 여사장한테 달라붙은 거야?"

직감으로 냄새를 맡았지만, 거리낌이 없던 유상준에게 직설적으로 물었다. 그는 내 말이 끝나자마자 박장대소하였다.

"그렇다고 볼 수 있지. 말하자면 연관생활(聯關生活)에 충실하다고 보면 되지. 자네도 알다시피 냉혹한 세상 속에 의지할 곳이 없다는 것은 얼마나 힘들고 불행한 일인가. 때마침 여사장이 그 작자와 헤어지고 나서 며칠 동안 슬퍼하더군. 아마도 여사장이 그 작자에게 더 매달렸었던 것 같아."

"그 작자는 무슨 일을 하던 놈이었어?"

"사실 그 작자를 본적은 없어. 여사장은 그 작자를 자신의 가계로 데리고 온 적이 한 번도 없었거든. 단지 물류업에 종사한다는 것밖에."

그의 말에 고개를 끄덕였다. 무엇 때문인지는 몰라도 그의 말을 경청하고 있었다. 그는 말을 이어,

"여사장은 화풀이 식으로 내게 H사의 고급 승용차를 사주더군. 웬 횡재인가 싶더군. 여사장에게 말했지. ―전 자동차는 필요 없어요. 등록비도 없을 뿐더러 비싼 세금을 낼 능력도 못 된다고. 여사장은 아무 걱정 말라더군. 여사장의 분풀이에 땡잡은 거지 안 그런가! 요즘 날씨가 춥고 매서워서 노천의 파라솔과 의자는 다 창고로 들어갔지. 요즘은 홀 안에서만 장사해. 손님의 발길이

줄어드니까 그녀와 단둘이 있는 시간이 자연스럽게 길어지더군. 어느 날은 자네 얘기를 묻더군. 한동안 발을 끊어 그가 보이지 않는다고 하면서 말야. 언제 한번 들러 맥주나 함 하세. 일주일 전이었던가? 그날은 매서운 바람이 밀어닥친 날이었지. 그날따라 손님의 발길이 없더군. 그날 저녁 여사장과 가게에서 술을 마셨지. 그녀는 그 작자를 못 잊고 있었던 게야. 몸을 가누지 못할 정도로 취하고 말았지. 또한 그녀와 몇 시간 동안 앉아 술시중을 드는 동안 자폐증에 걸린 환자처럼 불편할 정도였어. 그녀는 횡설수설하더군, 들어줄 만한 말도 있었지만 말야…. 만취가 된 여사장이 혀 꼬부라지는 소리로 내게 묻더군. 나 어때? 하고 말야. 처음에는 무슨 뜻인지 몰랐지. 여사장이 내게 자신의 오피스텔로 데려다 달라구 하더군. 종업원이기 때문에 나는 그 이상의 어떠한 생각을 떠올리지 않았어. 택시를 타고 그녀의 오피스텔까지 갔지. 그녀는 택시 안에서 이미 졸고 있더군. 그녀를 등에 업은 채로 그녀를 집안 침대에 눕혔지. 그리고 자취집으로 갈까 하였는데 묘한 기운이 나를 감싸더군.”

“강간을 한 거야?”

궁금증에 휩싸인 채 한마디 내뱉었다.

“아니, 그것은 절대로 아냐.”

“그럼 뭐지? 얘기가 재미나지는군.”

그의 얘기는 내겐 흥밋거리로 느껴졌다.

유상준은 담배 한 개비를 물어 피웠다. 그리고 마주앙 한 모금으로 목을 축이고 나서,

"나는 사실 여자 혼자 사는 집에 가 본적이 없었거든. 여자만이 풍기는 그 고상한 냄새, 그리고 말끔한 집안을 보고 싶다는 호기심이 일더군. 나는 몇 곳을 둘러보았어. 사실 별다른 것은 없었지만 말야. 화장대에는 우리 어머니가 사용하던 화장품들과 별다를 것 없고 냉장고는 내 자취방에 있는 냉장고처럼 텅 비어 있었지. 단지 양주 한 병이 있더군. 고띠에르 V.S라는 꼬냑이더군. 탐이 나서 한 잔만 마실 요량으로 거실로 나와 소파에 앉아 그녀가 먹다 만 새우깡하고 먹었지. 기억으로는 한 잔만 마신 것으로 기억하는데, 아침에 눈을 떠보니 소파에 내가 누워 잤더군. 그녀가 아무래도 이불을 덮어주었던 것 같아, 그렇지 않고서야 이불을 덮고 있을 리는 없을 테니 말야. 어쨌든 주위를 살펴보고 그녀 몰래 빠져나올 생각이었지. 헌데 아랫도리가 시원하더군. 보니까 바지가 벗겨진 채로였어. 물방울 사각팬티만 입고 있지 뭐야. 하여튼 바지를 찾으려고 이곳저곳을 살폈어. 아무리 찾으려고 해도 보이지 않더군. 어찌할 바를 모르고 있었는데 그녀가 화장실에서 샤워를 마치고 나오더군. 나는 멀뚱 그녀를 바라보았는데 당황하는 내 상황과는 달리 자연스럽더라구. 여사장은 내게 ― 잘 잤어, 어제 고띠에르 V.S 꼬냑을 먹었더군. 그 술은 내가 잠이 안 올 때에 한두 잔씩 마시는 수면제야. 그 술에는 수면제와 섞여 있어, 하고 말하지 않겠어. 이해가 가지 않더군. 변명을 늘어놓았지만 여주인은 들은 척도 하지 않더군. 바지에 대해 물었지. 여주인은 새벽에 잠이 깨어 물 한잔을 먹기 위해 거실로 나와 보니 내가 소파에서 자고 있더라는 거야. 그녀는 내가 편히 누울 수 있도록 자세를 반듯하게 잡아 주었는데, 내 바지가 젖어 있었다는군. 그래서 바지를 벗겨 세탁기에 돌렸다는군. 알고 보니 사각팬티 또한 내 것이 아니더라구. 전에 사귀던 그 작자의 사각팬티라는 것을 알았지. 그녀는 사각팬티를 갈아입히기 전에 그 짓을 한 거야."

"변태 아냐!"

그의 말을 가로막으며 물었다.

"그리고 정신을 차리고 그녀와 거실에서 서로의 열정과 체온을 교환했지. 그 다음부터 그녀에게 많은 대우를 받고 있어. 또한 자취방에서 방을 빼고 그녀의 집으로 이사했지."

"그녀는 가톨릭 신자라면서?"

"아니 그녀는 가톨릭 신자가 아니야. 나와 똑 같은 잡귀에 불과하지. 그녀는 장사 속으로 많은 사람들과 친분을 맺지. 그녀가 내게 말해준 유일한 진실일지도 모르지. 나는 당분간 그녀 곁에 빈대처럼 붙어있을 작정이지."

"그래서 자네도 여사장과 함께 교회에 나가는 것이구면. 장사 속으로 말야."

"말하자면 그렇지. 일종의 봉사라고 보면 될 거야."

그는 의기양양해 보였다. 그는 덧붙여,

"오늘 내가 술을 사겠어. 여기서는 이 정도로 하자구.":

유상준의 말에 따라 우린 빌리지 레스토랑에서 저녁식사를 끝마치고 나와 그는 차를 몰고 군산으로 향했다. 매혹적이고 쾌락적인 장소로 가는 길은 흥겨웠다. 우린 콧노래를 불렀다. 그는 술에 만취한 상태였지만 내겐 개의치 말라는 식으로 말했다. 나 또한 무시하고 흥얼거리며 노랠 불렀다. 군산으로 향하는 도중 거리에 예쁜 아가씨가 보이면 유상준은 차를 세워 「아가씨, 어서 타!」, 하거나 「아가씨, 얼마면 돼?」, 하는 식으로 집적댔다. 그럴 때마다 「미친 녀석들!」, 하고 욕설을 내뱉는 예쁜 여자들이었다.

"저런 년들은 다 그래. 고상하고 순결한 척들을 하지. 다 쓰레기들이야!"

유상준은 나를 보더니 말했다.

"왜 이런 짓을 하지. 쓰레기들과 왜 상종을 하지."

"최근에 생긴 내 취미야."

그는 덧붙여,

"다 갈보 년들! 간혹 걸려드는 계집년들도 있지. 그년들은 용돈을 원하고 몸뚱이를 주지. 간혹 일부러 접근하는 년들도 있어. 백 퍼센트 똑같은 년들이지."

군산으로 향하는 길에 눈이 멈췄다. 어둠이 내리 깔리고 우린 군산 시내 배꼽중심부로 향했다. 그곳에 팔십만 원짜리 음식을 먹기 위해―.

*

인간은 부모에 의해 태어날 때부터 죄인일 것이다. 가장 쉽게 알 수 있는 방법이 있다면 암컷, 수컷처럼 성구별일 것이다. 자위

행위는 면죄부일 것이다. 강간을 덜어주고, 창녀에게 돈을 덜 쓰게 만드는 하나의 방법이니까? 조간신문을 펼쳐들자마자 강간 소식을 접해 들었다. 그 때문에 그 면죄부에 대한 믿음이 더 커가는 것인지 모른다. 나는 화장실에 들어가 달콤하고도 부드러운 한 장의 면죄부를 받았다. 허무! 그리고 유상준과 통화를 하였다.

"유상준, 그 목사에게 날짜와 시간은 정했어."

나는 물었다.

"음, 다음주 금요일 저녁에 만나자고 하더군. 어때?"

"나야 놀고먹지 않는가. 장소와 시간은?"

"오후 일곱 시로 잡았어. 장소는 네가 잡아."

"아니, 네가 잡아. 그렇게 해."

"알았어. 다시 연락하지."

하고 유상준은 수화기를 내려놓았다. 그와 전화통화가 끝난 후 접이식 자전거를 떠올렸다.

"정말로 갖고 싶은 자전거야."

혼잣말로 중얼거렸다.

사나흘동안 나는 공공도서관을 들락날락하지 않을 수 없었다. 목사와 상견례를 갖는 당일 목사에게 어느 정도 대꾸할 말들을 알아두기 위함이었다. 분명 내 실력에 대하여 의심을 할 것이 분명하기 때문에 떠 볼 것이다. 목사가 만족할 만한 대답에 대해 그리스도교에 대한 상당한 암기나 이해가 필요하였다. 소가 여물을 되씹듯이 종교를 다룬 많은 책들을 마구잡이식으로 두어 번이나 이해가 갈 때까지 읽었다. 아침밥을 먹고 커피 한 잔과 조간신문을 읽은 뒤에 곧장 공공도서관으로 향했다. 그리고 공공도서관에서 오후 늦도록 책을 읽거나 중요한 부분은 복사하거나 수첩에 메모를 해두기도 하였다. 그리고 다시 집으로 되돌아와 맥주 한 잔과 텔레비전을 보고 잠드는 경우가 사나흘은 흘렀다.

그리스도교에 대한 상식이 풍부해진 토요일 오후, 겨울인데도 날씨는 봄날처럼 쾌청하였다. 맥주 한 잔이 생각이 났지만 냉장고에 있던 맥주는 사나흘 동안 다 해치우고 말았다. 용돈도 거의 떨어져 갔다. 오후가 되면 임나래에게 전화를 하기로 하고 그 동안 메모를 해두었던 그리스도교의 역사에 대하여 다시 한 번 꼼꼼히 읽어나갔다. 그리스도교의 내용은 내게 매우 흥미로운 이야기였다. 특히 면죄부 판매에 대한 매우 우스꽝스러운 내용을 접하게 되었다.

"당신들은 하나님과 베드로가 부르시는 음성을 듣지 않고 있소? 당신들은 당신들의 영혼과 저승에 가 있는, 당신들과 친했던 사람들을 생각지 않소? 참회하고 기부금만 지불하면 누구든지 죄 사함을 받게 되는 거요. 당신들 친한 친척이나 친구들이 당신들에게 슬피 부르짖고 있는 소리가 들리지 않소? '나를 불쌍히 여겨 달라. 나는 공포와 괴로움 속에 있다. 살아 있는 너희들이 조금만 돈을 희사하면 나를 지옥에서 빼낼 수가 있다.' 여러분들, 이 소리가 들리지 않소? 그리고 그들을 구원하고 싶은 마음이 일어나지 않소? 돈이 이 상자 속에 짤랑 하고 들어가면, 그들의 영혼은 지옥의 불길 속에서 튀어나오게 된단 말이오."

1513년 독일에서 가장 높은 지위이며, 존경을 받는 지위인 가톨릭의 대사교에 나이가 불과 23세인 청년 알브레히트가 임명되었고, 알브레히트는 도미니크파의 신부였던 테쩨르에게 면죄부(속죄장)의 판매를 위임하였는데, 테쩨르는 이런 설교를 하여 사람들에게서 부지런히 돈을 거두어들였다.

테쩨르는 심지어 "면죄부를 사면 그리스도의 어머니 마리아를 범해도 용서받는다." 라든지, "교황의 문장으로 장식된 십자가는 그리스도의 십자가와 같은 가치가 있다."는 망언을 하고 돌아다녔다. 이쯤 되자 참된 복음과 선한 양심을 가진 하나님의 사람 루터는 가만히 앉아있을 수가 없었다.

이에 침묵을 깨뜨리고 1517년, 비텐베르그성 교회 문에 당시 34세의 마르틴 루터가 라틴어로 게시한 논제가 소위 "95개 조항"이었다. 파문은 걷잡을 수 없이 퍼져갔고, 교황청에서는 루터를 소환하여 심문하려 했다. 자칫하다가는 이단으로 몰려 처형당할 수도 있었기 때문에 루터의 친구들은 루터가 교황 측의 소환에 불응하라고 권유했지만, 루터는 죽음을 무릅쓰고 소환에 응했다.

카에타누스 추기경은 루터가 쓴 것을 취소하라고 요구했고, 루터는 "나는 취소할 수 없습니다. 나는 성경을 저버릴 수 없습니다."라고 단호하게 말했다. 이리하여 부패한 로마 가톨릭으로 말미암아 깊은 영적 암흑 속에 빠져 있던 유럽에는 새로운 빛이 밝게 비치기 시작했고, 영적 어두움이 서서히 물러가기 시작하였다.

나는 깔깔 웃어댔다. 대단한 사기극이 아닌가 말이다. 아니 나는 테쩨르를 동경하고 있는지 모른다. 가난은 문명의 죄인인 것이다. 사회나 인간들에게 소외당하고 보잘 것 없는 하찮은 인간으로 전락하고 마는, 가난은 변명이 없다. 투정을 부린다고 하여도 가난은 어떤 속죄의식도 없는 증오의 양식을 준다. 배가 고파왔다. 이 배고픔도 증오의 양식이리라! 먹어야 한다. 위장에서 위액을 과다 분비하더라도 과식을 하여야 한다. 장이 아파온다. 화장실에서 설사를 한다. 며칠 동안 장이 아팠다. 약국에 들러 약사에게 나는 통증 때문에 고통스럽다고 하소연을 하였다.
"제발 이 통증을 없앨 약 좀 주세요."
하고 말이다. 그럴 때마다 약사는 조제하여 준 약을 건네며,
"잠시 동안 술을 먹지 마세요, 그리고 기름진 음식이나 저녁에는 식사를 하지 마시고, 굶고 주무시는 것이 장을 위한 일입니다."
하고 충고 비슷한 말을 건넨다.
그러나 나는 텔레비전에서 지껄이는 광우병 걸린 수입 쇠고기를 먹지 않을 수 없었고, 맥주를 먹지 않을 수 없었다. 그러면 다시 통증이 찾아와 새벽 내내 시름하다 이마에 식은땀이 맺힌 채 깨어나곤 한다. 다시 그 약국에 들러 통증에 시달린다고 말한다.
"기름진 음식 먹었어요? 술 먹었어요?"
하고 약사가 무덤덤한 표정으로 물어본다. 그럴 때마다 나는 '아니오.'로 대답한다. 약사는 똑같은 약을 주고 내게서 약값을 뜯

어낸다. 약국을 빠져나온 순간, 네댓 번을 이런 식으로 반복하고 난 후에 나는 미묘하게 느껴지는 〈사기〉라는 느낌에 압도당한다. 약사의 사기인가? 나의 사기인가? 아님 신의 사기인가? 어쨌거나 사기는 존재한다. 누군가를 속이며 또한 그 누군가에게 속는다.

오후 세시, 임나래가 근무하는 직장에 전화를 걸었다. 얼마의 용돈을 달라고 보챌 작정이다.

"보름도 안 되었는데 벌써 다 쓴 거야!"

그녀는 내 말에 화를 버럭 내다시피 큰 목소리로 말하였다. 나는 전화기를 끊었다. 그녀가 그런 식으로 전화를 받을 줄 몰랐기 때문이다. 잠시 뒤, 전화벨이 울렸다. 임나래였다.

"미안해."

"무슨 말이지?"

"오늘 안 좋은 일이 있었거든…."

그녀의 목소리는 뱃속 아래까지 잠겨있었다.

"무슨 일이 있었던 거야?"

나는 물었다. 그녀가 대답을 하든 하지 않든 상관없이 묻는 말이었다.

"직장에서는 말할 수 없는 일이야. 다음에 내가 전화를 하든가 그곳으로 갈 게."

"되도록 마음을 편히 갖도록 해. 사실 인간이 갖는 슬픔과 두려움이란 것은 사치일 뿐이야. 그것은 자기 자신에게 일어나고 있는 환상일 뿐이지."

그녀는 목까지 차오른 가파른 숨결을 고르며 콧방귀를 뀌었다.

"정말 형이상학적이야! 아니, 가끔 날 잘 놀리는 재주가 있는 것 같아, 원숭이처럼 말야."

그녀는 기분이 풀렸는지 소리 내어 웃었다.

나는 그녀에게 더 이상 용돈에 대해 말을 꺼낼 수가 없었다. 어떤 죄책감이라고나 할까? 잠시 수화기를 든 채 망설이었다.

"알았어, 돈을 보내줄게. 하지만 약속해줘. 돈을 아껴 써야 돼!"

나는 알았다고 대답하고는 수화기를 내려놓았다. 그러고 나서 내 머릿속에 떠오른 것은 목사가 원하는 자서전을 써내는 일일 것이다. 그러나 조금 불안한 기운을 느꼈다. 성사가 안 될 수 있다는 생각이 들기도 하였다. 또한 접이식 자전거를 떠올리기도 하였다.

그날 저녁, 전화벨이 울렸다. 부엌에서 맥주를 마시며 취해가고 있었다. 전화를 받지 않았다. 담배 한 개비를 피워 물었다. 그러고 나서 낡은 카세트를 찾았다. 내 몸은 방바닥에 픽 하고 나뒹굴기도 하였다. 내 몸은 갑각류에 지나지 않았다. 아무런 의미도 없다. 약속도 없고 돈도 없다. 제기랄! 지금 내가 무엇을 하고 있는 거지? 카세트를 찾아야 했다. 고물이 되어버린 카세트를 장롱 안에서 찾을 수 있었다. 카세트가 장롱에 들어 있는 까닭을 잘 모른다. 단지 찾았다는 것이 중요하였다. 책상 서랍 속에서 먼지가 수북이 쌓인 테이프 하나를 꺼냈다. 창밖은 눈이 내리고 있었다. 손에 쥔 테이프를 카세트에 넣어 틀었다. 음악이 흐른다. 오랫동안 묵혀둔 테이프였다. 저 감미로운 음악이 뭐지? 영혼을 깨워주는, 아침의 찬 공기처럼 청명한 피아노 소리? 조지윈스턴의 12월! 고등학교에 다닐 때 레코드 가게에서 구입한 테이프였다. 레코드 가게를 가본 적이 언제인가? 근래에는 가보지 않았다. 아니, 기억에 없다고 말하는 것이 정확한 표현일 것이다. 내가 돈 쓰는 곳은 몇 군데로 정해져 있는 것이다. 건전하게 돈을 써본 일은 없다. 적어도 나 같은 망나니에겐 정직과 겸손은 되레 야만성을 잃은 사자와도 같은 꼴이리라! 소파에 앉아 음악을 감상하기 시작하였다. 그리고 잠시 열정에 사로잡혀 쓰던 소설에 대한 모든 것이 허망하게 느껴졌다. 지옥의 바닥에 내리 꽂히는 기분이다. 술기운에 그동안 썼던 소설을 책상에서 꺼내 찢어버렸다. 통쾌할 정도였다. 그리고 나는 잠이 들었다. 악몽을 꾸기 위해! 다음날 아침이면 면죄부를 위해 화장실로 들어갈 것이다.

*

"내가 제일 무서워하는 사람이 어떤 사람인지 아나? 머릿속엔 겸허와 가슴속에 지성을 지닌 직립보행의 동물이지. 그런데, 이 세상에서 그런 부류의 직립보행의 동물을 보지 못하였지. 흔히 우연히 만날 수도 있는데 내겐 그 조그마한 행운도 스쳐가지 않더군. 왜, 그런 직립보행의 동물을 만나려 하냐구! 그런 부류의 동물과 대면을 한다면 내 자신에게 두려움이 있다는 신념을 발견하기 때문이지. 자신을 조롱해왔던 싸구려 감정 따위들을 떨쳐버리고, 오랫동안 내 육체와 정신 속에 암석처럼 굳어버린 나태함에서 빠져나와, 새로운 사고, 세계, 그 미로 속에서 미지에 대한 두려움을 알아내려고 함이지. 정말 우스꽝스러운 일이 아닌가? 나는 종교인이나 철학자도 아닌데 말야. 아침나절 일찍 점포에 나가 빵을 굽는 평범하고도 어리석은 장사꾼의 종업원에 지나지 않는데 말야. 그러나 어느 날 빵을 굽는 일이 지겨워지기 시작하였고, 보다 새로운 일을 내 자신이 요구하고, 그것을 위해 빵 굽는 일을 그만둔 거지? 허나, 오랜 세월 동안 빵을 굽는 일만 하던 내가 다른 일을 한다는 상상은 할 수 없는 일이 되어버렸지. 나는 무력하게 아무 일도 할 수 없는 불구자의 가장으로 전락하고 말았지. 종업원에 어울리는 직종에 충실해야만 했어. 말이 그렇지 두려움을 찾으려 하였던 그 두려움이 새로운 장소, 직업이라 착각하고 있었어. 정말 바보 같은 놈이지."

이웃집에 사는 이혁동은 목요일 밤에 찾아와 대뜸 내게 하소연하였다. 그는 여러 곳을 전전하며 하루 일당을 버는 날품팔이 일을 하였다.

"내겐 일용직이라도 좋아. 아니, 적당한 수입이라도 있었으면 좋겠어."

"내가 도울 일이라도 있나?"

나는 마지못해 물었다. 그는 대꾸 없이 눈물을 흘리기 시작하였다.

"아파트 전세금이라도 빼서 월세방으로 옮겨야 하겠어."

고개를 끄덕이며 비어있는 유리컵에 맥주를 따라 주었다.

"불쑥 찾아와 네게 이런 말을 하여 부끄럽구만."

"괜찮아, 언제든 찾아와서 맥주 한 잔을 먹고 가게나."

그는 눈물로 얼룩진 안경을 빼내어 눈가의 눈물을 훔쳤다. 그리고 뿔테 안경알에 성에를 맺히게 하고 휴지로 닦아내었다. 내가 그를 잘 알고 있다고 말할 수는 없다. 단지 K제과점에서 빵 굽는 종업원 일을 하였고, 이웃집에 사는 그들 부부와 간혹 마주치며 눈인사를 할 뿐이었다. 사실 관심도 없었을 뿐더러, 어느 날 이웃집의 부부에 의해 저녁 식사를 초대받은 적이 있다. 그의 아내는 무척 친절하였으며 식탁에는 푸짐한 음식으로 채워져 있었다.

"이웃집에 살면서도 제대로 인사 한 번 못 나누고 해서 오늘 저녁식사에 초대하였습니다. 앞으로는 도울 일이 있으면 서로 돕고 잘 지내죠."

하고 이혁동의 아내가 말하였다. 그리고 그 부부에게는 세 살배기 딸아이 하나가 있었다. 저녁식사가 끝난 후 이혁동과 그의 아내와 식탁에 앉아 담소를 나누며 소주 한 잔을 들이켰다.

"저녁 잘 먹었습니다."

나는 저녁 식사 초대에 대한 감사의 말을 하였다.

"별 말씀을…, 식사를 오붓하게 할 수 있는 자리가 종종 있었으면 합니다."

그의 아내가 대꾸하였다. 그리고 그녀는 술안주를 식탁에 차곡차곡 쌓아놓듯이 놓았다. 김치파전이 눈에 띄었다. 그리고 갈비와 알탕, 꽁치가 연이어 놓이었다.

"작가라고 들었는데…:"

이혁동의 아내는 물었다.

"지망생이죠. 전국에 잘 팔리는 책을 출간한 작가는 아닙니다."

그녀는 고개를 끄덕이었다.

"아, 내 아내는 C대학교 국어국문과 출신이네."

이혁동의 말이었다. 그녀는 수줍어하며,

"학생 때부터 문학을 좋아했어요."

"아, 그래요."

"지금은 일기도 쓰지 않는 걸요."

"포기하신 건가요?"

나는 물었다. 물론 뻔한 답변을 듣겠지만 말이다.

"글을 쓴다는 것은 조건이 맞아야 하겠더라구요."

"그렇죠. 어느 정도는…."

"소설 쓰신다면서요. 글을 읽어볼 수는 없습니까?"

"네, 제 글은 아직 발표된 적이 없습니다."

이혁동은 말을 이으며,

"요즘 어떤 것에 대하여 쓰고 있나?"

"글쎄…."

망설이며 머리를 긁적이었다.

"아니, 자네 생각을 알고 싶을 뿐이네."

"내 생각?"

"그래."

부부는 나를 멀뚱 바라보았다. 나는 그들의 시선을 피해 술 한 잔을 들이켰다. 목은 달구어진 쇳덩어리처럼 붉어졌다.

"요즘 내가 작업에 들어간 작품이 있지? 〈공산당선언〉일세."

"공산당선언!"

부부는 합장을 하듯 동시에 말했다.

"놀랄 것 없네. 단지 소설일 뿐이지."

그러자 부부는 비웃기라도 하듯,

"이데올로기의 이야기인가?"

나는 대꾸 없이 미소로 화답하였다. 침묵을 깨고는,

"그만 얘기하지. 사실 문학에 대해 이야기하는 건 부질없는 일이라고 생각하거든."

그러자 이혁동의 아내는 내게 반문을 하며 말한다.

"저는 한때 문학소녀라고 불릴 만큼 열정적인 때가 있었어요. 그래서 대학교도 국어국문학과의 진로를 선택한 것이구요. 전 항시 작가, 훌륭한 작품들을 동경하고 작가가 되기 위해 노력도 많이 하였죠."

그녀의 말에 귀 기울였다. 하지만 그녀의 강렬한 눈빛을 직시하며 바라볼 수 없었다. 그녀는 내 눈에 강하고도 뜨거운 눈빛을 전달하였다. 하지만, 그녀와 눈이 마주치면 원심력 같은 마력의 힘에 이끌려 탁자로 시선을 피했다. 그리고 그녀의 풍부한 가슴에 침이 말라갈 정도였다. 그녀가 계속 말을 하고 있는 와중에도 그녀의 가슴을 훔쳐보았다. 그리고 이혁동이가 건네는 말로 '내 아내는 벗겨보면 속살까지 뽀얀 해.'라는 말이 뇌리를 스쳐 지나간다. 그녀의 드러난 살은 뽀얀 하이었다. 가느다란 손과 손목, 목과 얼굴, 나는 그녀의 속살을 떠올렸다. 직립보행을 하는 동물이라면 신체구조는 별다를 것이 없을 것이다.

"그러나 세상은 글을 쓴다는 골칫거리보다 더 향락적인 잡귀들의 유혹이 많았죠. 십수 년간 쌓았던 지식이 삽시간에 무너지는 수도 있더군요. 제가 그 케이스이죠. 다시 시작할 수 있다면 다시 시작해보고 싶어요. 그럴 수 있을까요."

"미국의 작가 마가렛 미첼의 장편소설을 아시죠?"

"바람과 함께 사라지다, 의 작가 말이죠."

"잘 아시는군요. 1936년 출판되었고 작자의 유일한 작품으로 1,000페이지가 넘는 대작입니다. 집필에 10년(1926~1936)이 걸렸고 1936년에 출판되어, 1937년 퓰리처상(賞)을 받은 작품입니다. 남북전쟁과 전후의 재건을 배경으로 급변하는 사회상을 자상하게 묘사하면서 아름답고 억센 남부 여성 스칼렛 오하라가 황폐한 시대를 힘차게 살아가는 모습, 연약한 이상주의자 애슐리 윌크스에 대한 스칼렛 오하라의 사랑, 물질주의적이며 행동가인 레트 버틀러와의 애증 등을 한데 엮은, 간결한 문체와 정교한 묘사가 돋보이는 작품이죠. 중요한 것은 작가 마가렛 미첼은 1925년 결혼 후부터는 남북전쟁과 전후의 재건시대(再建時代)를 배경으로 한 역사소설 《바람과 함께 사라지다 Gone with the Wind》(1936)를 10년이 넘도록 계속 집필한 일입니다. 불행하게도 미첼은 그 후의 작품은 없으며 자동차사고로 사망하였죠."

이혁동과 아내는 서로의 눈빛을 교환하였다. 그리고 그의 아내는,

"저는 영화로 보았죠, 사실 그 내용에 대해서는 잘 모르고 있었거든요."

"그것은 혁동이 자네도 마찬가지이었겠군."

그러자 박장대소하듯 우리는 웃었다. 자정이 되자 술좌석이 끝났다.

"오늘 정말 기분이 좋았습니다. 고맙습니다."

나는 이혁동의 아내에게 정중히 고개를 숙이었다. 그리고 집에 들어와 침대에 눕자 이혁동의 아내가 떠올랐다. 뽀얀 살결, 고통스러워하는 그녀, 웨이브의 섬유질 머리카락을 젖히며 그녀가 신음을 토해 내는 상상을 한다. 화장실에서의 면죄부?

그리고 며칠이 지난 뒤에 이혁동은 술에 곤드레만드레 취한 채로 나를 찾아온 것이다. 그는 성실히 다니던 공사장을 그만 둔 것이다. 그에게 아무 대책도 없이 그만 두었냐고 물었다. 그것은 무모한 짓이라고 덧붙이었다.

"사실 나는 젊은 나이에도 불구하고 갱년기가 찾아온 거야. 어떤 의욕도 없었지. 단지 내 사업을 시작하려고 했어. 나는 가난뱅이야! 하지만 은행대출도 받았고 그동안 모아두었던 적금을 해약하여 건물 전세금을 만들었지."

"그런데?"

나는 물었다.

"전세 계약서까지 작성하고 전세금까지 지불하였는데…."

그는 오른 주먹을 불끈 쥐며 탁자를 내리쳤다. 그리고 입에 거품을 물며 울분을 토한다.

"빙신 같은 놈! 빙신 같은 놈!"

그가 어떤 행동을 하더라도 관망할 수밖에 없었다.

"가짜 서류에다 사인을 하고, 사기꾼에게 전세금을 모두 날린 거야!"

그의 어깨를 토닥여 주었다. 그의 울음소리는 진동하듯 울렸다.

"이제 두려운 거야."

"그래, 아니 이젠 두렵지도 무섭지도 않아. 단지…."

"……."

그는 말을 이어,

"아내와 세 살 배기 아이가 내 눈앞에 아른거려."

그의 볼은 눈물로 젖어있었다. 그리고 나는 고개를 끄덕여 주었다.

"걱정 말게나, 아이엠에프고 고학력 실업이라는 경제난국에도 좋은 직업은 사실 많아! 시간을 좀 갖고 일자리를 찾아보게나! 자, 술이나 한 잔 하게. 사내가 눈물을 보인다는 것은 정말 보기 흉한 거야."

사나흘이 지난 뒤, 그는 함박웃음을 하며 나를 찾아왔다.

"어린양을 부린 내 모습을 생각하니 우습군."

그는 내 얼굴을 바라보며 말했다.

"일자리를 구했나 보군."

"화장실 청소 용역이네. 사실 꿈도 꿔본 적 없는 일인데…."

"축하하네. 자네가 사나흘 전에 보인 모습 때문에 많은 걱정을 하였지."

"자리가 제대로 잡히면 다시 찾아오겠네."

그가 사라진 뒤에 유상준으로부터 연락이 왔다. 목사가 일주일 동안 타 지역으로 세미나를 가야 한다는 말이었다.

"목사도 세미나를 하나?"

나는 목사가 세미나까지 하는 줄은 미처 몰랐기 때문에 의뭉스런 눈초리로 물었다. 유상준은 깔깔 웃으며,

"그런 것이 있다네, 목사도 필기시험에 합격해야 자격증을 주는 시대네. 그리고 좀처럼 밖을 나오지 않는 것 같아. 조만간 한번 들러 술이나 한 잔 하세."

"그럼 며칠 더 기다려야 하겠군."

"작품은 잘 돼가나? 〈공산당선언〉 말일세."

"그럭저럭 진도는 있네. 여사장하고 어떤가?"

"나한테 무지 잘해주지. 임신한 것 같아."

"임신? 어떻게 할 작정인가?"

"사실 걱정이 많아. 자네라면 어떻게 하겠는가?"

"아무래도 함께 살기는 벅찬 여자지."

"그래도 돈이 많은 여사장이 아닌가!"

"여사장은 어떤 생각을 갖고 있지, 말해봤나?"

"애를 낳고 싶어 하더군, 나는 망설일 뿐이야."

"난감한 일이군. 자넨 그 여사장을 반려자로 생각하고 있지 않아!"

"사실 그렇기는 해. 하지만 어떻게 해야 할지를 모르겠어."

"낙태 수술을 권해."

"여사장은 그걸 원하지 않아, 단지 내가 원할 뿐이지."

"그럼 그 여자도 포기하고 돈도 포기하는 방법밖에는 없는 것 같군."

"여사장은 포기하여도 돈은 포기 못하겠어. 그리고 내 아이잖아!"

172

“바람둥이 여사장이 누구 아이를 임신하였는지 알아, 그건 모르는 일이야!”

“그렇지가 않아, 여사장은 줄곧 내 옆에 있었다구. 그리고 여사장과 동거 중이구 말야.”

“의심에 여지가 없군. 허나 둘 다 포기하지 않으면 자넨 늙은 여사장과 살아야 한다구.”

“알아, 그게 고민이야. 방법이 없을 까?”

“방법은 자네에게 이미 말했네. 임신 몇 개월인가?”

“3개월.”

“병원엘 같이 갔어?”

“아니, 나 몰래 여사장 혼자 갔다 왔어. 내가 알게 된 것은 그녀와 늦은 밤에 술 한 잔을 마시며 알게 된 거지.”

“알 수 없군. 아니, 골치 아픈 일이구만.”

“조심을 했어야 하였는데 말야. 사실 나는 그녀의 돈이 탐이 났을 뿐이야. 고급 차와 옷, 용돈, 그녀의 임신으로 내 모든 계획이 일장춘몽으로 끝이 나버릴 것 같아. 진작 소리 소문 없이 이곳을 떴어야 했는데 말야.”

“지금 그렇게 하면 되지 않아?”

“매정하게 그럴 수는 없어. 그렇다고 아이를 낳게 할 수도 없는데 말야.”

“나도 잘 모르겠군.”

“어쨌든, 더 생각해볼 일이야!”

“임신한 사실이 맞아, 확인해 봤어?”

“아니, 여사장의 말을 듣고 그 말을 믿을 뿐이지.”

“여사장이 잔꾀를 부리는 것일 수도 있어. 어떻게 여사장의 말을 그대로 믿지?”

“그래, 그럴 수도 있겠군.”

“기분 상하지 않게 조사해 보라구. 여사장이 너를 시험해 보는 것일 수도 있지.”

“아무튼 한번 들러주게나.”

“나 같은 실업자는 불러만 주게.”

“이만 전화 끊겠네.”

그리고 수화기가 뚝 끊기는 소리가 들려왔다. 나는 소파에 앉아 텔레비전 리모컨을 들어 전원 스위치를 눌렀다. 그리고 잠이 들었다. 토요일 아침, 눈을 떴을 때 텔레비전은 켜져 있었다. 부엌에서 인기척 소리가 났다. 임나래였다.

“언제 왔지?”

기지개를 펴며 물었다.

“아침 일찍.”

“직장은?”

“방학이야.”

고개를 끄덕이었다. 그리고 부엌으로 향했다. 나는 그녀의 등 뒤에서 문어처럼 몸을 감싸 안았다.

“보고 싶었어, 그리고 용돈도 필요하구 말야.”

나는 앞치마를 두른 그녀의 가슴을 밀가루 반죽하듯 주물렀다. 그리고 그녀의 몸에서 은근히 풍기는 향기를 코끝으로 느꼈다.

"그 짓을 하고 싶어. 설거지는 조금 있다 하면 안 돼?"

"우선 씻어. 그런 몰골로 그 짓을 할 수는 없어."

"내 모습이 어떤데?"

"아프리카의 원주민 같아. 아니 노숙자의 모습과 엇비슷해."

나는 깔깔 웃었다.

"원주민의 성격이 어떤지 알아!"

"어떤데?"

"포악하지."

그리고 그녀의 치마를 걷어 올렸다. 잽싸게 그녀의 팬티를 내리고 부엌에서 그 짓을 짧은 시간에 끝마쳤다. 그리고 실오라기 하나 걸치지 않고 화장실로 갔다. 목욕을 끝낸 후 그녀와 식탁에 앉아 토스트와 우유 한 잔으로 아침식사를 마치고, 값싼 침대에 다시 누워 많은 형태의 교과서를 읽어나갔다. 때론 엎드리고, 의자에 앉아, 벽에 달라붙은 채로, 순간의 포악성과 열정, 테스토스테론, 희열을 느끼며 지쳐갔다. 시간이 흐르자, 우리에게 남아 있는 기력이라고는 미세한 쾌감이 뇌하수체에 남아있을 뿐이다. 에너지가 보충되고 쾌락의 중력을 느끼면 두세 번이고 그 짓을 하였다. 더 이상 어떠한 에너지도 남아있지 않았다. 나는 담배 한 개비를 피워 물었다.

"보고 싶었어. 남편한테는 근무 조라고 거짓말하고는 집 밖을 나서자마자 곧장 달려온 거야!"

그녀는 고양이처럼 볼을 쓰다듬는 내 손등에 입을 맞추고는 머리를 비벼댔다.

"나두 보고 싶었어. 하지만 당분간 전화하지 않는 것이 당신 입장을 곤란하게 만들지 않는다는 생각에서 하지 않았어."

그녀는 내 가슴에 손을 얹어 중지로 팔자의 원형을 그렸다.

"그리고, 내 스케치한 누드는 완성했어?"

"표구사에 보냈어. 조만간 연락 올 거야."

"빨리 보고 싶군. 환상적인 느낌이 드는데."

"너무 기대는 마. 화실에서 작업을 시간 나는 틈틈이 그렸기 때문에 기대 이상으로 잘 그리지 못했어."

"실력이 있어 대충 그렸다고 해도 기본은 나왔을 거야. 내 누드를 그려준 사람은 아무도 없었거든. 아니 그런 기회가 없었지."

값싼 침대에 누워 그녀와 나는 파스텔로 그려진 천국의 계단을 막 내려온 듯한 환희와 안식을 느끼고 있었다. 그녀와 석고상처럼 굳어버린다면, 그녀와 내 모습의 석고상이 공원 빈터에 한 평을 차지하고, 습기가 끼고 갈라진다고 하여도 영원한 자세로 그녀와 함께 하고 싶다는 생각이 들었다.

"무슨 생각을 하지?"

"당신이 가면 그 다음 나는 무엇을 해야 할까, 하는 생각을 하였지."

"무엇을 할 건데?"

"글쎄, 아무 생각도 떠오르지 않아."

나는 허망하고 회의적인 생각이 가슴을 먹구름처럼 뒤덮고 있음을 알았다. 언제까지고 그녀에게 의지할 수 있는 일이 아니었기 때문이다. 돈을 벌어야 했다. 그러나 내가 할 수 있는 일이란 아무것도 없다. 점점 초조해졌다. 불안해졌다. 그녀는 내 머리를 고양이 머리 어루만져주듯 하였다.

"네 걱정 알아. 당분간은 네가 할 수 있는 글쓰기에만 전념해. 용돈은 두둑이 줄게."

그녀의 말은 이제 위로가 되지 않았다. 나는 무엇인가 불안했고, 언젠가는 내게 닥쳐올 일이리라! 현재로써는 그 불안이 무엇인지 아직 모를 일이다. 유상준이 갑작스레 뇌 속에서 생성되듯 떠오르는 이유가 뭘까?

그녀에 의해 환경은 달라졌다. 집안이 잘 정돈되어지는 것에 대하여 달갑게 느껴지지 않았다. 그녀가 싫어진 것일까? 하고 자문하여도 뚜렷하게 나 자신은 말하고 있지 않다. 그녀는 두둑한 봉투를 내게 건네주었다. 마치 웨이터에게 팁을 주듯이 말이다. 나는 팁이 좋다. 돈은 나 자신을 즐겁게 만들어 준다. 그러나 할 일이 없다. 무엇을 해야 하는가? 나는 반쯤 접어놓은 마태복음 성경책을 꺼내어 접은 면을 반듯이 폈다. 그리고 읽어나갔다. 신은 내게 말한다.

"사랑하라, 그러나 너는 사랑하지 못할 것이다. 축복할 지어니, 네게는 축복이란 없다."

임나래가 용돈을 주고 간 후로 조금의 여유가 있었다. 그리고 이혁동의 아내가 나를 찾아왔다.

"잠시 들어가 이야기를 나눌 수 있을까요."

"그러세요, 들어오세요. 무슨 일이죠?"

그녀는 가슴에 종이 뭉치를 안고 있었다. 소파에 앉은 그녀에게 커피 한 잔 타기 위해 가스레인지 위에 커피포트를 올려놓고 불을 켰다.

"저에게 무슨 볼일이라도…."

급한 마음에 물었다. 그녀는 멈칫거리며 조심스럽게 탁자에 종이 뭉치를 내려놓았다.

"제가 저녁식사에 초대한 그날 저녁, 제 가슴에 뜨거운 불덩이가 불타올라 잠을 이루지 못했어요."

나는 물끄러미 말쑥한 그녀를 바라보았다. 그날 저녁에 보았던 그녀의 가슴까지,

"저 자신에게 말하더군요, 제 자신이 할 일을 찾았다고요."

턱에 손을 괸 채로 그녀를 바라보았다. 가스레인지에 올려놓은 커피포트의 물이 바글바글 끓기 시작하였다. 그녀에게 커피 한 잔을 내밀었다. 그녀는 설탕 두 숟가락을 넣고 휘저었다. 그녀는 커피 잔을 두 손으로 감은 채 한 모금을 마셨다. 그녀는 긴장하고 있는 듯 나를 바라보며 입가에 미소를 남기었다.

"커피가 맛있군요."

"그래요, 제가 커피를 맛있게 잘 타는 줄은 몰랐습니다."

그러자 그녀는 한 모금 더 마셨다.

"종이 뭉치는 무엇입니까?"

그러자 그녀는 차분히 커피 잔을 내려놓았다.

"그 날 저녁, 전 많은 생각을 하게 됐죠. 그 다음 날 아침부터 글을 쓰기 시작하여 어제 저녁까지 쓴 제 소설입니다."

그녀를 감미로운 사탕처럼 녹이는 듯한 시선으로 그녀를 핥았다. 종이 뭉치를 들추어보았다. 상당한 분량이다. 나는 앞부분을 읽어보는 데까지 읽어보았다. 시작부터 형편없이 진행된다면 뒷부분은 읽어볼 필요가 없는 것이다. 그러나 그녀의 문체는 섬세하고 군더더기가 없이 매끄럽고 세련된 문장이었다.

"놀랍군요! 숙달된 기성문인의 글 같습니다. 원한다면 하루의 말미를 갖고 읽어보고 싶군요. 허락하시겠습니까?"

그녀는 고개를 끄덕이었다. 내 칭찬에 그녀의 검은 동공에 작은 보석이 박혀 반짝이듯 빛이 났다.

"어떤 작가를 좋아하시죠."

"제 머릿속엔 아직까지 알퐁스도데의 〈꼬마철학자〉가 뇌리에 남아있습니다. 감명 깊게 읽었던 책이죠. 또한 작자 미상의 책을 읽은 적이 있는데, 제목은 〈아프리카의 꿈〉입니다. 로마에 사는 한 여성의 삶을 그린 책인데, 제가 눈물을 흘리기도 한 책입니다. 감수성이 예민한 때라서…. 아쉽게도 책은 분실했고, 헌책방에서도 그 책을 구할 수가 없더군요. 정말로 소장하고 싶었던 책입니다."

"전 에리히프럼의 〈사랑의 기술〉의 책을 좋아합니다."

"고등학교 때 읽은 책입니다."

그녀는 입가에 미소를 머금었다. 그녀는 원고 뭉치를 내게 디밀었다.

"읽고 평을 좀 해 주세요. 주례적인 말은 원하지 않아요."

"무슨 뜻인지 압니다. 그리고 제 원고를 드리지요."

나는 골방으로 향했다. 오래 전 써 놓고 묵혀 놓았던 소설 원고를 찾아 뒤척이었다. 이십 여분이 흘러 먼지에 수북이 쌓인 원고를 찾아 그녀에게 건네주었다. 그녀의 검은 눈동자에서는 강렬한 열정의 불이 타오르고 있다. 그리고 그녀의 가슴을 훔쳐보듯이 스쳐보았다. 탐스러운 가슴이다.

그녀는 차 한 잔을 마시고 자리에서 일어났다.

"다음에 많은 얘기를 들려주세요."

"그렇게 하죠."

그리고 그녀는 거실을 빠져나가 자신의 집으로 향했다.

"엉덩이도 참 매력적이군."

나는 혼잣말로 지껄였다. 그리고 화장실에서 그녀의 매력적인 이미지를 떠올리며 면죄부를 청했다. 폭력과 강간, 가정 파괴범 같은 소질들을 내 머릿속에서 다 날려버렸다.

그녀의 소설을 읽는 데에는 많은 시간이 걸리지 않았다. 〈가을의 서약〉을 읽는 동안, 내내 웃음과 진지함으로 단박에 읽어 내려갔기 때문이다. 그리고 나는 그녀의 평을 기록해 두기로 하였다. 그녀가 나를 찾아오면 평을 적은 종이를 그녀에게 건네고, 그녀와 많은 대화를 나누기 위함이었다. 그녀의 문체나 줄거리에 대해 문제 삼지 않기로 했다. 막 불타오르는 그녀의 열정을 꺾고 싶은 마음은 추호도 없었기 때문이다. 특히 그런 부류는 강하게 비평을 늘어놓으면 쉽게 포기하기 때문이다. 비평보다는 그녀의 열의에 대해 칭찬만 해주기로 생각을 굳혔다.

그녀가 찾아 온 날은 이틀 뒤인 수요일이었다. 나는 종교에 대하여 공부를 하고 있었고, 그에 대한 자료가 소파, 탁자에 너더분하게 있었다. 그녀는 주위를 두리번거렸다. 그녀가 앉을 곳을 마련하기 위해 종잇장들을 주섬주섬 챙겨 모았다.

"제가 도와드릴게요."

그녀는 자료들을 챙기는데 집중하고 있었고, 얇은 모직의 티를 걸치고 있었고, 가슴은 U자로 움푹 패어있었기 때문에 유연성을 지닌 가슴이 보였다. 어느 정도 정돈이 되자 이혁동의 아내를 위해 커피를 타러 부엌으로 향했다. 그녀는 자료들을 훑어보는 것으로 짧은 시간의 침묵을 달래고 있다.

"종교에 관심이 많으신가 봐요?"

그녀의 말에 고개만 끄덕이었다.

"종교 신자인가요?"

그녀는 되물었다.

"아니요? 저는 잡귀입니다."

그리고 나서 나는 웃음을 참지 못해 소리를 내었다.

"왜 웃죠?"

그녀는 반박을 하며 물었다. 그녀는 내 웃음이 그녀 자신을 비웃는 것처럼 불쾌하게 느껴진 것이다.

"제가 제 자신을 일컬어 잡귀라고 말한 것이 우스워서입니다. 전 고등학교 때부터 담임으로부터 종교에 입문하기를 권고 받으며 시달린 적이 있습니다. 그때부터 전 제 자신을 잡귀로 보았죠. 사실 잡귀의 능력을 갖춘 잡귀는 못됩니다. 전 신의 존재를 믿지 않았습니다. 단지 두려움에 의한 의지로 보아야 하겠지요. 그 의지가 신을 창조한 것이라 믿었죠. 토템신앙도 마찬가지입니다. 토템신앙은 집단을 위한 좋은 믿음입니다만, 그것은 순수하기보다 사회, 지배, 권력에 맞물려 개개인의 희생을 강요하였죠. 나약한 자는 신의 재물이 되기도 하였습니다. 이 막연한 상상과 불신은 철없던 내게는 절대적이었습니다. 허나, 오랜 시간이 흐른 지금에 와서는 철없던 그때와는 다른 생각으로 종교를 신임하고 있지 않은 겁니다."

"잡귀라고 생각하여서 그런가요."

그녀는 말 중간에 끼어들었다. 말을 이어,

"그렇지 않습니다. 변변찮은 변명에 불과할 뿐입니다. 저는 개인적인 생각으로 신을 모독하거나 존재부정은 하지 않습니다. 철이 없던 시절에는 까닭도 없이 신의 존재를 모독과 모욕, 존재 부정을 하였지만, 이제는 나름대로의 논리가 제게는 있습니다. 간단히 말하면 교회를 불신하고 있다고 보아야 하겠죠. 교회의 역할은 충실히 행하여지고 있지 않습니다. 편협한 신앙과 권력과 돈, 명예 따위들에 얽매어 있고 그런 굴레에서 벗어나지 않는 곳이 교회입니다. 그들은 신성한 종교를 잊은 채 자신의 이익을 채우고, 겉으로는 하나님의 목소리를 빌어 말합니다. 세뇌시킵니다. 또한 종교가 지닌 헤게모니는 정말로 웃음을 자아냅니다. 우선 제 의견부터 말씀을 드리면, 인간의 육체는 신이 만들어주셨습니다. 인간은 과학적으로 사실을 발견하고 이해하죠. 고자가 아닌 이상 인간의 성기는 발육되고 발산하는 구조를 갖고 있습니다. 정기적이 아니더라도, 아니, 어떤 방법이 사용되어도 우리 몸에서 정자나 난자를 발산하고, 또한 생산하는 일을 도와야 합니다. 육체의 본능은 종교적일 수는 없습니다. 과학입니다. 단지 종교에 의해 억제나 절제가 본능에 가해질 뿐, 육체의 본능을 파멸시키지는 못하죠. 중세기 기독교에서는 혼인을 철학과 신념에 어긋난다고 하여 고질적인 제도로 억압을 하였습니다. 사제는 혼인을 할 수 없다는 금혼을 말하는 것입니다. 단지 그 시대에는 육체에 대한 이해보다는 육체의 본능을 절제나 육체의 본능을 규율 속에 가둬두는 것이 기독교를 위한 것이라는 믿음을 판에 박듯 의식 속에 심어주는 것입니다. 통제는 결국 동성애를 낳고 만들었습니다. 사제간에 그 짓을 벌인 거죠. 또한 반문으로 그들이 진정한 사제이었느냐 하는 것이겠죠. 이것은 헤게모니에 해당되는 일입니다."

그녀는 고개를 갸웃하였다.

"또한 헤게모니 하나를 더 말하자면, 매춘이 종교에서 파생되었다는 것입니다. 중세 가톨릭교회 운영을 위한 목적이었죠. 늘 신의 이름으로 모순을 정당화시키고는 자행을 저지른 거죠. 가톨릭이 하는 일은 그러니까 모순이 존재하지 않습니다. 늘 신의 뜻이니까요."

"신의 뜻을 거역할 수 있을까요?"

"무슨 뜻이죠?"

"그 모든 것이 신의 뜻이 아닐까요."

"그것은 신의 뜻과 무관한 일입니다. 교회의 목사도 인간입니다. 전에 말씀을 드렸듯이 인간은 과학이 육체의 의문을 풀었고 그것을 이해하고 있는 자체로써 인간은 자신의 육체에 순응하고, 불가항력적인 그것에 대한 대항은 올바른 대처가 아닙니다. 그렇기 때문에 인간이 하는 일은 한계가 있고 정도가 있다고 봅니다.

그것은 누구나 마찬가지입니다. 또한 인간에게는 악과 선이 존재합니다. 문제는 악과 선이 아니라 자기 자신의 의지에 달려 있다고 봅니다. 선을 행할 것인지 악을 행할 것인지에 대하여…. 하지만 악과 선으로만 구분된다면 얼마나 좋겠습니까? 하지만 그 자체를 논하기에는 범위가 광범위하기 때문에 더 이상 언급은 피하겠습니다. 단지 인간이 행하는 일은 실수라고 봅니다. 그렇게 보는 이유는 여러 가지입니다만, 한 가지를 꼽자면 인간이 수행을 하거나 어떤 일을 하려는 자체가 사회 속에서 일어나고 사회의 평가를 받는 것이기 때문입니다. 결국 신을 이용하여 행하고 있는 목적달성에 정당화를 시키는 것뿐이죠. 교회는 이미 사회 속으로 들어와 있습니다. 사회는 교회를 인정하고 있습니다. 그런 관계는 달리 말해 교회의 역할은 이미 끝났다는 것을 말하고, 단지 사회의 지탱 역할을 하는 속임수로 전락하였을 뿐입니다."

"말씀을 들으니 교회에 대한 편견이 많은 것 같군요."

"그렇지 않다고 변명은 하지 않겠습니다."

"그리고 작품 잘 읽었습니다."

나는 말을 돌려 말했다. 나는 서평을 적은 종이를 찾아 그녀에게 건넸다.

"꾸준히 썼다면 실력이 어느 정도 될 텐데…."

그녀는 말끝을 줄이었다.

"재미있게 읽었습니다. 보통 실력이 아니던데요."

그녀는 커피 한 모금을 마셨다. 그 이상야릇한 미소를 남기면서. 나는 담배를 피워 물었다. 그녀는 내 말에 대해 애착을 느끼고 있지 않아 보였다.

"글이란 무엇입니까?"

"꽤 딱딱한 질문이군요. 전 글을 위해 글을 쓴다고 생각하지 않습니다. 저의 사고와 이념, 상념 따위들을 지껄이는 것뿐입니다. 그렇게 지껄이고 나면 자연히 글이 되고 마는 것이기 때문에 맞춤형 글을 쓴다고 생각하지 않습니다. 비록 낙서에 지나지 않더라도 말입니다. 사실 제가 누구에게 이런 말을 할 자격은 되지 않습니다만, 기성문인들이 작품을 창조하고 있습니다만 결국 철학의 한 부분에 지나지 않는 메시지를 담고 있으며, 조각조각 난 사고에 대해 한 문제를 부각시키고 제시하며 푸는 답에 지나지 않는다는 것입니다. 제가 말하고자 하는 것은 문학, 아니 글쓰기에 있어서나 내용은 그다지 특별하지 않다는 것입니다. 물론 수준은 대단합니다. 숙련공처럼 말입니다. 허나, 비슷하다는 것입니다. 물론 편견이라고 말씀하시면 변명 따위는 하지 않겠습니다."

그녀는 탁자에 놓인 담배 한 개비를 피워 물었다. 나는 라이터를 꺼내어 불을 붙여주었다.

"담배를 피우십니까?"

"남편 앞에서는 피우지 않아요. 출근하고 나면 몇 개비 피우는 정도입니다. 대학 때부터 피웠거든요."

나는 가칠가칠한 턱수염을 보듬었다. 그녀는 한 모금 깊게 빨아들이고 내 쉬었다.

"제가 보기에는 소설이 조금 단순하면서도 난해한 것 같더군요. 하지만 재미있게 읽었습니다."

"그래요, 다행이군요."

나는 대꾸하였다.

"제 소설에 대하여 말씀 해주세요."

"제가 달리 평을 할 수 있는 자격은 없습니다. 독자로써 몇 글자 적었을 뿐입니다. 그 글을 읽어보시죠."

그녀는 내게서 건네받은 흰색 종이에 깨알로 빼곡히 적힌 글을 조금 읽어 내려갔다.

"집에 가서 읽죠."

그러고 나서 그녀는 자신에게 내 서재를 보여줄 수 없냐고 물었다. 그녀를 내 서재로 안내했다. 그리고 그녀는 여러 종류의 서책들을 훑어보았다. 나는 그녀의 등 뒤에서 어깨선과 머릿결, 코끝을 잔잔히 자극하는 향기에 매료되고 있었다. 그녀를 등 뒤에서 안아보고 싶은 충동이 일어났다. 마치 망치로 못을 내려치듯 가해진 충격이었다. 하지만 나는 어떤 합의도 없이 도발적인 그런 행동을 할 수 없다는 것을 안다. 매력적인 여성이다. 그녀는 서재를 둘러보고 다시 거실로 나와 소파에 몸을 의지하였다. 나는 냉장고에 소곡주 한 병이 있다며 술을 권했다.

"한산 소곡주입니다. 사실 가격이 밀주보다 배는 비싸더군요."

냉장고에서 소곡주를 꺼내오며 말했다. 그녀의 시선은 줄곧 나를 향해 있었다. 유리컵에 황갈색의 소곡주를 가득 채웠다. 소곡주가 가득 담긴 유리컵을 코끝에 갖다 대고는 자극적인 알코올 냄새를 음미하였다. 그녀와 잔을 부딪치고는 단박에 들이켰다. 심장이 불길에 휩싸인 듯 뜨거워지고 있었다. 그녀는 입술만 적시고 나서 유리컵을 탁자에 내려놓았다.

"맛이 독특하군요."

미간이 구겨진 채 그녀는 말했다. 그녀는 깊게 숨을 고르고 나서 소곡주를 들이켰다. 나는 빈 유리컵에 소곡주를 채웠다.

"소곡주의 맛을 음미해 보세요. 소곡주는 자신의 본능을 일깨워 줍니다. 마치 환각을 느끼기도 합니다. 나의 성은 정강이 사이에 있는 것이 아니라 나의 머릿속에 존재하는…. 모든 짜릿함은 내 손에서 느끼는, 기분을 좋게 만들어 주기 때문에 소곡주를 마시는 겁니다. 어떠세요, 괜찮습니까?"

그녀는 헛구역질이 나는 듯 몸을 굽혔다. 그리고 그녀는 가슴에 손을 얹었다. 나는 그녀 옆으로 가 앉았다. 그리고 계속해서 괜찮으냐며 물었지만 그녀는 아무 대꾸도 없이 가슴을 부여잡았다. 그녀를 부축하기 위해 어깨에 손을 얹었다. 그녀는 집에 가야 할 것 같다며 자신을 부축해 달라고 요청을 하였다. 그녀의 겨드랑이 사이로 두 손을 감싸 넣어 깍지를 끼고는 일으켜 세웠다. 그녀의 젖가슴이 내 팔에 의해 짓뭉개지고 있었다. 그녀의 젖가슴은 따듯하였다. 그녀는 절도하듯이 소파에 쓰러졌다. 그녀와 함께 중심을 잃은 채로 쓰러졌다. 어느덧 묘한 자세로 그녀 위에 올라 있었다. 나는 혀 안에 고인 침을 삼키고는 서서히 그녀의 위에서 떨어져 몸을 세우려 하였다. 그 순간 그녀는 두 팔로 나를 감싸 안았다. 그리고 그녀는 말똥한 눈으로 나를 바라보았다. 촉촉한 입술이 내 마른 입술로 전해졌다. 거부할 수가 없었다. 그녀는 말미잘의 촉수처럼 내 몸을 마비시키고 있었다. 그녀의 손과 입술은 마치 촉수 같았다.

"아무 말 마요. 이대로가 좋아요. 그리고 비밀처럼 지켜주세요."

그리고 그녀와 나는 서로의 체온을 강렬하게 필요로 하였다. 나의 면죄부? 죄책감 따위는 없었다.

"내 몸 어느 곳에 당신의 강한 욕구를 넣어 주세요. 나의 심장, 머릿속에까지 파고들어요."

그녀는 야릇한 음성으로 내게 속삭이었다.

궁상각치우

*

　음매! 비 똥줄 나게 오네. 이러다 시상 나무 뿌리고 뭐고 다 뽑혀 남아나는 것 읊겠구먼. (이주식은 대청에서 전화를 받으며 마당을 힐끗 훔치었다. 마당 밖은 아직 어둠이 가시지 않았다.) 네 집 기둥 아직 안 뽑혔냐. 나야 지금 집 기둥 뽑혀 노 젓고 있다. 이참 떠내려가는 것 부산까정 떠내려갔음 좋겄는듸. 근듸 시방 워쩐 일이냐, 식정부터. 아직 닭도 울지 않았구먼. (지난밤부터 장맛비가 퍼 붙고 있다. 이주식은 전화벨이 울리기 전 새벽 일찍부터 잠에 깨어있었다.) 뭣이여! 긍께 어젯밤부터 식정까정 상가 집에서 술 믁고 오다 전봇대 받았다는 거여! 거기가 워듸 쯤이여? 병원? 많이 다쳤는가? 아이구 다행이구먼, 타박상만 입었다니. 차는 개 박살나고야. 요즘 시상에 곤드레만드레 헐레벌떡 취해갔고 운전대 잡는늠이 워됐냐? 뉘 말 따라 살인면허여. …뉘 전봇대가 과부인 줄 알고 달려들었지. 기왕지사 받을 거든 기철이네 담장에다 황소 뿔로 들이박듯이 꼴아 박을 것이지, 전봇대가 뭔 잘못했다고. 시비라도 걸데. 아니믄 미소다방 윤양이 엉덩이 흔들며 욕허듸. …기철이네 담장이라도 허물었다 안 하나. 빙신! (전화를 끊고 나서 주식은 우의를 입고 창고에서 삽 한 자루를 어깨에 걸치고 논으로 향한다. 어두웠지만 너더리마을 초입 논배미가 있고 전봇대에 달린 가로등이 주식의 논을 밝혀주었다. 장대비를 맞으며 물꼬를 터주고 집으로 되돌아온 시간은 오전 9시, 논배미와 집과는 불과 10여 분도 채 되지 않는 거리다.) 음매, 비에 젖은 것보다 땀에 흠뻑 젖었구만. 엄니 속옷이랑 어저께 입은 체크무늬 난방 좀 꺼내주소. 바지는 갈색면바지 고걸로 해주소. 워디 가긴 워디 가요, 문병 가죠. 댕겨 오갔소. 트럭 열쇠 어딨소, 머리칼이 넝쿨처럼 빳빳하니 뽀대가 살아나지 않는구마이. 엄니, 문병가두 면面에서 시市루 견학가는듸 그랴도 너더리마을 이장인듸 차림새 꼴이 아니믄 동네 망신 아니유. 아, 마실두 가고 문병도 가니 일석이조구만이구만유.

(너더리마을에서 보령保寧 시내까지 차로는 이십 여분의 시간이 소요된다. 와이퍼를 삼단으로 빠르게 돌릴 정도로 가시거리가 5m도 안 되었다. 차 안에 성에가 끼자 에어컨을 2단으로 앞 유리창 방향인 상향으로 틀었다.)

젠장, 문병가기 전에 내가 먼저 죽겠구먼. 농약도 치야 허는듸, 이 늠의 빚 까잔 속쉑이네. 음매, 담배도 한 개비 남았네. 모질다, 모질혀.(주식은 담배 갑을 짓뭉개고는 차바닥에 던져버렸다.) 시방 저것이 누구여, 많이 본 처자인듸. 암…인제 생각났구먼, 김현주이네. 고참, 가시나 가슴도 크고 젓가락멘치로 호리호리하니 잘 빠졌구먼. 역시 서울물이 보약이여.

　주식오빠! 김현주는 멈춰선 트럭 안을 살피고는 말했다. 얼릉 싸게 차에 타거라. 음매, 많이 이뻐졌구먼. 근디 궂은 날에 워디 가는겨? 은제 고향엘 내려왔어? 오빠는? 김현주의 물음에, 나- 나야 시방 문병가지. 느그네 집 요 앞에 형수라고 있잖여, 오늘 꼭두새벽에 전봇대하고 키스했잖여. 흐흐, 육시랄 늠이 새벽에 전화 혀가지고 문병 안 오냐고 염병할 죽는 소릴 허는듸 안 갈 수 있다냐. 오뚝이 멘치루 고개만 끄덕이지 말고 네 야그 좀 혀라! 서울에서 무슨 일 혀? 듣기로는 방직공장에 다닌다믄서. 주식은 말하고도 자신의 말실수를 깨닫지 못했다. 누가 그래, 오빠! 오빠도 내가 공돌이로 보여! 김현주는 화가 치밀었다. 야는, 서울보약을 먹더니만 소갈머리도 보약급이구만.

　(잠시 침묵의 시간이 흘렀다. 빗길 속에 주식의 트럭은 물보라를 일으키며 21번 국도를 달린다.) 오빠야, 오빠는 변한 게 하나도 없어, 너더리마을도 그렇고 말야. 근듸 뭔 짐 보따리가 많냐? 응…아, 이거…. 엄마가 고추장이며 밑반찬 몇 가지 싸주신 거야. 직장 다니면서 일일이 해먹기 귀찮거든. 아, 그려. 아직 시집 안 갔구. 안 갔으믄 나한테 시집 오거라. 나 이래 뵈두 논이며 밭이 3,000평이 넘게 있다구. 내가 너 좋아하는 거 너두 알지. 나이두 20년 차이 나는 것두 아니구 10년이래 봤자 두부 빚듯이 먹어 해치우는 나이 아닌감. 정력도 넘치것다. 땅 부자에다 성실하믄 자

격조건 다 갖추지 않았는감. 약삭빠른 도시늠보다 훨 낫지? 오빠, 아직도 나 좋아해? 그렇잖아도 신랑감 구하고 있었거든. 오빠 저기에다 차 세워줘. 그랴…총각을 숨겨두었는지 궂은 날에 요사스럽게 치장을 다 했댜. 오빠는, 이 촌구석에서나 요사스러운 거지 도시에서는 평상복에 지나지 않아. 나중에 연락할게. (트럭에서 내린 현주는 장대비를 맞아가며 뛰었다. 주식은 그녀가 검은색 중형차에 타는 것을 바라보았다. 차종은 눈앞을 가리는 장대비에 식별할 수가 없었다. 고물트럭은 이어니 재를 넘어 내리막길의 커브 길을 매섭게 돌아갔다.)

*

보믄 말짱혀두 속은 뼈가 아스라질 정도로 아프당께. 아, 송장도 겉보기엔 말짱하잖소. 서른다섯에 얼라처럼 꾀병은 무슨 꾀병으로 보소. 간호사 아가씨인지 아줌마인지는 모르겠으나 한 일주일 입원하겠소. 병원두 돈 벌어야 하지 않겠소. 괜스레 왈가왈부하지 맙쇼. ―하루 입원하면 얼만듸, 운전자 보험 가입혔응께 입원비루 월매여. ―이보소, 간호사! 한 일주일치 진단서나 끊어노소. (형수는 간호사를 떠밀고 나서 병실 침대에 걸터앉아 담배를 꺼내 물었다.)

이 나이롱환자! 병실에서 담배 피우는 늠이 워딨어! 똥줄 나게 바쁜 사람 식전부터 전화 혀갖고 형님을 오라 가라 혀. 젠장 헐!(병실에 들어선 주식의 말이었다.)

물에 빠진 생쥐 꼴 보기 좋네, 주식. 사랑스런 아우가 사고나 병원 입원했으믄 술에다 과일을 사갖고 올 망정이지 주스가 뭐여. 아덜두 아니구 말여. 차라리 이유식이나 사오지 그렸다. 긍께 보자, 연락 받구 아직 오지 않은 친구덜이 누구더라…현식이, 그리고 창수, 아직 서이나 오지 않았구만. 그랴도 괜찮구만. 녀석들한테는 치킨하구 쇠주 사오라 혔으니. 잠시 기둘러보드라고. 병실에서 먹는 술이 오리지널 진짜배기라구.

도깨비에 뭐가 씌었어두 단단히 씌었구먼. 그렇지 않구 제정신으루 워칙히 저럴 수 있댜. 아참, 그건 그렇고 보령시내 나오다 김현주 가시나 보았네. 쉑쉬해졌대. 아, 있잖여. 윗말에 사는 김천식 노인네 딸 말여. 생각나자. 그려, 그 가시나 말여. 꽃뱀처럼 미끌미끌한 것이 윤기가 소젖 짜듯이 넘쳐나는구먼. 함 따먹구 싶다잉. 고것이 서울에서 간뎅이만 불려갖고 허세 부리는듸, 고것이 공순이 주제에 아니라고 발뺌 혀봐야 개 코는 못 속인다.

참말로 고년이 맞긴 맞는겨. 음매, 그날 그때가 생각나는구먼. 고년을 입막음 시켜놓고 학교 교실로 끌고 가서 해치웠던 일 말여. 물론 꿈이지만 말여. 고년 함 따먹을 작심으로 침 흘린 녀석들이 한둘이 아니었잖은감. 진짜 너더리마을에서 미스코리아 한 명 탄생한다고 다들 한 목소리로 떠들었잖어. 근디, 어느 날 바람과 함께 사라지다처럼 멘치루 사라져가지구 몇날 메칠을 뜬눈으로 울었다는 녀석이 있을 정도였으니까? 근디, 지금 워디 있어? 함 낯짝이라두 봐야 쓰것는듸. 현식이 하구 창수 어여들 와.

관에 산송장 집어늘 같은 늠이라구! 완전 상습범이 됐어. 이게 몇 번째 병문안이여. 위장 입원으로 보험금 타내는 속셈 아녀. 병문안 들러리 서주니께 출장비 받아야 허겄다. 요늠아, 깔깔깔.(현식)

자슥들, 내가 말혔잖여. 삼재가 끼어 사고가 많이 나는 거라구.

네놈 때문에 오늘 일도 못 나갔잖어. 하루 일당 날라갔으니 네가 일당 주어야겄다. 하루 빌어 먹고사는 공사판 밑바닥 노동꾼의 인생, 네 놈이 먹여살려줄껴.(창수)

일거리 없어 죽것다. 목구멍에 돌은 집어넣을 수 읎고, 주식아네 농사짓는 거 도우면 안 쓰겄냐? 품삯은 삼겹살 서 근 값만 주면 되지 않겄나. 생각이라도 혀봐야 허지 않겄나. 전에 농번기 때의 일은 잊으라. 내가 몸이 안 좋아서리 며칠을 앓고 병원에서 링거 주사바늘 이틀간 꽂지 않았나. 말없이 사라진 것은 정말 미안하다. 참말로 이번은 몸이 좋아서리 두 배로 부려먹어도 거뜬히 해낼 수 있다.(현식)

그려라. 요즘 김매기도 힘이 부칠텐디, 기왕지사 오늘 만났응께 하는 말이지만 친구 좋다는 게 뭐여. 나두 힘이 부처 공사일 못하겠구먼, 목구멍에 거미줄 치지 않게 좀 도와주라.(창수)

─주식은 친구 녀석들이기는 하지만 믿고 맡길 만큼 든든한 친구는 아니었다. 비록 자신은 부모님으로부터 땅뙈기를 유산으로 받은 것이지만, 그들의 생각과는 다르게 고용하여 일을 부려먹을 만큼 고용주의 입장으로써 그들에 대한 신뢰는 눈곱만치도 없었다. 한 번은 통사정에 잡초제거 일을 맡긴 적이 있다. 그러나 두 녀석은 농땡이 치는 일이 비일비재였기 때문에 두 녀석의 부

탁을 거절할 방법을 고안하지 않을 수 없었다. 무작정 거절한다면 서운하게 여길 것이기 때문이다.─

아참, 내 눈깔이 삔 게 아니믄 어제 시내에서 현주를 보았는듸 삐까번쩍한 승용차를 타고 어디루 가든듸. 고등핵교 때 보고 첨 보는듸두 거참 가시나 여전히 목화 꽃처럼 뽀얗고 이쁘장허든듸.(현식)

그러고 보믄 나도 은행에서 본 것 같은듸. 긴가민가 혔는데 야 그 들어보니 맞는 것 같구먼. 근디 고년이 고향에는 워쩐 일이랴. 코빼기도 베지 않던 년이 말여. 하므튼, 고 가시나 함 따먹을라고 무진장 기휠 엿보았는듸. 어떤 늠인지 고년 올라타고 노 저은 녀석은 복권 맞은 행운아일껴. 주식이 네 늠아는 현주네 그 가시나 집 담장에 똥을 쌀 정도로 멫칠이고 지켜 서지 않았나. 네 주둥이로 현주는 네 가시나라고 소문내고, 하물며 화장실 문짝에다 도배까정 하지 않았나. 현주 내려왔응께 함 잘 혀 봐라.(창수)

옛날 일을 새삼스럽게 와 꺼내나. 자네들도 현주만 보면 바지에 오줌까지 질질 싼 늠들이.

잔말 말고 술이나 믁자, 내 문병 와갖고 헛소리 아닌감.

*

검정색 엑쿠스 차량이 주·정차 금지구역에 차를 세웠다. 장맛비는 여전히 거세게 퍼붓고 있다. 시동이 꺼지자 조수대쪽 차문이 열리고 꽃무늬가 그려진 우산이 펴졌다. 현주였다. 며칠 동안 일거리가 없던 창수는 친구가 운영하던 철물점에 물끄러미 앉아 커피 한잔을 마시고 있다가 엑쿠스 차량에 눈길을 준 것이다. 장대비에 한 치도 가늠할 수 없을 정도였기에 자신의 눈을 비비었다. 철물점 친구인 준수를 부른 창수였다. 준수도 현주인 것을 확인하였다. 준수 또한 그녀를 짝사랑 한 적이 있었다. 준수와 창수는 현주임을 확인하고 놀라지 않을 수 없었다. 미소다방 윤양도 얼떨결에 창수와 꼭 같은 행동으로 현주를 물끄러미 바라보았다. 현주를 알지는 못하였지만 그 둘의 행동에 엉겁결에 자신도 놀라고 있는 듯하였다. 씹던 껌을 퉤 뱉고는, 저년의 팔자도 뭐 대단헌 것 같지 않네. 하고 질투 섞인 말 한 마디 내뱉었다. 현주는 자신의 얼굴이 남에게 띄지 않으려고 우산을 내려 들고 있다. 창수는 말한다. 준수는 창수의 말에 크게 귀 기울이지 않았다. 서울에 올라가서 출세혔나부지. 새까만 차 타구 다니니 말여. 준수는 개의치 않다는 듯이 말했다. 그러나 창수는 현주에게 많은 관심을 보였다. 못 먹는 떡 군침을 흘리고 보냐. 준수의 말에 아랑곳하지 않던 창수는 현주가 어느 건물로 들어가는 것을 보았다. 건장한 사내가 장대비를 피해 현주의 뒤를 따라 건물로 들어갔다. 건물에는 학원, 피부 관리실 등 여러 개의 간판이 걸려있다. 무슨 일일까? 하고 창수는 곰곰이 생각을 하였다. 호기심이 발동한 창수는 그 건물로 향했다. 준수는 물끄러미 창수의 행동을 바라볼 뿐이다. 건물 안으로 들어선 창수는 이층으로 뛰어올라갔다. 작은 커피숍에서 현주와 여러 명의 사내들이 테이블에 앉아 경직된 자세로 얘기를 주고받고 있다. 그녀가 이야기하고 있는 건장한 사내들은 건달 같아보였다. 검정색 양복을 입고 있는 사내 다섯 명이었다. 현주와 다섯 사내들과의 대화는 엄숙하게 보였다. 창수는 현주를 바라보았다. 세월이 흘렀어도 미모만큼은 변하지 않았다. 입안에 침이 고이었다. 꼴깍, 차단기 전원이 떨어지듯 창수의 몸은 굳어갔다. 정전이 된 듯…. 이틀 전에도 창수는 터앝에 심은 고추의 고춧대를 사러 농약사에 나왔다가 현주를 목격하고는 놀랐다. 저늠의 가시나가 보령에는 워쩐 일이냐, 하고 혼잣말로 중얼거렸다. 머리를 갸웃거릴 뿐 알 수가 없다. 문뜩 자신이 현주를 쫓아다녔던 일이 떠올랐다. 현주를 한 번 안아보고 싶었던 창수는 스토커처럼 현주의 집을 기웃거리기 무섭게 고등학교 수업이 끝나면 향했다. 그때만 하여도 자신뿐만 아니라 고자 아닌 남자들은 모두 현주를 보고 고추를 세울 정도였다. 고것은 죄가 아니구먼, 하고 창수는 생각하였다. 아는 척을 하고 싶은 마음이 간절하였지만 그럴 수 없다는 것을 창수는 알고 있다. 너더리마을 초입에 들어서는 현주를 거세하여 강간하려 했지만 거센 반항에 실패를 하였던 일이 있었기 때문이다. 그 뒤로 현주의 눈길을 피하고 멀찌감치 뒤에서 바라만 볼 뿐이었다. 상대방의 감정이 자신의 감정으로 해석되지 않는다는 것을 실패 뒤에 뼈저리게 느낀 것이다. 정장차림의 건장한 사내에 둘러싸인 현주였다. 아무래도 낌새가 심상찮은 분위기라는 것만은 틀림없었다. 그러나 창수에게는 무엇보다도 현주에 대한 감정을 잊고 있지 않다는 것이다. 창수의 머릿속은 엉킨 실타래처럼 복잡해졌다.

　병원 안에서 그들은 취해가고 있었다. 스릴이 있어 술맛이 더 느껴졌다. 다행히도 간호사는 들어오지 않았다. 하루에 한 번 정도 들어와 퇴원하라고 퇴짜 놓듯이 투깔스러운 간호사일 뿐이다. 실랑이가 끝나면 간호사는 짜증스런 투로 비아냥거리고는 나간다. 형수는 개의치 않았다. 곤드레만드레 취기가 오르자 그들은 병실 안에서 담배를 피웠다. 그리고 이야기는 다시 현주로 쏠렸다. 그녀가 보령에 무슨 일로 내려왔나? 서울에서 무슨 일을 하는가? 하는 자신들의 궁금증을 늘어놓았다. 그러나 궁금증을 답해줄 명쾌한 답이 오고가지 않았다. 시간이 흐르자, 혀가 꼬인 그들의 발음은 서로가 알아들을 수 없었다. 주식은 버릇처럼 벌떡 자리에 일어나서 병실을 빠져나갔다. 창수와 현식, 형수는 주식을 물끄러미 바라보았다. 형수가 말 한마디 건넨다. 저 녀석은 말여, 술만 처믁으믄 집에 가서 문제여. 집에 금붙이 마누라라도 숨겨놓았나? 호프집에서 술 먹을 때도 취하믄 가더라구. 덧붙여, 정신두 말짱헌 것 같은듸, 참말로 희한혀. 이에 대꾸하는 창수, 좋은 버릇이여, 암 말도 말랑께. 샷다 마우스여. 근듸 취해갖고 잘 갈런가 모르겄는듸. 현식이 맞장구친다. 전봇대 껴안는 거 아녀. 살살 부등켜 껴안아야 허는듸. 그리고 그들은 깔깔 웃었다.

　주식의 몸은 낙지처럼 빈정거리며 비틀거렸다. 차 열쇠가 두 개로 보였고 몇 번을 더듬거리고 나서야 트럭 문을 열 수 있었다. 상고머리를 한 그의 머리카락은 장대비에 젖고 나니 고슴도치 가시마냥 뻣뻣이 섰다. 뭔 늠의 비가 가시나 오줌보다 억세댜. 하고 트럭 안으로 들어선 주식은 혼잣말로 지껄이었다. 입가를

훑고는 머리를 한번 쓸어 넘겼다. 그래도 입가에는 단맛의 무엇
이 남아 있다. 쥔장! 하고 트럭 열쇠를 꽂고 시동을 걸었다. 그리
고 그는 병원을 빠져나와 21번 국도로 진입하였다. 한 치 앞도
보이지 않았다. 그의 트럭은 중앙선을 넘어섰다가도 자기 차선으
로 들어왔다. 여러 차례 중앙선을 넘나들었다. 주식의 눈은 감기
기 시작하였다. 까무잡잡한 피부에 호리호리한 턱, 톡 솟은 광대
뼈, 그 외모 때문인지 번개가 번쩍일 때마다 흉할 정도로 매섭게
보였다. 21번 국도에 물이 고였던지 주식이 잡고 있던 핸들이 획
돌아가 트럭의 몸체가 논배미로 향했다. 급브레이크를 밟아 다행
히도 논배미로 트럭은 빠지지 않았다. 핸들에 머리를 처박고 있
던 주식의 가슴은 억새풀처럼 파르르 떨렸다. 트럭 문을 열고 내
려 보니 접도구역이라고 박힌 콘크리트에 조수대쪽 안개등과 범
퍼가 박살이 나 있었다. 주식은 가슴을 쓸어 내렸다. 잠시 동안이
었지만 그는 장대비에 온몸이 젖어버렸다. 그리고 도로에 웅덩이
처럼 물이 질펀하게 고여 있었다. 그는 앞바퀴를 있는 힘껏 발로
찼다. 쥔장! 뭔 놈의 도로를 더럽게 만들어 놨냐. 그리고 주식은
빨리 이곳을 벗어나야 할 것만 같았다. 다행이도 트럭이 덜거덕
거리는 소리 외에 움직이는 데에는 아무 문제가 없었다. 이어니
재를 지나 내리막으로 트럭은 중앙선을 넘나들며 달리고 있다.
그는 정신이 말짱해지는 것 같았다. 참말로 조심혀야겠구만. 하고
그는 중얼거렸다. 주식은 액셀러레이터를 꾹 밟고 있던 발목의
힘을 조금 풀었다. 얼굴에 화기가 달아오르고 유리창은 성에가
끼어 앞이 잘 보이지 않았다. 에어컨을 3단으로 올렸다. 창문을

약간 내리고 다시방에 넣어둔 담배이었다. 그는 담배를 피워 물었다. 빗방울이 튀기며 들어오긴 하였어도 개의치 않는 주식이었다. 한참을 달리다가 범퍼에 강하게 들이받는 무엇이 있었다. 담배를 끄려고 시선을 잠시 재떨이에 주고 난 작은 순간에 벌어진 상황이었다. 작은 신음소리와 함께 논배미로 검은 물체가 나가 떨어졌다. 급제동을 하였지만 수막현상에 의하여 트럭은 5미터가량 앞으로 미끄러진 뒤에 멈춰 섰다. 주위는 어두웠고, 장대비에 한 치 앞도 보이지 않았다. 음매, 이게 뭔 일이여! 그의 전신은 부들부들 갈대처럼 떨었다. 전류가 그의 몸을 타고 정수리까지 닿았다. 주식의 얼굴 표정은 못보다도 날카롭게 두려움으로 변해 갔다. 순간적이었기 때문에 그는 이 상황을 어떻게 대처해야 할지 몰랐다. 친구 녀석들에게 핸드폰을 걸어봤댔자 술에 취해 병실 안에 쓰러져 잠을 잘 것이다. 순간, 주식의 머리는 번득이었다. 주위의 목격자는 아무도 없는 것이다. 그는 도주하고 나면 그만 일 것이라는 생각이 지배적이었다. 그는 우선 트럭에서 내려 범퍼의 상태를 확인하였다. 운전대쪽 안개등과 미등이 깨져있고 범퍼는 조수대쪽과 마찬가지로 금이 갔다. 그는 바닥에 떨어진 조각들을 주웠다. 자신도 모르게 본능적으로 한 행동이다. 이런 상황은 상상도 하지 않았지만 자신도 모르게 민첩하게 상황에 대처해가고 있음을 알았다. 조각을 바지주머니에 우겨넣고는 논배미를 살피었다. 장대비에 눈을 크게 뜰 수조차 없었을 뿐더러 검은 형체가 벼를 쓰러뜨린 채 누워있음을 알았다. 비탈진 길에는 자전거가 심하게 망가진 채로 있다. 젠장! 비 오는 날에 어떤 미친 늠이 자전거 타고 돌아다녀! 그는 어찌할 바를 모른 채 주위를 맴돌았다. 차가 지나가면 발각이 될 것이다. 그래서인지 주식은 좌우로 도로를 살피었다. 차는 지나가지 않았다. 범퍼에 묻은 피는 장대비에 씻겨져 흔적조차 남아 있지 않다. 그는 자신이 어떻게 대처해야 하는지를 갈등하고 있었다. 그도 모르게 트럭에 올라앉았다. 내게 워째 이런 시련이 온당가? 미치겠네, 아니 환장혀부러! 주식은 핸드브레이크를 풀어 액셀러레이터를 있는 힘껏 밟았다. 뒷바퀴는 제자리에서 두 바퀴를 팽하고 돌고나서야 트럭이 움직였다. 너더리마을 초입에 도달해서야 그는 한숨을 내쉬었다. 그려, 이건 꿈이여. 누가 뭐라도 꿈인 것이여. 내일 아침이믄 모든 것이 원 위치로 가있을 거구만. 주식은 모든 상황을 꿈으로 몰아세웠다. 그의 정신은 말짱해졌지만 되레 술기운에 의한 환상으로 꾸미려 하고 있다. 하늘이 갑자기 환해지더니 낙뢰가 어둠을 가르고 땅으로 내리 꽂히는 것이 보였다. 그가 자신의 방에 드러누울 때까지 범퍼를 떠올렸다. 찌그러진 범퍼를 어떻게 하지, 하고 그는 여러 번 되뇌었다. 그리고 그는 이 일에 대하여 속 훤히 드러내놓고 이야기할 친구가 없음을 알았다. 그리고 그는 무의식 속으로 빠져들었다.

　다음날 아침, 주식은 지난밤의 악몽 같은 일을 떠올렸다. 악몽이 사실이기를 바라지 않으면서 집 밖으로 나섰다. 장맛비는 거센 바람과 함께 장대비를 동반하고 있다. 맨발인 채로 그는 빗길을 뛰어 마당에 세어놓은 트럭으로 향했다. 트럭의 범퍼와 미등이 깨어져 있었다. 가슴이 땅바닥으로 내려앉는 기분이었다. 빽소니! 그는 자신도 모르게 그 단어가 툭 튀어나왔다. 무슨 일이 벌어진 것인가? 급한 것은 트럭을 숨기는 일이었다. 미친놈처럼 장대비 속을 뛰어 온 것부터가 어머니의 시선을 끌었다. 집으로 뛰어들어간 주식은 트럭 열쇠를 꺼내 트럭부터 숨기기로 하였다. 적합한 장소가 떠오르지 않았다. 장대비 때문에 밖으로 나서지 않은 어머니는 주식의 행동을 미꾸라지가 손아귀에서 빠져나가듯이 물끄러미 바라볼 뿐이다. 너 미쳤나? 어머니의 말에도 아랑곳하지 않고 우산을 챙겨들고 밖으로 향했다. 문득 뇌리를 스치고 지나간 것은 논배미의 물꼬를 트는 일이었다. 순간, 방법이 떠올랐다. 그는 두 손을 주먹지고는 방도를 알아냈다는 듯이 창고에 넣어두었던 삽과 우의를 챙겨 들고는 트럭을 몰고 어디론가 향했다. 밥먹고 가지, 아침두 거르고 식전부터 쥐새끼마냥 서두르나! 어머니의 목소리가 뒷덜미를 간지럼 피웠다.

아침 여섯시, 창수가 눈을 떴을 때, 자신의 집이라는 것을 알고 놀랐다. 전날의 기억은 아무것도 떠오르지 않는다. 그는 냉수 한 컵을 들이마시고는 스쿠터 오토바이를 타고 왔을 것이라는 짐작뿐이다. 병원과 너더리마을은 25킬로미터의 거리였다. 그는 자리를 털고 일어나 창밖을 보았다. 애지중지하는 스쿠터의 백미러가 하나 박살이 나있었다. 젠장 헐! 부딪힌 곳은 없는듸, 하고 구시렁거렸다. 직업소개소에 전화를 걸었다. 입은 복어처럼 작고 볼 살은 혹처럼 지방덩어리로 늘어져 있고, 엉덩이는 돼지마냥 펑퍼짐한 경리가 받았다. 즉발 상냥허게 받지 않을래? 창수는 화가 치밀어 경리에게 큰소리로 말했다. 멱따는 소리 구만허구 오늘 일거리 읎냐? 읎다구, 환장허겄네. 장맛비 때문에 공사 일이 없다. 하는 수 없이 창수는 낮잠이나 실컷 자려는 심보로 아침도 거른 채 방바닥에 드러누웠다. 5분 정도 흘렀을 무렵 전화벨이 울렸다. 뭐여, 논두렁에 차를 처박았다고. 아침부터 뭔일이냐, 몸은 성하구? 알었다, 좀만 가둘러라. 현식이 녀석 한티 연락혀서 렉카차 불러갖고 갈텅게 쬠만 기달려라. 창수의 얼굴은 일그러졌다. 각진 얼굴에 코는 매부리코에 듬성듬성 난 콧수염과 턱수염, 몇 번의 맞선을 보긴 하였지만 퇴짜 맞기 일 수였던 그였다. 음매, 면도두 못허겠네이. 가만있어봐라, 현식이 자슥헌티 빨랑 연락해야 쓰겄네. 글구 보면 나는 멘날 들러리로 뼁이 치는구만.

창수의 100cc 스쿠터에 현식은 창수의 허리를 붙잡고 빗길 속을 달려 농수로의 소로 길에 도달했다. 도착하였을 무렵, 주식은 노란색의 우의를 입고 삽자루를 잡고 망연자실 서있었다. 돼지의 창자를 보듯이 차 밑이 훤히 보일 정도로 짐칸이 들려 있었고 앞은 논배미에 운전대 앞 유리까지 처박혀 있었다. 스쿠터 앞바퀴에 유리조각이 바수진 채로 밟히었다. 전봇대는 흠집과 함께 트럭의 도색한 파란 색상이 묻어 있었다.

이게 웬일이여, 괜찮은감. 현식의 물음에 주식은, 젠장! 섞으랄 늠의 비가 몇날 메칠이고 뿜어대니 물꼬도 트고 쓰러진 벼 읎나 챙기러 나오는 중에 괭이 한 마리 불쑥 튀어나와 핸들을 꺾었구먼 그랴. 전봇대 범퍼로 스치고 논배미로 처박은 것이여. 이에 창수는, 쬠만 기달려 봐, 렉카 불렀응게 싸게 오겠지. 이에 현식은, 첨만 다행이네, 차가 뒤집힐 뻔혔네 그려. 창수와 주식은 합장하듯, 긍께 말여. 까닥 잘못했으믄 총각귀신으루 하나님 뵐 뻔했구만. 말에 맞장구치는 주식은, 하나님은 총각 뵐루라는듸. 그러자 창수와 현식의 시선은 주식에게 쏠렸다. 와, 총각은 뵐루랴. 현식의 물음에 주식은 얼버무리며, 총각은 된장을 발라두 시퍼런 고추멘치루 맛나지 않고 범 새끼마냥 성질만 지랄인지라 지옥에서도 365일 불구덩이에 석탄을 집어넣는 삽질을 시켜두 젠장 할! 처녀 귀신, 유부녀 귀신 따므느라 일두 제대로 허지 않응께 뵐루랴. 좀 억지가 있어 보인 농담이었다. 큰 사고가 났음에도 여유롭게 농담을 하는 주식을 보고 그 둘은 흠칫 놀라움을 감출수가 없었다. 눈매가 처지고 까무잡잡한 얼굴에 턱이 짧은 현식으로서도 의아할 뿐이었다. 그러나 그 둘은 주식의 태도를 이해하고 있었다. 큰 사고에 당황하여 그도 놀랐을 것이다. 현식은 우산을 폈다. 그리고 바지주머니에서 구겨진 담배 갑을 꺼내 한 개비씩 돌렸다. 폐차 혀 쓰것다. 창수는 말했다. 렉카차 오믄 폐차장으로 직통하라 해라. 주식은 말했다. 그랴도 너는 돈푼께나 있응께 고물차 한 대 폐차하기루 눈썹 하나 가닥 하겠어, 어디. 현식의 말에는 시기심이 섞여 있었다. 암말두 마, 나라구 위기 닥치고 가슴이 벌렁 안 했겠냐. 글구 니들 공사장 나가지 마라, 내가 품삯 잘 처서 줄랑께 그전처럼 게으름 피지 말고 잘 일혀 봐라. 주식의 말에 창수와 현식의 눈이 휘둥그레졌다. 장맛비에 며칠간 손을 놓고 빈둥빈둥 굼벵이처럼 집에서 놀았던 현식이었다. 그나마 중고 값에 산 100cc 스쿠터를 타고 공사판에 출근하는 현식이었다. 중고 스쿠터도 공사 일을 하기 전 주식의 논과 밭에서 빈둥거리며 일하고 받은 품삯으로 산 것이었다. 며칠 일거리가 없어 스쿠터 기름 값도 거의 떨어져갈 판이었다. 공사장에서 철근을 나르고 하는 것보다는 주식의 논밭에서 일하는 것이 더 편했다. 때 되면 사이참에 국수와 막걸리, 점심도 먹여주니 공사 일보다는 백 원 한 푼 쓸 일이 없는 것이다. 창수는 현식과 다르게 직업소개소에서 소개하여주는 하루 일에서 하루 일당 오천 원 가량을 떼어야 하는 것을 못마땅하게 여겨 건달처럼 놀았다. 철물점을 자주 들락날락하다보니 소일거리처럼 되어버린 대리운전을 보름 동안 하고 있었다. 말 그대로 대리운전은 반타작이었다. 이만 원을 받으면 일만 원을 회사에 주어야 했다. 그리고 요즘 들어 대리운전의 일거리도 줄었다. 요 며칠은 철물점에서 잡다한 심부름을 하며 커피 서너 잔을 얻어먹는 빈대 노릇을 할 뿐이었다. 다방레지 엉덩이 주무르는 것 빼고는 그가 생각하는 것은 아무것도 없다. 부모의 이혼으로 그는 할머니 손에 의해 키워지고, 중학교 1학년, 할머니의 노환으로 그는 학교를 포기하고 신문부터 돌리기 시작하였다. 즉 주식, 창수, 형식, 현식 그 모두는 초등학교 동창이었다. 창수는 고아원 출신이었는데 고아원에서는 창수를 중학교에 진학시키지 않고 신발공장으로 보내져 노동일을 하게 하였다. 고학력 출신이라고 보아야 주식이지만 그도 고동학교 학력이 전부였다. 본래 주식의 집은 땅 부자였다. 일제 강점기 때 그의 아버지는 가난한 세무서 직원이었는데, 일본 유학파에다 와세다대학까지 나온 그의 아버지는 무지렁이 농사꾼의 땅을 입바른 소리로 현혹하여 싼 값에 매입하고 서너 배로 팔아먹거나 하여 그 차익으로 더 많은 땅을 구입하였다. 사실 일본 유학파라는 것도 혼자 떠벌리고 다니는 소문일 뿐 징용에서 되돌아와 친일 행각을 벌이었다는 소문도 있다. 어쨌든 주식은 두 동창들과 장대비를 맞으며 쭈그린 채로 담배를 피웠다. 현식과 창수는 주식의 거만한 태도에 항상 불만스러웠지만 일거리를 준 것에 기쁨을 감출 수가 없었다.

*

집으로 돌아온 주식은 자신의 머릿속에서 번쩍 하고 나온 기발한 아이디어에 전율을 느꼈다. 멍청한 늠, 이만하믄 쯤 안심이다. 그래, 침착하자. 아무 일도 없었던 거라. 주식의 목소리는 점점 커갔다. 그래! 아무 일도 없었던 거라! 이늠, 쥐여버린다. 차를 접시에 코 박듯이 논배미에 쳐 박아놓고는 뭐 잘났다고 아무 일 없던 거라 좋아하네. 미치지 않고 성한 정신에서 헐 말이네. 화통을 삶아먹어도 화가 가라앉지 않는구먼. 주식의 어머니는 멧부리 같은 눈으로 뾰족하게 흘겨보며 말했다. 주식은 어머니의 말에도 귀먹은 듯이 대꾸 없이 제 방으로 뛰어 들어갔다. 그는 희열에 가득 찼다. 풍선처럼 날아오르는 기분이다. 그 감정도 순간, 싹둑 작두에 짚이 잘려지는 것같이 잘려져 허허벌판의 기분이 들었다. 파편이 조금이라도 남아있다면 자기 자신의 범행을 알아낼 것이다. 다시 심각하게 고민하는 주식이었다. 누구이던 간에 늙으신네가 분명할 것이다. 그렇지 않고 장대비가 쏟아지는 새벽에 자전거를 타고 도로를 횡단하는 것이 있을 수 있는 일인가? 하고 주식은 속으로 생각하였다. 늙으신네는 살만큼 살았구면, 고물 값 물어주고 구만리 길처럼 확 트인 젊음 놈의 인생 앞길이 숨구멍처럼 막히면 불공평한 거여. 그는 속으로 외쳤다. 그리고 벽에 걸린 아버지의 초상화를 바라보며 다시 물었다. 안 그러유, 아버지? 그 초상화는 안면도꽃박람회 갔을 때 거리의 화가에게 삼만 원을 주고 그린 그림이다. 한 번도 자신의 얼굴을 초상화로 그려보지 못한 주식의 아버지였다. 어쨌든, 주식의 얼굴은 흉측한 괴물처럼 일그러져갔다. 죄책감도 들지 않았다. 그는 머릿속으로 현식과 창수에게 알리바이를 확실하게 제공하였다. 그것이 그를 더욱더 찌릿한 쾌감을 느끼게 하였다.

*

주식의 말에 현주의 귀는 솔깃하였다. 3,000평의 땅이면 상당한 액수라는 것을 짐작할 수 있었다. 트럭이 갓길에 멈추자 주식의 얼굴을 훔칠 새 없이 검정색 엑쿠스 차로 뛰어갔다. 승용차 안에서 주식의 트럭을 바라보았다. 운전석에 앉아 있던 최상철이 묻는다. 누구여? 현주는 동네 오빠라고 짤막하게 대꾸하였다. 돈은 갖고 왔어? 김현주의 품에는 보자기로 묶인 상자 하나가 있다. 상철은 험상궂은 표정으로 보자기의 상자를 응시하였다. 땅문서

하고 패물 갖고 왔어. 그리고 들러볼 곳이 있어? 헛기침을 두어 번 하고 목을 추스르듯이 가다듬는 상철이었다. 눈썹은 일자형에 짙고 톡 솟은 광대뼈에 얼굴은 사각형이었기 때문에 바라보는 것만으로도 정이 떨어지는 혐오스러운 녀석이었다. 현주는 고등학교 졸업 후에 무작정 친구와 함께 서울로 상경을 하였다. 마땅한 일거리를 찾지 못하고 다방에 취직을 한 현주였다. 생판 모를 그 세계에 뛰어들고 나서 그녀는 얼토당토않은 이유로 빚더미에 올라앉았다. 친구인 선영이는 몇 번의 상습적인 도망 실패 끝에 섬으로 팔려갔다. 선영이가 어느 섬으로 팔려갔는지는 현주로써도 알 도리가 없다. 현주는 다방 레지가 지긋지긋하였다. 정신이 상자속에 갇혀 미칠 것만 같은 현주였다. 몸과 마음도 이미 더렵혀진 현주는 얼토당토하지 않은 빚을 갚고 새 생활을 하려고 고향으로 내려온 것이다. 그러나 부모 몰래 땅문서며 패물을 훔친 것에 죄책감을 갖고 있다. 현주는 속으로 어머니, 하고 되뇐다. 눈시울이 뜨겁게 달아오르고 있었다. 앵두 같은 아랫입술을 깨물고 눈물을 참았다.

보령시내로 접어든 차는 일방통행의 진입로에 차를 멈추었다. 미간을 구기며 상철이 말한다. 네년이 도망가 봤댔자 어딜 가겠냐! 삼면이 바다인 좁은 국토에서…뛰어봤자 벼룩이니까, 빚을 청산하구 마음 편히 사는 것이 네 신상에 좋다. 알것쟈! 씨팔놈아! 빚 다 갚을 테니까 헛소리 말아. 나도 네놈들 피해 갈 생각은 추호도 없어. 알았어, 씨뷀놈아! 현주의 욕지거리였다. 한 번 내뱉고 나니 속이 후련해지는 기분이다.

승용차 안에서 어렴풋이 낯익은 얼굴을 보았다. 철물점에 앉아 다방레지로 보이는 여자의 엉덩이를 툭툭 치며 커피 잔을 들고 있던 한 남자, 역겹다는 생각도 들었다. 고등학교 시절 많은 남자 학생들이 자신을 좋아했다는 것을 안다. 귀가 길에 집 앞에서 강간도 당 할 번 한 적이 여러 번이었다. 현주는 너더리마을이 싫었다. 고등학교를 졸업하자마자 서울로 상경한 이유 중 가장 큰 이유였다. 여자의 몸으로 태어나 한 번도 고귀하게 여성으로서의 몸을 느껴본 적이 없다. 현주의 주변에는 단지 여자의 몸을 육욕으로써만 즐기려는 짐승들뿐이었다. 평범한 가정주부로 사는 것이 그녀의 가장 큰 꿈이 되어버린 것이다. 복덕방에 들러 너더리마을의 땅값시세를 알아보았다. 평당 칠십 만원, 그녀는 계산을 하여보았다. 주식이 꽤 부자임을 알 수 있었다. 그녀는 전당포에 들러 집에서 훔친 패물을 현금과 바꾸었다. 금은방에 들러 바꾸려 하였지만 고향사람들이 자신을 알아볼까 두려웠다. 땅문서의 값어치는 일천만원가량 되었다. 너더리마을에서 좀 떨어진 외각의 선산이었다. 할아버지 묘소가 있는 선산이었다. 자신도 이렇게 하지 않으면 빠져나올 수 없다는 중압감에 괴로워하였다. 상철은 현주에게 묻는다. 복덕방은 왜 들렀지? 잔머리 굴리면 알지! 위협을 가해도 현주는 눈 하나 깜짝하지 않았다. 그리고 그 둘은 커피숍으로 향했다. 커피숍 안에는 네 명의 건달이 아침부터 현주를 기다리고 있었다. 현주는 다섯의 사내들에게 둘러싸였다. 현주는 땅문서와 현찰을 건넸다. 자신의 빚 절반의 돈이다. 나머지 절반은 일주일 내로 갚도록 해! 사채는 하루 이자가 꽤비싸. 현주는 커피숍 출입문에 자신도 모르게 시선이 끌리었다. 철물점에서 보았던 낯익은 얼굴이 기웃거린다. 건달들은 상철만 남겨두고 서울로 올라갔다. 현주는 어머님이 이 사실을 알기 전에 보령을 떠날 생각이었다. 그러나 나머지 돈을 마련하는 것이 막막하였다.

*

삼일 동안 장맛비가 내렸다. 창수와 현식은 삼일 동안 집안에 발이 묶이었다. 콩 막걸리 서너 병을 들고 현식이 찾아왔다. 참말루, 미치것네. 현식은 자리에 가부좌를 틀고 앉아 투덜거렸다. 창수도 마찬가지의 심정이었지만 자신의 말을 꾹 누른 채 아무 말도 하지 않았다. 현식은 방 안에서 아무 일 없이 가부좌를 틀고 앉아 있기가 따분하였다. 마지못해 꼬불쳐 놓은 쌈짓돈을 꺼내 콩 막걸리를 사 들고 창수를 찾아온 것이다. 창수는 고개를 갸웃거리며 말한다. 근듸, 주식이 말여. 감감무소식이여! 한 입으로 말혔으믄 가타부타 연락이라두 줘야 할 거 아녀. 불만스런 투정을 하는 창수였다. 현수가 말을 잇는다. 소로에서 주식이 사고 난 것 말여. 아무리 장대비에 앞길이 잘 안 보인다고 혀도 논배미로 빠질 만큼 좁은 길은 아닌듸, 안 그려? 글게말여, 눈 감고도 갈 수 있는 길인듸 구신 씌었나. 창수와 현식은 주식의 사고에 대하여 의문을 가졌다. 비포장 길도 아니었다. 작년 말 너더리마을 이장이 시청에 건의하여 콘크리트로 포장을 한 소로이었다. 어릴 적부터 수로에서 고기잡고 놀던 길이기도 하기 때문에 논배미로 처박은 주식의 행동이 의심스러웠다. 그보다도 주식의 전화만을 기다리는 창수와 현식이었다. 그러나 전화가 오지 않았다. 먼저 걸어볼까 하는 생각도 해 보았다. 본능적으로 수화기를 들은 창수는 자존심이 발동하여 전화숫자버튼을 누르지 않고 수화기를 그냥 내려놓은 것이 한두 번이 아니다. 오랜만에 마셔보는 콩 막걸리이다. 창수는 서너 잔을 마시고 난 뒤에, 근듸 어제 말여. 영식이 노인네를 만났는듸 땡잡았데? 현식은 창수의 말에 물끄러미 바라보았다. 고라니 한 마리가 자동차에 치어 논에 처박혀 허우적거리는 것을 잡았댜. 뒷다리가 치었는지 움직이지 못하고 있더라. 요즘 도로가에 청솔모, 꽹이 할 것 없이 죽어 나자빠지잖혀. 횡재했더러만. 이에 현식은, 참말인가? 와 나헌티는 안 걸린단가. 너더리마을은 산세가 험하지 않고 사냥꾼의 포획금지가 있어 몇 년 사이 갑작스럽게 산짐승들의 개체수가 증가하였다. 간혹 너더리마을에 내려와 밭에 심어 놓은 채소를 망가뜨려놓을 때가 있다.

고년 고것 봤어, 건달들 끼고 커피숍에서 쿠데타 혁명을 하듯이 모의하는 거 말여. 창수는 말했다. 글게, 나두 양복 쫙 차려입은 건달들 틈에 고 가시나를 보았는듸, 직감에 고 가시나 뭔 일 있는겨. 현식은 덧붙였다. 그 둘은 막걸리를 마셔가며 현주와 주식에 대하여 입방아를 주고받았다. 선반에 놓인 전화벨이 울렸다. 입가에까지 대고 있던 유리컵을 방바닥에 놓고 전화기 쪽으로 다가갔다.

여보세유, 안녕하세유 주식이 어머니. 주식이유, 못봤는듸유. 읎어졌다구유! 현주와 함께 나갔다가 돌아오지 않았다구요. 걱정 말유, 한두 살 먹은 아덜두 아닌듸유. 다 큰 성인이 만나면 뭘허겠슈, 혀봐야 고것밖에 더 있갔슈. 만나믄 혼꾸녕 내줄게유. 너무 걱정 말유, 어머니. 수화기를 내려놓자마자 창수는 콧방귀를 뀌었다. 구신같은 고년이 주식을 꼬리쳤구먼. 현식은 물끄러미 창수를 바라보았다.

현주와 주식은 열차에 몸을 싣고 있다. 땅문서와 저금통장을 들고 나온 주식은 열차에 오르기 전에 어머님께 편지를 부쳤다. 하루나 이틀 뒤면 받아볼 것이다. 주식은 사고 뒤에 불안에 떨었다. 이참에 현주가 찾아와 자신하고 살자고 제의를 하였을 때, 선뜻 받아들일 수 있었던 것도 두려움 때문이었다. 열차 차창 밖으로 장대비가 쏟아진다. 현주의 손을 꼬옥 쥐었다. 서로의 눈빛이 오가고 난 뒤에 주식의 손목엔 힘이 더 가해졌다.

미치광이

*

비곗덩어리처럼 육중한 시간, 그 시간은 며칠간 수면제로 내 이마에, 배꼽에, 그리고 의식에 종기처럼 머무르고 있다. 그것은 일종의 나태함이자 무력감의 지방덩어리이다. 지방덩어리의 수면제에서 헤어나올 때쯤 거리를 멍청히 걸었고, 기온이 떨어진 써늘한 밤거리는 을씨년스러웠다. 교회 맞은편에 작은 놀이터가 눈에 띠었다. 놀이터에 도달했을 때쯤 줄곧 혹처럼 달고 걸어온 혼란스러웠던 것들이 머릿속에서 기포도 없이 사라졌다. 그것은 눈을 깜박이는 순간 체중에서 십 킬로나 되는 무게가 몸속을 빠져나간 듯 가벼운 느낌이었다. 잠시 등나무 아래 벤치에 앉기로 하고 발길을 돌렸다. 놀이터 안으로 향하지 않았더라면 곧장 새장으로 향했을 것이다. 이슬에 젖은 대리석에 엉덩이를 짓뭉개고 코끝을 훑어내며 디스 담배 한 개비를 꺼내 물었다. 워낙 골초였고, 며칠 간 과음한 탓에 손이 수전증처럼 떨렸다. 그렇게 필터까지 담배를 태우고 난 뒤 주머니 속을 뒤졌다. 나무늘보처럼 굼뜬 채 몇 번의 시도로 동전 몇 개와 구겨진 천 원 몇 장이 손에 달려 나왔다. 거스름돈으로 받은 삼천육백 원, 억새풀처럼 몸은 흔들렸고 현기증까지 느껴진다. 떨어뜨린 동전 몇 개를 주우려다 총 한 방에 나가떨어지는 멧돼지처럼 땅바닥에 머리를 쳐 박고 만다. 뜯겨지는 함석지붕에서나 들을 수 있는 소리가 두개골에서 들려오는 듯하다. 멍한 기분에 몸을 일으켜 세우는 것은 낯선 사람의 몸을 일으켜 세우는 것처럼 힘이 부친다. 그래서 나는 누운 채로 밤하늘을 바라보았다. 늑골까지 차있던 가스를 빼내기 위해 긴장을 풀었던 것일까? 방귀를 뀌고 난 뒤 아랫도리가 뜨거워지고 있었다. 젠장 할! 그리고 머릿속에서 돈을 세고 있었다. 얼마를 준거지? 알 수가 없었다. 술병과 안주 값을 꼼꼼히 따져보아도, 그리고 얼마를 건네준 건지 알 도리가 없다. 드러누운 채로 디스 담배 한 개비를 꺼내 물었다. 팔은 연장처럼 움직여 아랫도리를 더듬어 보았다. 느낌은 차디찰 뿐이다. 새벽인가? 체온은 떨어지기 시작했다. 손에 잡힌 것은 대리석 벤치의 모서리 부분이었다. 손끝이 벌에 쏘인 듯 따끔할 정도이다. 다음날 아침에 안 사실이지만 손 주위는 피로 얼룩져 있었다. 흘린 동전은 찾을 수가 없었다. 또한 그 대리석 벤치 위에 코와 목까지 차오른 메케한 음식물을 쏟고 나서 자리를 벗어났다. 사기꾼 같은 계집에게 얼마를 준 거지? 머릿속은 계산기처럼 빠르게 움직이고 있다. 한편으로는 웃음이 나왔다. 그리고는 장사꾼들은 다 사기꾼이야! 하고 소릴 질러댔다. 그리고 박장대소하였다. 그리고 고함을 질렀다. 그 고함은 허망하게도 내 자신에게 메아리로 되돌아오고 있다. 넌 사기꾼이야! 그런 소질은 누구나 있지. 허나 능력을 발휘하는 사람은 몇 안 되거든, 하고 누군가 내게 말하고 있다. 그래, 삶은 사기 치는 거야! 그렇지 않고 현상으로 누릴 수 있는 많은 물질을 무슨 수로 소유하겠어. 그렇게 말하는 당신은 나를 사기 치고 있어, 나를 속이는 거라구! 당신은 내 안에서 내 육신이 흙먼지가 될 때까지 몸 안에 구더기처럼 존재하며 사기를 칠 거야! 안 그래? 그의 목소리는 들려오지 않았다. 그는 단지 침묵하고 있는 것이었다. 집에 도착한 나는 시체안치소의 시체처럼 누워있었다. 창문 밖으로 어둠만 있을 뿐이다. 눈을 감았을 때도 어둠만 있을 뿐이다. 방안은 나의 관처럼 안락하다.

　다음날 아침, 머릿속엔 종잇장을 여러 장으로 갈기갈기 찢겨 놓은 듯 어지러웠다. 옷걸이에 걸려있던 바지주머니 속엔 남아있으리라는 삼천 원도 있지 않았다. 6㎜의 필름처럼 기억나는 것이라고는 단골 술집이었던 열 평 남짓한 호프집이었다. 그리고 어둠의 공간에서 다시 놀이터로 이어질 때까지, 그리고 어둠뿐이다. 머릿속의 텅 빈 공간은 술 취한 플랑크톤이 배회를 하고 있는 듯하다. 어쨌든 J고등학교행정실로 출근을 하였고, 그날 퇴근 무렵 박남수의 전화를 받았다. 그는 자동차운전학원 강사였고, 그가 내 마음에 드는 것은 바람둥이이자 사기꾼이기 때문이다. 남자는 무덤 속에 들어 갈 때까지 남자로 남는다. 라는 말도 있지 않은가? 폐경기의 여자는 중성도 아니고, 동물도 아니고, 그냥 인간일 뿐이다. 아니, 인간은 고철과 별다를 것이 없다. 하물며 인간의 소유욕은 똥통 속에 장미꽃을 피운다고 하지 않던가. 어쨌든 그 녀석은 남자의 본능에 충실할 뿐, 어떤 도덕성이나 윤리관은 눈곱만치도 없는 부류이다. 어느 날, 처음 보는 여자를 옆에 앉히고 호프집으로 나를 부른 적이 있다. 여자가 화장실 간 사이 녀석은 귀엣말로, 자신의 마누라는 자신의 새끼와 함께 친정에 가있다는 것이다. 녀석은 너무 재미있어하는 표정이었고, 자책감 따위는커녕 즐기고 있는 듯하다.

"들통이 나면 어떻게 하려고 그래?"

하고 물으면, 어떻게 자신의 마누라만을 위해 젊음을 헌신할 수 있느냐는 식의 대답이었다. 자신은 식욕이 왕성한 동물이라고 덧붙이기까지 한다. 어쨌든 녀석은 수준급이다. 아니면 말 그대로 여자는 단순한 동물 자체이던가. 어찌됐건 녀석에게는 많은 여자들이 믿을 수 없을 만큼 꼬임에 넘어온다. 월요일, 수요일, 토요일이라든가, 아니면 그 다음 주, 마치 백화점에 진열된 신상품처럼 늘 새롭게 바뀐다. 녀석은 그러한 것들을 장식처럼, 자랑삼아 말한다. 어쨌든 그와 만날 약속장소인 태영아파트 상가에서 오분을 넘게 기다리고 있었다. 박남수의 집은 그리 멀지 않은 곳에 위치해 있다. 나는 대로에서 그의 집으로 향하는 골목에 시선을 두었다. 황사현상으로 도시는 안개가 낀 듯 자욱하다. 마치 물 속의 바닥을 살펴보듯이 희뿌연 먼지 속에 희미하게 드러난 교회의 첨탑이 보였다. 박남수의 집은 그 교회 바로 아래다. 그는 기독교 신자는 아니었다. 또한 유식한 무신론자나 잡귀도 아니었고,

단지 자신이 사는 동네가 신성하지 않느냐는 식의 우스갯소리를 한다. 남수를 기다리는 동안 약국을 잠시 들러보기로 했다. 허파 속으로 빨려 들어오는 먼지에 목 속은 까칠하다. 그리고 마른기침까지 하고 만다. 제길! 이젠 공기도 사먹어야 하겠군. 흰 가운을 입은 약사는 어려 보였다. 총명한 검은 눈동자, 검은 단발머리, 전형적인 한국여성처럼 보인다. 여성잡지책을 보고 있던 약사는 허둥지둥 잡지책을 덮고는 끼고 있던 안경을 벗어놓았다. 나도 모르게 그 잡지책의 겉표지가 눈동자에 읽혀지듯이 훑고 지나갔다. 포르노 잡지책 같았다.

"방한대 하나를 주세요."

"흰색이요?"

약사는 정중히 물었다. 문을 화들짝 열고 들어왔을 때, 퍽 당황했던 모양, 두려운 눈빛은 그녀의 눈동자에 남아있었다.

"파란색으로 주세요. 흰색은 때가 많이 타거든요."

그녀는 의자에 던져 놓아두었던 잡지책을 둘둘 말아 책상 밑으로 던지고는 방안대를 꺼내 왔다. 잡지책의 두께는 이 센티 정도 되어보였다. 그리고 주머니에서 돈을 꺼내며,

"무슨 책인데 걸레처럼 함부로 하십니까?"

그러자 그녀는 토플 책이라고 말했다. 덧붙여, 자신은 책씻이를 그런 식으로 한다며 변명을 늘어놓았다. 물론 뜻을 모르는 영문이 대문짝만하게 적혀있고 그 글자 아래 유두를 드러내놓고 누운 유럽여자의 사진이 들어가 있다. 어쨌든 우스운 일이다. 그녀가 호모가 아니라면 말이다.

약국을 빠져나와 상가 쪽으로 향하던 중, 치킨 집 앞 계단에 박남수가 앉아있었다. 그의 주위로 흰 연기가 뿜어졌다. 구름처럼 뭉치더니 공기 중에 슬며시 흡수되어 사라졌다. 예상했던 대로 그의 중지 손가락에 담배 한 개비가 집게손가락에 물려있다. 놀라운 것은 그가 피우지 못하는 담배를 피우고 있다는 것이다. 직장에 흥미를 갖고 있던 터라 직장문제로 고민하고 있다는 생각은 들지 않았다. 지레짐작으로 마누라와 대판 싸웠을 것이다, 하고 추측할 뿐이다. 그렇지 않고는 기침까지 토해내며 담배를 억지로 피우지는 않을 것이다.

"무슨 맛으로 담배를 피우지?"

그는 고개를 들어 물었다. 나는 방싯 웃음을 보였다.

"그것은 마약 같은 니코틴 때문일 거야!"

내 말에 그는 비웃기라도 하듯 땅에 가래침을 뱉었다. 말을 이어,

"그래, 좋아! 흡연에 의해 뇌일혈, 버거씨병, 협심증, 신장암, 방광암, 후두암, 구강암, 폐암 따위의 병을 일으키지. 또한 폐로 흡입한 담배연기 속의 니코틴이 뇌에 도달하려면 약 칠 초 정도 걸리지. 그때 정신적인 안정감을 느끼고, 긴장감이 해소되는 일시적인 진정효과가 있지. 그것을 즐기는 거야! 그런 즐거움은 모세 및 말초혈관수축 및 혈압상승, 심박 동항진, 신경자극, 위산분비 증가, 혈청 지질의 변화, 혈소판 응집력 증가 그리고 혈관 벽에 손상을 일으켜 동맥경화를 촉진시키는 데서 마약같이 중추신경에 쾌락을 주지. 그 쾌락은 환상적이고 더러운 머릿속의 거짓말이기도 해! 말하자면 고통은 쾌락적인 것이고 유혹적이며, 육체

에 가하는 고문이며, 불만인 것이야! 그렇다면 행복은 스릴이 없는 삶, 모험도 없는, 그따위 것들로 갖추어져있는 것일 거야! 그것은 정말로 불행한 것이야, 죽은 시체나 다름없을 것이라구! 나는 쉽게 즐기고 있을 뿐이야, 담배 한 개비로 말야!"

그는 고개를 갸웃거렸다. 그가 알아듣지 못했다고 하여도 상관없는 일이다. 그는 아스팔트에 피우던 담배를 짓뭉갰다.

"그럼 네 폐는 썩어 사라지더라도 네 몸은 미라처럼 썩지 않겠군. 포름알데히드도 네 몸에 섞여있으니 말야."

그리고 우린 박장대소를 하였다.

우린 이십 여분을 걸어 대천 3동에 위치한 아우라지 술집에 도착하였다.

"이곳이 내가 말한 술집이야."

하고 남수에게 고개를 돌려 말했다.

그는 목젖이 작은 구슬 모양이 되도록 하늘을 바라보았다. 그러나 그의 목젖이 톡 솟은 화살촉 모양으로 되돌아 왔을 때 그의 얼굴은 굳어져가고 있었다.

"왜 그래?"

하고 나는 물었다.

그는 말없이 물끄러미 내 얼굴에 시선을 고정했다. 그의 게슴츠레하고 얼빠져있는 모습 때문에 잠시 내 머릿속의 생각들이 뿌리 채 뽑힌 듯 텅 비워졌다.

"내가 말했던 과부가 경영하는 술집이야!"

나는 머릿속을 뒤져 단 하나 밖에 없던 문장을 간신히 꺼낸 듯 말했다. 그의 얼굴은 문신을 새겨지듯 일그러졌다. 그가 말하기 전까지는 그의 속마음을 알 도리가 없는 일이다. 그는 하는 수 없다는 듯이 계단 쪽으로 발길을 돌렸다. 그의 뒤를 따라 계단을 밟고 이층으로 향했다.

카펫이 깔린 룸으로 들어가 가죽 소파에 앉았다. 물감 같은 조명에 그려진 그의 얼굴 문신은 그대로였다. 아니, 그의 얼굴은 형겊에 자국난 얼룩이었다. 묻지 않았다. 아니, 되레 화가 치밀 정도이다. 그가 침묵으로 일관하며 내쉬는 공기를 내 아가미로 들이마시는 기분이었다. 다른 룸 한 쪽에서 여자의 웃음소리가 새어나오고 있다. 나무 바닥에 높은 구두 힐 소리를 또각또각 내며 우리 쪽으로 온다. 웨이브의 머리를 한 웨이트레스 김수경이었다. 눈까풀이 반쯤 잠겨있고 아아테Ate의 흉상의 빛이 그려진 채 내 장딴지에 손을 밀어 넣고는 앉았다. 그녀의 손에서 뿜어져 나오는 온기가 내 목 혈관까지 쭈뼛하게 했다. 잠시 긴장에서 풀리고 나니 과부가 보이질 않았다.

"어디 갔어?"

나는 곁눈질로 홀의 주방을 살피었다. 그리고는 일산화탄소가 폐로 팽창되도록 들이마시고, 타르의 칠십 퍼센트가 기도에 축적되는 것을 느낀다. 담배 연기는 남수의 얼굴로 뿜어졌다. 그는 손을 저으며 담배연기를 피하기 위해 고개까지 돌렸지만, 하는 수 없다는 듯이 얼굴로 뿜어져 오는 담배연기를 정면으로 받아들이고 있다.

"잠깐 일보러 갔어."

김수경의 말이었다. 그리고는 남수에게 관심을 보인다.

"저 오빠 누구지, 친구야? 그럼 나보다 서너 살은 어리겠네."

남수는 웃고 있었다. 그 웃음의 의미가 뭐지? 하고 속으로 생각한 나였다. 그의 입 모양은 고무찰흙처럼 수시로 변했고, 뭉뚝하다 못해 얄브스름한 웃음을 얼굴에 담기도 했다. 나는 상당히 불쾌해졌다. 김수경이 자리를 비운 사이 그는 사각형의 테이블 반을 차지하며 작은 소리로 말한다.

"사실 말야, 이 술집 과부를 알아. 운전학원 강습생이었거든…. 나는 강사였고 말야!"

"그래서?"

무뚝뚝하게 잘라 물었다. 너무나도 바보 같은 말이다. 그는 말을 이어,

"인간은 어차피 이성을 버리면 어느 동물과 별다를 것이 없잖아! 많은 여자 강습생을 가르치지만, 선물세트 속에 들은 물건처럼 여자의 종류도 다양하거든. 교사, 장사꾼, 웨이트레스, 유부녀 등등. 어쨌든 애송이 같은 여자들을 교육하다 보면, 심지어 유부녀까지도 유혹을 하거든…."

"그래서!"

하고 나는 물었다.

"늘 하던 방식대로 여자들의 주머니에서 돈이 꺼내지길 바랄 뿐이지, 용돈을 벌 생각으로 말이지…."

그는 말을 중단한 채 멈칫거렸다. 김수경은 술병을 들고 들어왔다. 그녀는 소파의 등받이와 자신의 등을 이용하여 방귀소리를 내

며 앉았다. 남수의 엉덩이 쪽에서 소파가 말리듯 눈을 밟는 뽀드득 소리가 났다. 마치 수경을 피킷picket으로 바라보는 남수였다.

"누구 흥보는데 나 들어오니깐 바람소리까지 내면서 조용해?"

나는 그녀에게 시선조차 주지 않았다. 남수에게 묻고 싶은 충동을 느끼고 있었다. 그래서 그 여자와 잤단 말인가? 아님 용돈만 뜯어내고 차버렸단 말인가? 놀라운 일은 아니다. 그런 일은 도시에 흐르는 수챗물 같은 것이다. 인간은 이미 문명의 모든 것에 경악할 정도로 놀랐기 때문에 더 이상 신비로운 문제의 일들은 일어나지 않을 것이다. 어서 빨리 수경을 밖으로 내쫓고 싶었다. 수경은 자신의 몸을 움츠리며 춥다고 말했다. 덧붙여,

"옷 좀 벗어줄 수 없어?"

"나도 추워!"

마치 도마 위에 생선을 단칼로 두 동강내듯 잘라 말했다. 삐친 듯 그녀는 남수에게 동정을 호소했고, 남수는 점잖은 신사마냥 왼쪽 가슴에 ○○자동차운전학원이라고 적힌 잠바를 벗어주었다. 사실 그녀에게 춥다고 말한 것은 거짓말이었다. 어차피 남수가 그녀를 꼬드기게 하기 위함이었다. 그녀는 화가 난 듯,

"남수 씨하고 오늘 사랑해야 할까 봐!"

그녀는 내게 질투심을 불러일으키기 위해 말했지만, 나는 그녀에게 무뚝뚝한 자세로 일관하고 있다. 어서 꺼지라구! 속엣 말로 지껄이었다. 궁금증과 호기심에 참을성을 잃어가고 있었다. 다른 홀에서 마시던 남자가 수경을 불렀다. 혼자 술을 마시고 있었다. 그것은 한 동안 조용했기 때문이다. 수경은 미간을 새기며, 얼른

꺼져줬으면 좋겠어. 하고 한 마디를 내뱉고는 자리를 일어섰다. 내 손등은 경운기 바퀴자국이 여러 군대였다. 테이블 아래 그녀의 사타구니를 더듬는 동안 그녀의 날카로운 손톱에 살점들이 뜯겨져있다. 어쨌든 호기심이 발동한 나로서는 되묻지 않을 수 없었다.

"그래서!"

하고 나는 물었다.

"과부가 육일 째 다니 던 날 저녁에 시간 있냐고 묻더군."

"그래서!"

"그래서 흔쾌히 승낙했지. 그것은 또 한 건을 올리는 순간이었거든."

"그래서!"

재차 물었다.

"쑥스러움을 잊은 나이에 할 것이라고는 섹스 밖에 없잖니? 우선 마누라가 눈치 채지 못하도록 알리바이를 꾸며두고 그녀와 데이트하며 기분이 좋아지도록 술을 먹고 여관으로 직행했지."

"알리바이라고? 그래서!"

"그야 알리바이는 순정만화처럼 꾸며댔지. 어쨌든 말야, 우린 여관에 가던 중 편의점에 들러 맥주 열댓 병을 더 사갖고 여관에서 먹기로 하였지. 나는 외박을 할 수 없었기 때문에 새벽에라도 들어갈 생각이었는데…."

"그래서!"

"그녀가 그냥 자자고 하더군. 기대하고 있던 섹스도 안 하고 말야!"

"그래서, 그래서!"

"취한 나머지 그녀는 자더라고. 참을 수가 없어 그녀가 자는 동안 그 일을 치르고 여관을 빠져나왔지. 집에 도착한 시간은 아마 새벽 다섯 시일 거야. 문제는 다음 날 생겼지. 하루 수강을 빼먹고 이튿날 되서 과부가 내게 하는 말이 날 고소하겠다지 뭔가!"

"고소 좋지."

나의 대꾸가 비아냥거렸음을 알았다.

"꽃뱀한테 제대로 걸렸구나 생각을 했지. 어떻게 하면 위기를 극복할 수 있을까 끙끙 앓았지만 말야. 나는 과부가 원하는 것이 뭐냐고 물었어. 돈이라더군…."

"그래서!"

나지막이 물었다. 남수는 마른 목젖을 적시기 위해 맥주 한 컵을 단숨에 들이마셨다. 그리고는 말을 이어,

"나는 돈을 대가로 주고 모른 척하자고 제의했지. 과부는 좋다고 말하고는 사라지더군. 무슨 조치를 취해야 할 것 같았어! 그리고 원장을 찾아가 과부를 더 이상 내가 교육하고 싶지 않다고 말했는데, 원장은 나를 달래더군. 아니, 애초부터 내가 원장을 찾아올 줄 알고 있었던 눈치였어."

"그래서!"

"과부가 운전면허증 취득할 때까지 전임 강사로 일했지. 후에 알게 된 일이지만 원장은 과부에게 얼마의 뇌물을 받았더군. 기막힌 것은 과부가 원장에게 나를 들먹거리며 칭찬의 말들을 아낌없이 늘어놓았다는 거지. 미치고 환장할 노릇이지."

남수는 떠올렸던 생각들이 바로 이 순간에 일어난 일처럼 넋을 잃은 채 입을 다물고 있지 못했다. 나는 턱을 괴었던 손마디를 가위질하듯 풀어 주었다. 웃어야 할지, 혹은 어떤 표정관리를 해야 할지 망설여졌다. 물론 결론을 내리기 전에 웃어버리고 말았다. 허나 웃음 끝자락에 오싹함의 꼬리가 혀끝에 말려드는 기분이다. 다행히도 과부는 오지 않았다. 그러나 남수의 행동이 미심쩍어 보인다. 그는 과부가 오기만을 기다리고 있는 모습이다. 수경에게 물어보아도 연락이 안 된다고 말할 뿐, 자시가 넘도록 마신 술에 곤드레만드레 취할 뿐이다. 허나 과부는 오지 않았다.

다른 룸에서 비틀거리며 남자가 계산대로 향했다. 수경은 취한 사내를 계단 아래까지 부축이고 바래다주었다. 그리고 비음을 혀끝에 발라가며,

"개새끼! 술만 처먹으면 꼭 밖으로 같이 나가자고 성화야! 티켓비도 주지 않으면서 말야!"

그리고는 내 옆자리로 되돌아왔다. 그녀는 덧붙여,

"그래도 양주를 처먹어줬으니 대접이 후한 거야!"

하고 욕지거리를 해댔다.

내 손은 그녀의 사타구니로 향했다. 비지를 만지고 있는 감촉, 손가락 사이사이로 그녀의 비지 같은 살은 빠져나간다. 술에 취한 남수는 라디오 중계하듯이 알아듣지 못할 말들을 늘어놓는다. 사타구니를 더듬던 손을 탁자에 얌전히 올려놓고는 턱을 괴었다.

"너 나랑 사랑해보지 않을래?"

하고 나는 수경에게 귀엣말을 건넨다.

*

　일요일 아침, 서둘러 대전으로 향하는 버스에 올라탔다. 한 통의 전화, 까마득히 잊고 있던 것에 대한 죄책감이, 혹은 수많은 이유 중 단지 그것 하나를 골라 핑계 삼는 것일지 모른다. 버스를 타고 두어 시간 넘게 걸리는 동안 창가에 내비친 내 모습에서 흉물스런 과거를 보고 있다. 간혹 거울에 비친 내 모습은 타인처럼 느껴질 때가 있다. 그럴수록 나는 미세한 구멍을 발견하고, 그 빛 소용돌이 속으로 빨려 들어갔다. 식도를 지나치고는 망설일 필요가 있다. 대답도 없고 하수관 같은 터널을 지나치고, 어디로 향해야 할지, 왜 그곳으로 향하여야 하는지, 까닭을 알지 못한 채 자아를 움직일 수밖에 없다. 두려웠다. 알 수 없는 길은 두려운 것이다. 허나 나의 율동은 이미 본능에서 시작하였고 따를 수밖에 없다는 압력을 받고 있다. 그 압력은 내 주위를 감싼 공간이었고 압력밥솥의 팽창이었다. 그 공기는 허파로 향하고 있다. 경구개 주위는 이물질로 둘러있다. 그리고 위를 지나 심장으로 향한다. 그곳에서 박동소리를 들었다. 어두운 우주 속에서 태동하는 심장박동 소리, 기계소리였다. 기쁨, 슬픔, 증오, 욕망 따위들을 증류수로 만드는 기계소리였다. 그리고 미세한 세포들이 내 자아를 공격한다. 저 심장의 에너지는 느낌의 음식물이다. 허나 기계다. 낡은 기계! 그리고 긴 터널 속을 항해하며 미세한 먼지로 분쇄되어 흩어졌다. 나는 어떤 웅덩이에 빠졌다. 압력밥솥의 코드이다. 자아의 율동이 굳어간다. 움직일 수가 없다. 느낌도 없다. 소유욕도 없다.

흙먼지로 뒤덮인 차창에 머리를 기대고 앉아 졸았던 것이다. 어느덧 서부터미널에 가까워지고 있었다. 옆 좌석에 앉아 노린내를 풍기던 노인이 방싯 웃음을 보인다. 마른 형겊의 구김살 같은 미소.

"젊은 총각?"

나는 벙어리처럼 중절모 속에 숨겨진 그의 눈빛을 바라볼 뿐이다. 모시를 입고 있던 노인은 주머니에서 구겨진 종이 한 장을 꺼내 내게 디밀었다. 무심코 받아든 나는 검은 잉크가 묻은 면을 살핀다.

"한번 읽어주겠나. 눈이 침침하여 글자가 베질 않아!"

「대전교도소에 도착하는 즉시 접수창구에서 신청서를 받아 작성하세요. 원표를 받고 민원실에서 대기하면 면회를 하실 수 있어요. 영치금은 우체국 전신환으로 보냈으니 양말이나 넣어줘요. 적색, 황색 등 원색은 불허예요. 그리고 다섯 켤레 밖에 넣지 못해요. 조심해서 다녀오세요.」

"응! 그렇게 복잡헌가?"

그리고 노인은 눈시울을 손등으로 훔친다. 차창 밖으로 시선을 돌렸다. 가로수 벚꽃나무의 벚꽃이 며칠 전 불어 닥친 비바람에 떨어져 길바닥에 나뒹굴고 있다. 중국의 타클라마칸사막, 오르도스사막, 황하유역, 몽고의 고비사막, 알라산사막에서 편서풍에 실려 온 미세한 모래먼지로 하늘은 안개에 덮인 것처럼 희뿌옇다. 짐승두 잡는 늠이 잡어야 허는 벱인디, 와 나서서 짐승목숨 걸어

가구 그랴! 노인은 혼잣말로 중얼거렸다. 서부터미널에 도착하자마자 택시를 잡아타고 대전교도소로 향했다. 노인은 대합실 의자에 앉아 곰방대를 꺼내 물었다. 내가 그 노인을 뒤로 할 수밖에 없었던 것은 그 노인의 몸에서 지린내가 코끝을 찔렀기 때문이다. 모든 노인에게서 살 썩어가는 냄새라고는 하나 유독 그 노인에게서 풍기는 고약한 냄새는 쓰레기더미에서 날 법한 악취였다.

어쨌든, 유성구 대정동39번지에 도착할 무렵, 주머니에서 육만원의 돈을 꺼내어 삼 만원은 뒤 주머니에 구겨 넣고, 반으로 접힌 나머지 돈은 쉽게 꺼내 보일 수 있도록 바지 주머니에 구겨넣었다. 나의 행동이 우스꽝스러웠는지 택시기사는 룸미러로 힐끗 나를 훔치었다.

대기실 안 자판기에 동전을 꺼내 넣었다. 때마침 서울에서 경부고속국도를 타고 내려온 이수연이가 도착하였다. 삼십 여분 늦게 도착한 터라 그는 미안함을 감추지 못했다. 우린 서둘러 신청서를 접수하고 영치금 삼 만원을 넣어주기로 하였다. 그는 십 만원 짜리 수표를 꺼내며 우스꽝스럽게도 거스름돈을 주지 않느냐고 내게 물었다. 그에게 점심과 차비를 약속 받은 다음 주머니 속에 넣어둔 삼만 원을 꺼내 영치금으로 넣었다. 우린 한동안 대기실에 앉아 순번을 기다렸다. 짧은 시간 동안 여러 개비의 담배만 축내고 있다. 그러는 동안 문뜩 교도소의 높은 담을 보고는 묘한 생각이 들었다. 인간을 가둬 둔 울타리란 말인가! 고개를 들어 푸른 하늘을 바라보았다. 감옥에서 유일하게 자유를 만끽하는 것은 하늘의 새뿐이다. 자유는 상자에 갇혀있는 문명의 장난에 불과할 뿐인지 모른다. 삶을 위해 일회성에 머무는 공연? 소꿉놀이, 쥐불놀이, 단잠…. 아마도 여자의 엉덩이, 혹은 담 너머 잡귀의 묘기들을 보기 위해서 상상밖에 할 수 없으리라! 감옥의 죄수들은 모두 몽상가가 되어 출소하리라! 어쨌든 전세방과 밥, 의복이 공짜로 제공받는 곳에서, 그들은 사이코공화국의 일원으로 회유하는 훈련을 받고 있다.

"뭐하고 지냈지."

필터를 씹으며 말한 이수연이었다. 그는 담배 필터를 씹는 버릇도 있지만 줄담배를 피우는 버릇도 생겼다.

"골초가 다 되었군! 헌데, 광수는 동거를 한다지?"

내 말에 그의 얼굴은 온갖 쓰레기를 주워 담은 듯이 찌푸려졌다. 대기실 바닥에 병뚜껑만 한 양의 가래건더기를 내뱉고는 오른발로 비벼댔다.

"찰거머리처럼 내 진까지 다 빼먹어들려고 해서 꺼지라고 했어."

수연의 말이었다.

"지금은 혼자 지내고 있어! 그럼 광수는?"

하고 나는 물었다.

"동거녀하고 불광동에 자취방을 얻었다는데 잘은 모르겠어."

그는 더 이상 말하고 싶지 않은 투로 짜증을 내고 있다. 광수는 나와 사촌지간이었고 수연과는 친척이었다. 문래동에 자취방을 얻었는데 회사하고는 아주 가까워. 전에 한번 보았지, 김지현하고 동거를 할 거야. 그렇게 말하고 수연은 오 분도 채 되지 않아 담배를 물었다. 그는 백화점 매장에 물건을 납품하고 있다. 하청납품업체에서 운전을 하며 매장관리 하는 말단 직원이었다. 자신은 곧 대리로 승진한다며 너스레를 떨었다. 물론 잡화를 취급하는 회사이었다.

"월차휴가를 내고 내려 온 거야. 이번에 면회를 하지 못하면 다음에는 시간을 내기가 어려울 것 같아서…."

"그래서 나한테 전화를 한 것이구나!"

나의 대꾸이었다.

이수연의 전화가 없었더라면, 뒤늦게 알았다고 해도 나는 무모하게 차비 들여 면회를 오지 않았을 것이다. 그것은 나 자신에게 물어도 모르는 일이다. 어쨌든 감옥이라는 동물원은 역겨운 장소인 것만은 틀림없다.

"사체 유기죄라고!"

내 몸에 야릇한 전율이 번개처럼 훑고 지나가고 있었다. 자세한 내용을 알지 못한 나로서는 토끼마냥 놀라지 않을 수 없었다. 나는 당나귀의 귀처럼 쫑긋 세우고는 수연의 말에 귀 기울였다.

"심부름센터 알지?"

고개를 끄덕이었다. 나도 모르게 담배를 넣은 주머니에 손이 가고 있다.

"돈줄도 없는 무식한 건달들끼리 모여 주먹 하나 믿고 버젓이 임대 사무실을 얻어서 했었나 봐. 문제는 의뢰인이 피해자한테 받을 돈이 육백 정도 있었나 봐. 의뢰를 할 때 삼백을 줬다지 아마? 단지 겁만 주라고 했을 뿐인데 피해자가 몇 대 맞고 쓰러지더라는 거야!"

"급소를 맞은 거겠지."

나의 대꾸에 말은 잠시 중단되었다. 하지만 그는 말꼬리를 이어,

"마침 집에서 자고 있던 형에게 전화를 해온 친구들이었어. 새벽 네 시 정도에 말야. 나가지 말았어야 하는데…."

그는 잠시 씁쓸한 표정으로 담배를 피웠다. 나도 모르게 줄담배를 피우고 있었다.

"형은 차를 몰고 친구들한테 달려간 거야! 그리고 자신의 차 트렁크에 시체를 싣고 산 속에 묻어버렸지."

"형량은 떨어진 거야!"

"아니, 아직은…. 커피를 한 잔 먹어야겠다."

그리고는 자판기 쪽으로 걸어갔다. 대기실 안으로 1372번 23번 접견실로 오라는 방송이 흘러나왔다.

삼 분 여를 기다리고 있다. 심장 박동이 빨라지고 머릿속은 텅 비워져있다. 그가 화장실 문 같은 곳에서 나온다면, 그에게 위로의 한 마디를 해야 하는 사명감 같은 것이 심장 박동과 함께 뛰고 있다. 허나 감옥 안에 있는 사람을 위로한다니? 더군다나 사체유기죄로 들어가 있는 사람을 뭐라고 위로해야지. 잡히지 말았어야 했어! 하고 말해야 하는가? 아니면 당신이 저지른 죗값을 톡톡히 치러야 한다는 식의 빈정거림으로 말해야 하는가? 감옥은 지상낙원이니까 나올 생각을 하지 마라! 하고 말해야 하는가? 웃음이 터져나올 것만 같았다. 미치광이처럼 말이다. 교도관이 문을 열자마자 파란 제소복을 입은 사람이 자동차 라이트 같은 빛

을 등에 짊어지고 들어온다. 안은 어두웠다. 그는 이빨을 드러낸 채 웃고 있다. 여유롭게 미소 짓고 있다니! 놀라지 않을 수 없었다. 그리고 달포 동안 감옥살이 한 사람 치고 초췌하거나, 고생한 흔적은 그의 몸에 스며들어있지 않았다.

"어머님, 아버님 다 잘 계시고…."

그의 목소리 또한 차분한 목소리였다. 더 이상 연극을 하고 싶지 않았다. 마리오네트처럼, 박장대소로 웃음을 터뜨릴 정도로 허파에 개미 한 마리가 들어앉아있는 기분이다. 허나, 그의 물음에 고개만 꾸벅이고 있을 뿐이다. 걱정스런 표정을 하고, 그에 대한 동정어린 눈빛을 하고, 그를 바라볼 뿐이다. 그는 내 여동생 안부까지 물었다. 그리고 수연의 여동생까지 묻고는 그는 잠시 우리를 바라본다. 그리고 그는 말을 이어,

"구약성서를 읽고 있어. 책 한 권 안 읽던 내가 사전보다 더 두껍은 책을 읽다니 말야!"

그는 자신의 새로운 의지와 의아한 표정을 감추지 못하고 있는 사람처럼 들떠있다.

"이 세상에 좋은 말은 다 성경책 속에 들어있어! 그러니까 욕이라고는 한 마디도 없다는 거지. 삶을 수학공식처럼 풀어놓았어. 그리고 이 번 목요일 저녁, 목사가 안식기도를 해 주더군. 뭐라고 읊조리어 댔는지, 당신의 죄는 이미 하나님께서 용서를 하였습니다. 하고 더러운 혀로 지껄이더군. 뭐가 다 용서했다는 거지. 신은 용서하였다고 말할 수 있겠으나, 더러운 도덕군자들은 날 닭장 속에 처박아두고 희롱하고 있잖나! 그는 흥분과 격앙된 자신

의 감정을 추스르기 위해 고개를 바닥으로 떨어뜨렸다. 담배 한 개비를 피우고 싶어. 제기랄!"

그는 손가락으로 입 주위를 더듬었다. 그리고 말을 이어,

"처음에 두꺼운 성경책을 읽으려니까 자장가의 가사를 읽는 것 같아 힘들었지. 하나님은 인간에게 너무 많은 잔소리를 하고 싶어 하기 때문에 책이 두꺼운 것일지도 몰라! 그리고 부탁이 있는데 말야…."

그는 말을 더듬었다.

"말해봐, 형!"

수연과 합장을 하듯 말했다.

"내복 세 벌을 넣어주었으면 좋겠는데…."

우린 고개를 끄덕였다. 그리고 우린 더 이상 할 말이 없다는 듯이 서로의 얼굴을 바라볼 뿐이다. 접견시간이 끝나갈 무렵, 그는 침울한 상태였다.

"공판 날짜가 언제지?"

이수연은 나지막이 물었다. 내 머릿속은 광대의 현란한 묘기처럼 어지럽혀지고 있다. 그가 가축의 울타리 같은 곳에서 짐승처럼 살아야 한다는 것이 우스꽝스러울 뿐이다. 어쨌든 상상력만이 높은 담 넘어 존재하는 섹스, 술, 담배, 자유를 만끽할 것이다. 나는 접견이 끝난 후에 웃음을 참지 못해 터뜨리고 말았다. 의아하게 바라보던 수연은 내가 미쳤거나 획 돌았다는 식으로 째려보고 있다. 그를 무시한 채 점심을 먹어야 하지 않겠느냐고 물었다. 어차피 영치금을 꺼낼 때 약속된 것이기 때문에 어떻게 해서든

받아먹어야 한다는 생각이 들었다. 그리고 차비까지…. 대전교도소와 멀어질 때쯤, 나는 외사촌 형을 까마득히 잊어버리고 있다. 이기심에 의한 망각? 아나콘다의 뱃속으로 삼켜진 먹이의 존재, 어쨌든 기억이란 음식물처럼 입속으로 삼켜지면 소화가 되듯 쉽게 망각 속으로 지워진다. 차를 운전하는 수연의 조수대 쪽에 앉아 며칠 전 여관에서 일어났던 이야기를 꺼내었다.

"술에 곤드레만드레 취해 섹스를 하러 여관으로 향했지. 물론 일행들은 따돌리고 혼자 갔었지. 그날따라 컨디션이 좋더라구. 대천 1동의 거리로 향했지. 현대상가 뒤쪽으로 여관이 밀집해 있잖아. 십이 볼트 백 암페어의 배터리마냥 물건은 충전되었지. 서른다섯의 여자가 들어오더군. 그 정도의 나이에 곱살한 편이더군. 그러나 말은 잘 듣지 않았어. 그녀가 말하면 로봇처럼 움직여 침대에 눕고는 요리를 해주기 바랐어. 우선 그녀는 팁을 바라더군."

"팁을 주었어?"

수연의 대꾸였다.

"어떤 식으로 해야 공짜로 서비스를 받을 수 있지?"

나는 반문했다.

그는 콧방귀를 뀌었다.

"어찌됐건 그녀에게 팁을 주었지. 헌데 말야, 배터리가 방전 되었는지 쉽게 사정을 하고 만 거야! 창피스러워 그녀보다 옷을 빨리 입고는 도망치듯 여관을 빠져나왔지. 그리고 집으로 향하던 중 다시 발길을 돌려 다른 여관으로 갔지. 워낙 만신창이었고, 물건이 아랫도리 속에서 악어처럼 입을 벌리고 있지 않겠어. 비시

카드보다 현찰 거래를 해야 싸다는 것을 알고 우선 가까운 은행을 찾아가 서비스 인출로 현찰을 찾고 다른 여관을 찾았지. 비틀거리면서 말야! 아무튼 힐튼여관에서 좀 떨어진 영월여관에 들어갔지. 그곳은 침대가 있더라구. 여자가 올 때까지 담배 두 개비를 피워댔어. 그러는 동안 나는 많은 공상을 하고 있었지. 알파벳을 외우듯 상상력을 키우고 있었어. 이상적인 테크닉을 말야, 물론 동물적인 상상이었지만 내 뜻대로 된다면 정말로 꿈같은 섹스를 했을 거야! 계단을 오르는 발자국 소리가 들리더군. 나도 모르게 침대에서 일어나 전등 스위치를 내리고 텔레비전을 켠 거야. 음산하기는 했지만 쑥스러움을 감추기에 그 정도의 빛이면 충분하더라고. 어깨를 덮은 생머리에 청바지를 입고 들어왔더라고. 고개 돌려 담배 한 개비를 물고는 피웠어. 여자가 화장실에서 음습陰濕한 물소리를 내며 팬티바람으로 침대에 앉더군. 그 여자가 음녀淫女이길 바랐고, 그래야만 내 몽상은 오만 원에 고환의 폭죽을 터뜨릴 수 있다고 기대하고 있었지. 희뿌연 담배연기가 음기陰氣의 어둠 속에 스며들고 있었지. 혹시 젖소이론 아나?”

나는 말을 돌려 물었다. 그는 갑작스레 묻는 말에 어리둥절해했지만 그는 모른다는 듯이 고개를 저었다.

“수컷 젖소는 한 번 관계를 한 암소와는 더 이상 관계를 갖지 않지. 침대에 앉아 있는 순간 뇌리를 번득이며 스쳐 지나간 생각이 수컷 젖소에 대한 이야기였어. 물론 내 망상과 관계없는, 하등의 연관도 없는 생각이었지만, 골자를 말하자면 도덕성을 잃은 내 망상으로 추측하건대 걸레 같은 그녀에게 수컷 젖소이론처럼 내 망상을 실현할 수 있을 것이라는 알지 못할 두근거림이 설레게 만들더군. 나는 팁으로 삼만 원을 준비해 두었지. 그 정도의 돈이라면 꽤 큰돈일 거야! 물론 그 당시에 내가 비윤리적이라고 생각한 적은 없어. 그런 생각을 하는 멍청이도 아니고 말야! 담배꽁초를 짓뭉개고 고개를 돌려 그녀를 보는 순간 화들짝 놀라지 않을 수가 없더군. 그녀도 한 편으로는 놀랐을 거야. 우린 말 없이 서로를 바라보았지. 머릿속에서 활발히 움직이던 뇌 세포들이 사그라졌어. 다시 말하자면 오갈 데 없던 이성이 사디즘과 마조히즘을 다 잡아먹은 거지? 아나콘다처럼 말이지. 내 식성은 다 달아나 버렸어."

"말을 너무 오래 끄는 것 아냐!"

재촉하는 수연이었다.

"힐튼여관에서 불렀던 여자였어."

"그래!"

수연의 대꾸였다.

"그녀가 뭐라는 줄 알아?"

"뭐라고 했는데?"

"빨리 하고 가자는 거야, 글쎄!"

내 말에 수연은 박장대소하였다. 물론 그 말은 다른 친구에게 들은 얘기를 빌려 내 얘기로 포장한 것이다. 어쨌든 그는 내 말을 믿는 눈치였다. 성공한 셈이다. 우린 차 속에서 음탕한 얘기를 지속적으로 하며, 대전을 벗어나 논산에 접어들고 있었다. 그 무렵 나는 몹시 배가 고팠다. 그는 부여에서 먹자고 고집을 부렸다. 뜨내기들이 먹고 갈 만한 음식은 주위에 없다는 이유를 갖다 붙였다. 허나 나는 빵 부스러기라도 뱃속에 집어넣고 싶었다. 만약 삼만 원을 꼬불쳐 두지 않았더라면 그 돈을 당당하게 꺼내어 차를 멈추자고 말했을 것이다. 대전교도소에서 전 재산이라고는 삼만 원밖에 없다는 식으로 말했고, 그것이 전부인 양 영치금으로 넣었던 것이다. 미련한 놈! 내 자신에게 던진 말 치고는 뼈에 사무칠 정도이다. 그는 자신의 자가용을 몰아 보령까지 태워다준다고 말했다. 그리고 자신은 서해안 고속도로를 타고 서울로 향하면 된다는 것이었다. 시침은 두시를 향하고 있었다. 제기랄! 문어처럼 내 몸의 뼈가 항문을 통해 빠져나가는 기분이다. 배고픔을 더 이상 참지 못하고 패스트푸드 점에 잠시 차를 세워달라고 했다.

*

내 몸은 뜨겁게 달아올라 고무풍선처럼 팽창하고 있다. 방안은 어두웠다. 몸을 뱀처럼 똬리를 틀며 꿈틀거리는 동물적인 몸부림이 나를 끌어당기고 있다. 어둠 속에서 나를 끌어당기고 삼키려고 드는 힘을 뿌리칠 수가 없다. 한 마디로 거세를 당하고 있었다. 나의 몸놀림, 느낌, 사고까지도…. 내 목 주위에 거친 숨소리가 피부를 적신다. 몸은 문어의 여덟 개의 다리로 감겨진 송사리처럼 옴짝달싹하지 못한다. 한동안 가위를 눌린 듯 침대에 누워 있고, 머릿속의 내용물들이 뇌와 함께 코와 입으로 쏟아지는 기분이다. 북처럼 울리던 두개골은 금이 가고 위장에 쌓인 퇴적물이 목까지 치밀어 온다. 허나 어둠 속에서 저항에 아랑곳없이 거세를 당하고 팔목이 꺾이었다. 악령 같은 힘은 발끝에서부터 겨드랑이의 땀 냄새까지 훑고 지나간다.

다음날 아침, 고통의 발자국이 가슴과 머리에 남아있다. 귓속을 파고드는 과자부스러기 같은 소리가 들려온다. 부스스 눈을 떴을 때 유두를 드러내놓은 채 여자가 코를 골며 누워있고, 바람에 창문은 흔들리고 있었다. 그리고 카메라의 플래시처럼 번쩍하며 번개가 내지르는 소리가 방안에 진동하였다. 나는 엎드린 채로 누워있었다. 그리고 몸을 뒤척일 때마다 몸 전체가 가볍고 시원한 기분마저 들었다. 이불을 들추니 무의 잔뿌리까지 뽑아놓은 듯한 알몸이었고, 그녀 또한 알몸이었다. 무슨 일이 일어난 거지? 하고 곰곰이 생각을 하였지만, 뒤통수에 찰거머리가 달라붙어있어서인지 고통스러울 뿐이다. 어젯밤, 악몽 같던 일들이 문뜩 떠올랐다. 어둠 속에서 악령 같은 힘을 발휘한 것이 이 젖소란 말인가! 그 여자는 광우병에 걸린 소처럼 허파로 공기를 가칠게 들이마시고 내뱉었다. 그녀의 알몸은 등심의 한 부분의 고깃덩어리 같았다. 나는 침대로 걸터앉은 채 바지주머니에서 꺼낸 담배 한 개비를 피워 물었다. 맥주 몇 병이 방안을 뒹굴고 있다. 그리고 과자부스러기와 종이컵 네다섯 개와 담뱃진이 방바닥에 너저분하게 있었다. 몽매간에 뚱보와 서커스의 묘기를 치렀다는 것에 구역질이 났다. 이불을 들춰보았다. 그녀의 뱃살과 유방은 중력을 벗어나는 탄력성도 없이 아래로 쏠려있다. 제길! 패스트푸드 점에 들러 햄버거 하나씩 먹은 기억이 떠오른다. 그래도 우린 배가 고팠기 때문에 슈퍼에서 산 맥주를 차안에서 마셔대었다. 술병을 돌려 마셨기 때문에 그는 음주 운전을 하면서 흥에 겨운 콧노래로 트로트를 부르기 시작했다. 우린 마치 마술을 하기라도 하듯 군산으로 향했다. 그리고 우린 여염집의 귀퉁이에 작은 술집으로 들어갔다. 마산출신의 술집 주인은 불혹의 나이에도 불구하고 곱살하게 늙은 편이었다. 여옥기인如玉其人인 비구니를 보고 호색가가 따먹지 못해 아쉬워했다는 말처럼, 호감이 가는 여자였지만 과부가 아니었기 때문에 그녀는 자신의 남편에 대한 의무감 때문에 바람을 필 수 없다고 말한다. 수연은 그 말에 박장대소를 하였다. 웃음을 멈추더니, 왜! 여자라는 동물은 그런 의무감에 사로잡혀 사는지 모른다고 대꾸를 하였다. 그러나 그녀는 반문을 하지 않았다. 그런 면에서 그 여자는 꽤 점잖은 편이라고 평가를 내렸다. 비몽사몽간이 되었을 무렵, 점잖은 줄만 알았던 그녀가 흐트러지기 시작했고, 수연은 그녀의 옆에 앉아 가슴을 밀가루 반죽하듯이 주물렀다. 그녀의 반항은 눈곱만치도 없었다. 그러니까 그녀는 자신의 가슴은 음식매장에서 맛 볼 수 있는 시식용에 불과하다는 듯이 개의치 않고 흐트러졌다. 가슴에 달려있는 장신구에 불과하다는 듯이 말이다. 어쨌든 나는 취기 중에 원숭이처럼 몸을 비틀며 일어서서 이 광적인 순간이 얼마나 위대한 것인가, 그리고 이 시대가 값어치적인 존재론을 증명하기 위해 맬서스주의Malthus主義에 대해 열변을 토했다. 허나 그 둘은 경청하기보다는 무아지경에 빠져 서로를 거머리처럼 껴안고는 입을 맞춘다거나 서로의 몸을 탐험하고 있었다.

"이봐! 친구. 그만하고 자리에 앉아!"

혼자 지껄이던 말을 중단하고 자리에 앉았다. 몸을 가눌 수 없게 되자 의자에서 뒤로 나자빠지고, 원숭이처럼 몸을 비틀며 일으켜 세운 의자에 앉았다. 그녀는 꼬부라진 혀로, "동준씨! 우리 고모 불러줄까?"

그리고 그녀는 전화기가 있는 카운터로 향했고, 탁자에 아마 머리를 처박고 있었을 것이다. 나의 필름은 거기까지다. 어쨌든 이 뚱보가 그녀의 고모란 말인가! 침대 위에 물침대를 올려놓은 것이다. 허나 방에 너저분하게 늘어놓은 술병과 과자부스러기는 뭐란 말인가?

창문을 조금 열어보기로 했다. 빗줄기는 창살처럼 쏟아지고 있다. 그리고 앞 여관건물이 보초병처럼 즐비하게 본 건물을 포위하고 있다. 비바람이 창으로 뛰어 들어오는 것 같다. 빗방울들이 방바닥을 순식간에 적시고 있고 뚱보는 코를 골며 잠에 푹 빠져 있었다. 프란츠 페터 슈베르트의 〈마왕〉가곡 감상에 푹 빠져있던 기분이다. 창문을 닫았다. 그리고는 문 쪽으로 향했다. 방과 화장실만 한 칸씩 있는 여관방이었다. 나침반 없이, 방향감각을 감지하기도 전에 복도 끝 쪽에서 수연의 목소리가 신기루처럼 들려오는 것을 알았다. 이층으로 오르는 복도 정면의 뙤창문에 굵은 빗방울이 수선화 꽃 모양을 만들며 씻겨 나가고 있었다. 음산하고 습한 복도를 따라 소리가 들려온 객실로 다가갔다. 방 문에 귀를 붙였다. 헛기침을 한 두어 번 하는 것이 좋겠다는 생각이 들었다. 복도 통로로 소리가 울려 퍼질까 세심하게 인기척을 내야 한다. 헛기침을 하기도 전에 수연의 웃음소리가 벽을 타고 진동해 온다. 어느새 손은 문고리를 비틀어 방문을 비스듬히 열고 있었다. 열린 문틈으로 얼굴의 반을 묻었다. 침대에서 그 짓을 벌이고 있는 수연의 땀에 젖은 등이 보였다. 그는 기마 자세로 앉아 그녀의 유두를 마사지하고 있고, 여자는 음산한 신음을 토하고 있다. 나는 잠시 그들의 행위를 관람하고 있고, 그들은 방문이 열려져있는지도 모른 채 그 일에 열중하고 있다. 방해할 생각은 추호도 없었지만 헛기침을 하고 말았다. 그리고 방문을 쾅 닫아버렸다. 그리고 복도로 나와 서성거렸다. 제길! 오 분이 채 지나가기도 전에 객실 문이 열렸다. 팬티차림의 수연은 방싯 웃으며 조금만 기다리라고 말하고는 객실 문을 닫았다. 객실로 되돌아왔을 때 뚱보는 잠에서 깨어 있었다. 그녀는 욕조에 물을 받으며 함께 목욕을 즐기자고 말했다. 오, 제기랄! 지난밤의 악몽이 되살아나는 기분이다. 고개를 저었다. 자석의 N극과 N극 사이의 저항력 같은 것이다. 허나 그 저항력 사이에는 어떠한 중력도 없는, 무력한 느낌뿐이었다. 오, 이런! 코를 풀어야 한단 말인가! 한 달에 한 번 주기적으로 찾아오는 발정기란 말인가? 더러운 화장지에 고환의 폭죽을 터뜨려야 하는 것인가! 육중한 체중에 깔리기라도 한다면 내 뼈는 으깨어지고 말 것이다. 고모라는 여자가 욕조에 몸을 넣는 순간, 코끼리의 오줌소리처럼 하수도 구멍으로 넘친 물이 흘러들어갔다. 식욕이 떨어진 나로서는 저항감을 안고 무중력의 느낌에 따라 욕조에 몸을 담갔다. 아마도 신은 인간의 마음까지는 리모컨 조작법이 통하지 않을 것이다. 욕조에서 일을 치른 후 객실을 빠져나가 210호 객실의 문을 노크하였다. 문이 열리고 고개를 내민 수연, 기호학적인 눈짓의 신호를 보냈다. 그는 영문을 모르겠다는 듯이 내 뒤를 따라 이층 계단에 멈추었다.

"여자를 바꿔서 해보지 않겠어!"

나는 나지막이 말했다.

"그럴 수는 없어. 저 여자가 마음에 들어. 젠장, 뚱보하고 그 짓을 하란 말야!"

그는 고개를 내저었다.

"그렇게 하지 않겠다면 그만 가야겠어! 약속대로 차비를 주게."

단호하게 말했다. 그는 잠시 말을 잃고 있다.

"좀 더 놀다 가지. 아무래도 이 시간에 직장으로 출근하는 것도 늦었을 테고…. 파트너를 바꾼다는 것은 무리야! 더군다나 여자들은 경악할 테고."

그의 설득에 넘어갈 내가 아니었다. 또한 여자들은 남자의 얼굴을 식별하지, 물건을 식별하지 않는 동물이다. 어쨌거나 나는 모험을 즐기려 할 뿐이었다.

객실로 들어왔을 때 수연은 입었던 옷부터 벗어야 했다.

"하다 말고 나가는 사람이 어디 있어! 찬밥덩이 됐으니까 할 생각 말아!"

침대에 전라로 누워있던 있던 임다빈이 투정을 부렸다.

"동준이 녀석 때문에 그래! 그리고 아까 전에 하던 말 계속해봐?"

수연은 담배 한 개비를 물어 피웠다.

"신이 인간을 만들 때 가장 윤리적이고 순수한 부분을 만들었는데 신체 중의 어느 부분인지 알아?"

묻는 그녀였다.

"인간의 그곳이 아닐까?"

그렇게 답하고 나서 우스꽝스러웠던지 콧방귀를 끼는 수연이었다. 다빈은 수연의 눈빛을 바라보고 있다.

"신체의 어느 부분이지? 발, 손, 머리, 도대체 뭐지?"

답답해하며 묻는 수연이었다. 말없이 자신만 처다 보며 미소를 띠고 있는 다빈을 훔쳐보며,

"꽤 철학적인 냄새가 풍기는군!"

빈정거리는 말투로 내뱉고 수연은 관심이 없다는 듯이 그녀로부터 등을 돌렸다.

"큐피드의 활처럼 보이는 입술이야!"

다빈의 말에 수연은 딴청을 멈추고 진지하게 담배를 피웠다.

"그래서, 그래서 그게 뭐 어쨌다는 거지?"

대수롭지 않은 말인 듯 무심히 넘겨 버리는 수연이었다. 그러나 자신이 너무 성의 없게 군 것 같아 그는 다시 물었다. 다빈은 일곱 살 어린아이처럼 틀어졌지만 수연은 개의치 않는 눈빛이었다.

입이 제 2의 성기라서 그러나? 아니면 처녀막이 없어서야!"

수연은 비아냥거리며 물었다.

"말하기 싫군요. 이제 그만 가봐야겠어요."

그녀는 침대에서 일어나 바지를 챙겼다.

"그만두라구. 농담한 것 가지고 토라지면 어떻게 하란 말야!"

수연은 자신도 모르게 화가 치밀어왔다. 자신이 왜 그녀에게 화를 내고 말았는지에 대한 이유를 모른다. 단지 섹스 뒤에 엄습해온 어두운 그림자? 그것이 자신을 쇳덩어리처럼 중추신경을 짓누르고 있다는 것뿐이다. 그는 자신이 날카롭게 변했음을 알았지만, 그녀는 옷을 챙겨 입고 방문을 열고 나가려는 순간이었다. 영문도 모른 채 나는 방문을 노크하였고 문은 자동문처럼 열렸다. 발가벗은 채 침대를 내려와 그녀의 팔목을 힘껏 낚아채는 수연이었다. 나도 모르게 쑥스러움을 느끼고 있었다. 상황이 별로 좋지 않음을 감지하고, 파트너를 교환하자는 말을 꺼내지 못한 채 뚱보가 있는 객실로 되돌아갈 수밖에 없었다. 뚱보는 침실에 젖소처럼 누워있다. 객실로 들어온 내게 그 짓을 요구한다. 발정기에 접어든 암캐처럼 말이다. 오, 주여! 나도 모르게 튀어나온 말이다. 그렇다고 도망갈 수 있는 상황은 아니었다. 비상금으로 숨겨두었던 삼 만원이 없어진 것이다. 무일푼의 거지였다. 제길, 잔머리를 굴려야 모면할 텐데 좋은 방법이 떠오르지 않았다. 또한 배도 고팠다.

"아침을 먹어야 하겠어. 그리고 친구에게도 물어보아야 하겠어."

하고 뚱보에게서 벗어날 궁리만 하고 있었다.

"벌써 열한시네요."

그녀는 벽시계를 훔쳐보며 말했다. 배고픈 것은 참을 수 없다고 말했고, 그녀는 카운터에 호출하고는 아침을 주문하였다. 그녀는 굼벵이처럼 몸을 침대에 눕혔다. 침대의 스프링이 눌리면서 그녀의 뱃살은 양쪽으로 죽 늘어졌다. 물침대 자체였다. 그녀는 아침밥이 오기 전에 그 일을 멋지게 한번 치르자고 했다.

"좋아, 하지만 그 전에 내게 삼 만원만 꿔주지 않겠어? 돈을 갚을지는 미지수이지만 말야. 내겐 지금 차비가 필요해!"

그녀는 잠시 망설이었다. 저울질 하듯 갈등하고 있다. 결국 그녀는 내게 삼 만원을 건네주기는 했지만 탐탁지 않은 눈빛이었다. 대가를 치르기 위해 나는 침대로 올라갔다. 그 짓을 하면서 엉뚱하게도,

"당신 남편한테 전화를 하지 않아도 의심을 받지 않아?"

하고 물었다. 그러자 그녀는 그 녀석도 바람을 피우고 다녀. 하고 짤막하게 대구를 하고는 통증에 신음을 내고 있다. 마치 코알라 등에 자라가 올라앉은 우스꽝스런 모양이다.

"공무원이야! 뭐, 공무원이라구!"

그녀의 말에 수연은 의아해하지 않을 수 없었다.

"하지만, 침실에선 남자가 필요하지 공무원이 필요한 것은 아냐!"

그녀의 말에 대해 곰곰이 생각에 잠긴 수연이었다. 어차피 그가 크게 걱정할 일도 아니라고 생각한 수연은 조심스럽게 묻는다.

"그럼 남편이란 작자는 일벌레지 침실에서는 허수아비이구먼."

그는 조롱을 하듯 말했다. 또한 멍청한 여자라는 생각이 들었지만, 수연은 애초부터 그 여자를 장난감으로 생각하고 있었고, 단지 즐기고 휴지조각처럼 사용하다 쓰레기통에 버릴 생각을 하고 있었다. 그는 농담이 섞인 놀이터에서 놀다 가면 그뿐이라는 생각을 처음부터 갖고 있었다. 어차피 세상은 놀이터 같은 곳이다. 나는 그 둘을 불렀다. 밥을 먹기 위해서, 그리고 이곳을 탈출

하기 위해. 나는 다빈을 먼저 보낸 뒤, 수연과 상의를 하지 않으면 안 되었다.

"어떻게 할 거지? 그만 가자구! 이젠 섹스가 구역질이 나! 제길, 파트너를 바꾼다고 하여도 이젠 싫어! 밥을 먹고 난 뒤에 가자구, 알았지!"

그는 고개를 끄덕였다. 그가 옷을 추슬러 입는 동안 객실로 향했다. 객실에서 다빈의 목소리가 새어나왔다.

"뭐라고, 삼 만원을 꺼내 주었어! 멍청하긴…. 이래서 뭔 일을 꾸밀 수가 있어야지…."

순간 뜨끔하고 온 몸에 오싹함마저 들었다. 조심스럽게 문손잡이를 놓고는 수연에게 뛰어가 다짜고짜 팔목을 잡아끌고 아래층으로 향했다. 그리고 주차장에 세워둔 차에 올라 그곳을 벗어났다. 영문을 모른 채 이끌려 나온 수연이 의뭉스럽게 물었지만, 그들이 사기꾼이라고 한 마디로 답하고는 말없이 보령으로 향하자고 했다.

*

목요일 오후, 교장실로 불려가 무단결근의 사유서를 제출한 것 빼놓고는 한 주 동안 동면에 들어간 곰처럼, 시체안치소의 시체처럼 평온하게 보냈다. 유치할 정도로 기뻐할 일이라고는 이틀 후로 다가온 봉급 받는 날이다. 며칠동안 내 신체는 발열, 오한,

체중감소, 바이오리듬의 기복 따위의 변화조차 없었다. 단지 이 지구에 기생하는 이처럼, 거리를 배회하며, 건수를 생각하며, 혹은 신진대사를 위해 식탐食貪을 하거나, 땡땡이 치거나, 거짓말을 늘어놓는가 하면 이불 속에 누정漏精을 하기도 한다. 출근 후, 그날따라 화장실에서 볼 일을 보는 동안 물건에서 통증과 고름 같은 누런색의 냉이 발견되었다. 어쨌거나 사춘기 때 몽정을 하고 물건에서 정액이 고름처럼 나왔을 때, 생소한 정충에 놀라 내 물건이 악취가 물씬 풍기는 썩은 생선처럼 부패하였다고 생각하였기 때문에, 어쨌거나 두려움에 떨며 어쩔 줄 몰라 말없이 고민 끝에 날밤을 지새운 적이 있던 사춘기 때처럼 수치스런 고민에 빠졌다. 수연에게 전화를 걸었다. 아무래도 그에게 나와 같은 증상이 일어났으리라는 생각으로 말이다. 허나 그는 운전 중이었고, 발랄한 목소리에다, 그날 목전에 두고 그 두 여자를 사기꾼으로 몰아세웠냐는 식으로 따지고 들었다. 그의 질의에 대해 대꾸조차 할 수 없었고, 그가 임질에 걸렸는지조차 물어볼 겨를도 없이 불쾌한 기분으로 수화기를 끊고 말았다. 오래 전 사면발이에 걸린 적도 있었지만 그 때는 얼마의 돈과 약국에서 기생성 피부질환 용제 로션을 구입해 가려운 사타구니에 문지른 적도 있었다. 하지만 그때와는 다른 증상이다. 퇴근 후 병원으로 향했다. 단지 치료법에 대한 상식을 눈곱만치라도 알고 있다면 온 몸이 경색할 정도로 수치심에 사로잡혀있지만은 않을 것이다. 나를 더욱더 당혹하게 만든 것은 비뇨기과 주치의가 서른다섯 안팎의 여자였기 때문이다. 주치의에게는 대수롭지 않은 듯 여자와 열흘 이전에 성관계를 한 적이 있냐고 물었다. 수치스러움 때문에 선뜻 대꾸를 망설였지만, 그렇다고 말했다.

"어디서 성관계를 했죠?"

주치의의 딱딱한 질문에 대답할 수 없다고 잘라 말했다. 그것은 묵비권이었다. 사실 주치의가 그 정도로 파고든다면 난색 할 수밖에 없을 것이다. 주치의는 계속해서 묻기 시작했다.

"창녀하고 그 짓을 했어요! 몇 살이죠? 내가 당신에게 질문을 던지는 것은 주치의로서 당연한 것입니다."

점점 불쾌해지기 시작했다.

"저를 고문하시는 겁니까? 당신은 의사로서 망각을 하고 있군요."

나는 반문을 했다. 하지만 진드기처럼 물고 늘어지려는 주치의 때문에 자리에서 벌떡 일어나,

"당신은 지금 사생활까지 알려고 하고 있어! 본분을 망각한 채 심리치료까지 하려고 하다니!"

그리고 책상에 놓인 명패를 바닥으로 내동댕이쳤다. 당황하며 어쩔 줄 몰라 주치의는 고함을 지르며 간호사를 불렀다. 순간 주사를 맞아야 고쳐질 수 있다는 생각이 뇌리를 스쳤다. 간호사 두어 명이 헐레벌떡 들어왔지만 그 이상의 어떤 일도 일어나지 않았다. 주치의는 불쾌하다며 내게 진료거부 의사를 밝혔다. 나는 주치의의 태도가 불손하며, 진료를 해주지 않을 경우, 법적인 대응까지 불사하겠다고 엄포를 늘어놓았다.

"진료 거부에 대해 법적인 내용은 당신이 더 잘 알고 있겠지!"

하는 수 없다는 듯이 주치의는, 더러운 짐승들의 꼬락서니를

더 이상 못 봐주겠다고 씨부렁거리더니, 당신이 원하는 것이 도대체 뭡니까, 라고 되물었다. 주치의에게 페니실린의 주사를 놓아달라고 정중히 부탁했고, 주치의는 내성균이 출현하여 페니실린은 사용하지 않는다고 말했다. 어쨌든 주사를 놓아달라고 말했다. 그러자 주치의는 간호사에게 cafa를 놓아주라고 말한다. 물론 소변을 종이컵에 받아낸 뒤 결과를 기다리라고 말하고 난 뒤의 일이었다.

병원을 빠져나온 뒤로 매독이라도 걸린 사람처럼 주위 사람들을 의식하지 않으면 안 되었다. 물론 환각제처럼 기분은 몽롱하기 짝이 없다. 감정은 내 안에서 잡동사니에 불과하거나, 악성 종양 같은 것 밖에 되질 않는다. 나를 포함해, 문화, 사회를 지탱하는 도구에 불과할 뿐, 현실의 동굴 속에서는 먹이감에 지나지 않을 것이다. 어쨌든 그 날의 감정은 미세한 먼지처럼 공중에 떠있었고, 신비로운 힘에 면역성을 잃고 어디론가 향하고 있었다.

＊

술집 안은 따듯한 공기와 매스꺼운 담배연기로 가득하다. 화장실은 온갖 쓰레기더미와 악취가 물씬 풍기는 듯하다. 문에 달려 있는 방울소리가 나자 테이블에 합석하여 술을 먹던 주인이 일어섰다.

"오래간만이네. 그 동안 귀신이 됐나 했네."

　나무젓가락 같은 그녀의 등 뒤를 따라 룸으로 향했다. 남수와 왔던 그 이후 한 번도 찾지 않았다.

　"벌써 두어 달 됐네."

　그녀의 말처럼 두어 달 동안 직장과 집만을 오가며 소설 작업에 빠져있었다. 책상 앞에 앉아 눈을 감고 명상에 빠져 두어 달을 흘려보낸 것이다. 어느 날은 한 글자도 써 내려가지 못할 때가 많았고, 한 번 몰입되면 다음 날까지도 직장에서 인물과 줄거리, 사건, 따위들에 고민하였다. 그것은 재미있는 작업이기도 했지만, 때론 끝없는 수렁 속에 갇혀 허우적대는 것이기도 하다. 어떤 때는 맥없는 문장에 대해 화가 치밀어 쌓아둔 원고를 찢어 버리는가 하면 며칠 동안 아나키스트처럼 소설 쓰는 일을 무정부 상태로 자포자기하였다. 그러다가도 자력의 힘에 이끌려 이 세상에 대한 휴지조각을 샅샅이 파헤치거나 욕설로 문장을 채우기도 한다. 그것은 아마도 내가 잘하는 일일 것이다. 내 자신 속에는 마력이 잠재되어 있거나 아니면 단지 문장에 화를 내고 있는 것뿐인지도 모른다. 아직 우주에 맴도는 수억의 단어들이 내 주위를 어슬렁거릴 뿐, 내게 전달되어지는 시기가 악마에 의해 늦춰진 것뿐이다. 어쨌든 두어 달 만에 찾은 나는 암모니아 냄새가 물씬 풍기는 술집 내부의 향수를 음미했다. 그날따라 만신창이가 되어가고 있었다. 개처럼 취하고, 항문의 쾌락과 먹는 잔치는 고통스러운 노동이 아니리라! 여자의 음부가 제 1의 성기라면 제 2의 성기는 입이기 때문이다. 또한 항문이기도 하다. 그 성기는 많은 것을 넣을 수가 있다. 포만과 오만으로 가득 채울 수 있다. 또한 내뱉기도 하지만, 냄새가 고약할 뿐이다. 그것은 제 2의 항문의 배설이리라! 어쨌든 음산한 룸 안에 앉아 담배를 피워 물었다.

"내 외상값이 얼마죠?"

나는 물었다. 그러자 그녀는 난색하며,

"꽤 되는데…언제 갚을 거야!"

"곧 갚을 게요. 걱정 말아요."

하고 주인에게 말하고는 덧붙여 빈털터리라는 것을 고백하고 난 뒤, 그녀에게 우습게도 공짜 술을 주겠다는 약속을 받아냈다. 외상값을 몽땅 받아내려는 속셈에 마지못한 허락이었다. 하지만 나는 다음부터는 이곳에 코빼기도 얼씬 안 할 작정이다. 어쨌든, 그녀가 선심을 쓰듯 공짜 술을 주겠다는 말에 눈곱만치 양심의 가책이나 죄책감을 갖지 않았다.

내게 무관심을 갖기 시작한 것은 맥주 세 병과 한치 네 다섯 마리를 테이블에 올려놓고 난 뒤였다. 그들은 마치 진공청소기처럼 먼지를 빨아들이듯 테이블과 옆 테이블을 옮겨 다니며 술을 마시기 시작했다. '빨아댄다'의 표현이 좀 우스꽝스럽지만 그들이 먹어대는 술은 매상이었기 때문에 모기처럼 술을 빨아대는 것이다. 엉덩이에 피오줌이 나오도록 말이다. 고작 서너 병을 먹고 떨어질 생각은 추호도 없다. 어쨌든 남수에게 전화를 걸었다.

"이 곳으로 와 주겠어! 네가 당한 수모를 복수해야지? 그 여사장도 있고, 또한 지금 외상으로 술을 먹고 있거든…."

그는 여사장을 보고 싶지 않다며 거절했다.

"그들은 지금 취했다구!"

하고 말했다. 하지만 그는 지금 자신의 마누라가 침대에 누워 있다고 말했다. 보름동안 그 짓을 미루었기 때문에 오늘은 피할 길이 없다는 것이다. 전화를 끊고 나서 김수경은 소파에 앉더니 물고 있던 담배를 빼앗아 자신의 입에 물어 피웠다. 그녀는 힘든 표정을 하고 있다.

"싫어, 그러잖아도 술을 많이 먹은 상태야!"

그녀는 맥주잔을 치우며 손에 쥔 병을 가로채며 내게 따라주었다. 말없이 힘겨워하는 그녀를 바라보았다. 지렁이 같은 몸놀림으로 그녀는 소파에 누웠다. 이 일을 때려치라고 말하고 싶었지만, 그따위 말은 전혀 도움이 되지 않을 뿐더러, 술 먹는 일 빼고는 빼어나게 잘하는 일도 없을 것이라는 생각이 들었다. 그녀는 한 마리의 벌레에 불과할지도 모른다. 신의 발에 밟혀 내장이 허리 사이로 삐죽 나오고, 한 방울의 눈물 같은 피를 쏟아내며 죽더라도, 벌레의 죽음은 어차피 신의 기억 속에 상처로 남지 못한다는 것을—그녀는 작은 동굴 속에서 은신하며, 영혼을 화장한 채, 반신반인의 아랫도리를 사귀며, 한 줌의 가루가 되고, 그래서 새의 먹이가 되며, 그래서, 그래서! 그래서—!

그때서야 잠바를 벗었다. 그리고 드러누운 그녀를 덮어주고 두엄처럼 쌓인 외상값을 위해, 벌레를 위해 술을 축내고 흥겨워 춤사위라도 출 작정이다.

이곳에 오기 전, 작은 오랏1로의 실리콘밸리의 술집에서 맥주 여남은 병을 먹은 상태였고, 바닷가로 향하기 위해 버스를 탄 것이 머릿속에 떠오른다. 포효咆哮의 바다는 언제나 그랬듯이 인간을 바둑알로 만든다. 가로6, 세로10,어느 칸이든 나를 포석으로 깔아둘 것이다. 또한 사소한 감정과 정신들을 꿀꺽 삼켜버린다. 소라껍질처럼 알맹이를 잃어버린 기분, 그런 오묘함이 내 자신 속의 척추를 흔들고, 나의 껍질에서 벗어나 부드러운 속살을 드러낸다. 오묘함은 바다로부터 느낄 뿐이다. 늘 그렇듯이 바다 앞에 서면 자아는 송사리에 불과할 뿐, 방광에 오줌이 차듯이 흥분하고 만다. 군것질 같은 기분이지만, 그것은 인간이 겪어야 할 사치스러운 환상일 뿐일 거다. 머릿속에서 그려진 바닷가의 회상이 종잇장처럼 타들어가 사라질 무렵, 소파에 누웠던 김수경은 자리에서 일어나 룸을 빠져나갔다. 어쨌든, 맥주 두어 병을 거뜬히 마셨다. 그것은 나를 화장실로 자주 가게 만들어 놓았다. 마치 쥐가 천장을 들락날락하듯이, 그때마다 소변기 앞에서 쥐 오줌을 털면서 명상에 잠겼다. 그리고는 실리콘밸리의 술집에서 그녀에게 지껄였던 말이 떠오른다. 헤이즐럿 한 잔을 가볍게 마시고 난 뒤, 그녀의 말에 따라 물 컵을 비우고 그 잔에 술 한 잔을 채우고는 비웠다. 그녀는 턱을 괴고 창가를 바라보고 있다. 세상은 밀가루로 뒤덮은 듯 하얗고, 어둠은 그 위에 두둥실 떠있었다. 구상을 하듯 그녀는 턱을 괸 자세로 석고처럼 굳어만 갔다.

그녀에게 어떤 말이라도 꺼내야 했다.

"당신은 아마도 당신의 더듬이를 믿고 있겠지요. 혹은 눈과 혀, 귀, 그리고 허구를 지탱하는 감각기관을 말입니다? 그러한 것들은 말초신경의 마술에 불과해요. 허나 그것을 믿지 않는 당신은 문화의 노예밖에 되지 못합니다. 당신의 충실한 남편은 문화의 문지기일 뿐입니다. 그 때문에 당신의 본능적인 성은 고통스럽고, 또한 이성의 혼돈에 말려들어 고문을 당하는 것입니다. 지금 당신이 믿고 있는 것들을 증명할 방법은 없습니다. 지금 당신 앞에 내가 카프리 한 잔을 마시고 있는 것, 그리고 당신의 귀에 속삭이는 우스꽝스런 존재의 이야기들, 당신이 마시고 있는 술의 맛, 그리고 그 혀! 무엇으로 그것들을 증명하죠? 모든 것은 순간입니다. '영원'의 단어는 우리가 죽었다는 것을 감지하지 못하는 불멸의 것입니다."

어느 순간부터 그녀는 창가에서 고개를 돌리지 않았다. 어둠이 깔린 창밖은 반딧불이 같은 자동차 헤드라이트 불빛들이 거리를 메웠다. 그녀는 곰곰이 무엇인가를 떠올렸고, 허무맹랑한 내 말에 대해 고민하듯 생각에 잠겨있었다. 그녀의 눈빛이 유리창에 반사되어 내 심장을 관통하고 있다. 그녀의 부드러운 목은 등세모근과 흉골, 쇄골, 유돌 기관이 등나무 줄기처럼 하악골로 감아 타고 있다. 그녀의 고르지 못한 숨소리는 내 몸의 근육을 마비시키는 듯하다.

그녀는 손목에 찬 시계를 힐끔 훔쳐보았다. 그리고는 창가로 고개를 돌렸다. 목적을 잃은 눈빛이었다. 아니, 그녀의 눈길은 어둠이 깔린 창밖 거리 어디쯤 반딧불이 사이에 머물고 있었다. 자신의 마음속을 엿보고 있는 듯 지그시 눈을 감았다.

"너의 누드를 그리고 싶어. 그리고 너의 건조한 피부를 느끼고 싶어!"

그녀는 턱에 괴어있던 손을 자연스럽게 풀더니 말을 건넸다.

"괜찮다면 당신의 화실로 가요! 모델이 되어드리지요."

그녀는 갸름한 눈동자로 나를 내려 보았다. 내 뼈를 갉아먹는 듯한 눈빛, 아니, 이미 내 심장 박동을 멈추고 뜨거운 용암에 흘러내리는 듯하다. 어쨌든 흥분하고 있다. 그녀는 치열한 갈등이 담긴 고갯짓을 여러 번 한다. 그리고 유리잔의 술을 단번에 들이키었다.

"죄책감이 들어. 너와의 그 짓을 상상하는 자신조차…. 만약 내가 과부고 그랬더라면 이런 죄의식에 끌려다니지는 않았을 거야!"

그녀는 자작하며 유리컵에 술을 가득 채웠고 마셨다. 아마도 나는 그녀가 흰 거품을 마시는 입술을 보며 입은 제 2의 성기라는 것을 떠올렸을지 모른다. 무엇인가 넣어야 하고 입은 많은 것들을 삼키려 한다. 술은 성기인 듯 경구개를 타고 연구개를 자극하며 인두와 후두에 도달해서 말초신경에 짜릿한 쾌락을 전보처럼 전달한다. 그녀의 입술에 기름기가 흘러 보였다. 확대경으로 관찰하듯 그녀의 입술은 흥분에 젖어있고, 온갖 음식물의 건더기가 묻어있다. 제길! 그녀가 그런 죄의식에 사로잡혀 고민하며, 갈등하며, 방황할 것이라는 것을 짐작했지만 죄의식을 세척해줄 묘안이나 그 어떠한 충동적인 말도 떠오르지 않았을 뿐더러, 단지 그녀가 겪는 사소한 감정이라고 치부해버리고 있었을 뿐이었다. 아니, 방관이다. 그녀의 화실로 따라가고 싶은 마음은 간절하다. 아니, 나는 그녀의 화실이 어딘지 모른다. 화장실, 그곳에서 간단히 그 일을 치를 수 있으리라! 그녀가 미술교사인 남편에 대한 죄의식이 없었더라면 아마도 그녀의 손목에 내가 끌려갔을지도 모른다. 그녀는 자신의 연락처를 적은 쪽지를 내게 건네주었다.

"다음에 연락해?"

그리고 내 연락처를 적은 쪽지를 핸드백에 집어넣고는 소파에서 일어나 카운터로 향했다. 나는 몇 푼 없었기 때문에 그녀가 계산하기까지 벽에 걸린 시화패널을 바라보았다. 뭉크의 그림도 걸려있다. 그녀가 손을 흔들며 어둠 속으로 사라질 무렵, 쪽지를 꺼내 연락처를 보았다. 「이름: 조영희, 오늘 동준이 때문에 즐거웠어. 연락은 내가 할게.」 그렇게 적혀 있을 뿐이었다. 실리콘밸리의 술집에서 처음 사귀었던 여자였다. 간혹 그곳에 들러 진토닉 칵테일 한 두어 잔을 음미하며 서너 시간을 고상하게 보내는 휴게소 같은 곳이다. 어쨌든 그녀를 다시 볼 수 있기를 바랐다.

자시가 되었다. 손님이 다 빠져나간 시간이다. 어느덧, 맥주 여남은 병을 해치웠다. 직업이 화가라구! 코웃음을 퉁겼다. 어쨌든 그 여자는 내게 전화를 하지 않을 것이다.

"무슨 생각을 하기에 골몰해 있어?"

김수경은 옆자리에 앉자마자 물었다.

"리비도libido를 존경하지 않으면 안 되는 것들에 대해 생각하고 있었어."

하고 나는 능청맞게 웃고 있다. 그녀는 고주망태가 된 듯 테이블에 머리를 숙였다. 잠에 곯아떨어진 듯이 보였지만, 잠시 뒤 그녀는 긴 하품을 하며 상반신을 일으켰다.

"더 먹지 그래?"

하고 의향을 살피었다.

"리비도를 존중하다니? 색정도착증 아냐!"

그녀는 나지막이 물었다.

"후―후!"

나는 콧방귀를 뀌었다. 그러고 나서 그녀는 담배를 찾았다. 그녀는 고통스러워하듯 배를 움켜잡고는 메케한 냄새를 풍기는 트림까지 했다.

"좀 쉬지 그래!"

나는 걱정스런 말투였고, 그녀는 영업이 끝났으니 자신을 집에까지 바래다줄 수 없냐고 물었다.

"자취방까지?"

하고 물었다.

"그래, 몸이 좀 아파!"

그녀의 대꾸였다.

"테이블 정돈은 내일 해!"

홀에서 들려온 목소리이다. 매우 조용했기 때문에 작은 숨소리조차 울릴 정도였다. 여주인의 다리는 젓가락질하듯 움직였다. 테이블에 반쯤 허리를 굽힌 그녀의 엉덩이를 훔쳐보았다. 여자의 엉덩이는 신비스런 보물이 감춰져있다. 어쨌든 김수경을 집에까지 바래다주기 위해 콜택시를 불렀다.

김수경은 핼쑥하게 보였다. 나병환자처럼 몸을 움츠리고 내장까지 훑고 나오는 담배연기는 한숨과 섞여 나온다. 단칸방이었고, 관처럼 비좁은 곳에 뙤창문 하나 달랑 있다. 그녀는 냉장고 안에서 소주병 하나를 꺼내었다. 그리고 술 한 모금을 마신다. 안주도 없이 말이다. 그녀의 몸뚱이는 수족관에서 꺼낸 문어처럼 바닥에 누었다. 그녀는 고주망태가 된 상태인데도 불구하고 소주를 먹기 위해 상반신을 벽에 기댔다. 그녀가 물고 있던 담뱃재는 닭똥처럼 바닥에 덜어져 있다.

"그만 가야겠어, 많이 취했군!"

나는 말했다. 몸을 가누기 위에 몇 권의 책이 놓인 탁자 위에 버팀목처럼 팔꿈치를 올려놓는다. 그리고 그녀는 익숙한 손버릇으로 내 사타구니에 손을 올려놓았다.

"가지 마! 전에 내게 말했지, 사랑할 수 없냐고 말야!"

나는 다문 입가에 얼음덩어리 같은 미소를 녹이고 있다.

"그래, 그 짓을 하자! 네가 원하면 말야!"

하고 혀 꼬부라지는 소리로 그녀는 말했다.

"아니, 그럴 수는 없어! 네가 원하지 않는다면 그 일을 억지로 할 수 없어!"

나의 단호한 거절이었다. 그녀는 비웃기라도 하듯 콧방귀를 뀌었다. 그리고 그녀는 웃옷을 힘겹게 벗고, 내게 바지를 벗겨달라고 그녀는 허리띠를 풀며 말한다.

"그래, 좋아!"

하고 나는 그녀의 청바지가 속이 뒤집히도록 벗기고, 그녀의 몸 위에 올랐다. 서로의 혀에서 짜릿한 전율이 생기는 동안, 내 아랫도리는 일산화탄소를 가득 담은 애드벌룬처럼 팽창해졌다. 장작 같은 물건을 삽입하였을 때 그녀의 음부는 따듯한 온천수처럼 넘쳐 내 몸을 데웠다. 섹스는 밀크셰이크를 먹는 것과 별다른 차이는 없을 거야! 그 짓을 하면서 엉뚱하게 튀어나온 말에 웃음을 터뜨릴 뻔했다.

"그게 무슨 말이야."

그녀는 반문을 했다. 하지만 그녀의 모습은 총 한 방을 맞고 쓰러진 사람처럼 고통스러워했으며 죽어가고 있는 듯이 보였다.

"다시 말하자면, 어떤 고위층이나 식자층 녀석들도 섹스를 하며 윤리를 들먹이지 않는다는 거야! 윤리는 넥타이와 양복 안에 지니고 있지! 안 그래? 우린 단순히 암컷과 수컷에 불과하지."

그녀의 가랑이 사이로 무릎을 꿇은 채 그녀의 허리를 감아 올렸다. 순간 유두가 흔들리며 내 얼굴을 파묻는다.

"많은 남자와 이 짓을 했지만 네 물건은 남들 것과 달라!"

그녀는 사자 신음을 내며 말했다.

"그건 당신도 마찬가지야!"

여섯 평 남짓한 어두운 방안은 기타줄 퉁기는 신음으로 거칠게 흐르고 있다.

"약속 하나 해줄 수 있어?"

그녀의 말이었다.

"무슨 약속?"

"일주일에 두 번 이상은 나를 만날 수 있지?"

그녀의 물음에 그럴 수 있다고 말했다. 지구가 멸망한다고 해도, 아니 그 어떠한 질문에도 나는 그럴 수 있어! 하고 답할 것이다. 이 순간만큼은.

*

　다음 날 아침, 녹초가 되고, 나는 결근한 채 잠에 곯아떨어져 오후쯤 잠에서 깨어날 수 있었다. 냉장고를 열고 보니 먹을 것이라고는 우유 하나밖에 없다. 유두를 드러낸 채 시체안치소의 시체처럼 잠든 그녀를 깨울 수는 없었다. 자취하는 그녀의 생활 패턴은 항시 이럴 수밖에 없을 것이라는 생각이 문득 뇌의 한 부분을 차지했다. 배가 고팠다. 그래서 하나밖에 없던 우유를 먹고, 비몽사몽간에 집으로 향했다.

　그리고 나는 제도권의 벌레처럼 며칠을 직장과 집을 오가며 나태함에 빠져있었다. 곤충도 나만큼 나태하거나 무료하지 않을 것이다. 어느 날은 퇴근 후 한 푼도 없이 거리를 걷다가 작은 벤치에 앉아 명상과 식곤증, 배고픔 따위들에 뒤섞여있었다. 꽁초를 주어 필터까지 피우거나, 흰 구름, 파란 하늘을 멍청히 바라보거나, 정신병자처럼 길을 걷는 여자에게 집적대었다. 오백 원짜리 동전을 줍는 행운과, 가래침을 뱉거나, 보물이 숨겨져 있는 여자의 엉덩이를 감상하던가 말이다. 그 달콤한 명상과 상상이 끝날 때쯤 비렁뱅이처럼 할 일도 없는 사람으로 전락해버렸다. 그것은 늘 다 태운 담배꽁초를 재떨이에 짓뭉개는 것 같았다. 형언할 수 없는…. 그러나 그것뿐이었다. 내게 일어날 수 있는 일이라고는 과거 사이에서 한 마리의 파리처럼 날아다니는 것뿐이다. 그렇게 며칠을 보낸 뒤에 ○○○중학교 수학교사인 이진섭으로부터 전화가 걸려왔다. 그의 전화를 받고 밤거리를 걸어 술집에 당도했다. 술집은 내게 놀이터였고, 오락실, 도서관, 한증막 같은 곳이기도 하다. 그는 한 여자와 같이 앉아 잡담을 늘어놓고 있었다. 내가 자리에 앉자 그들은 말을 멈추었고, 그 여자에게 취조를 당하는 기분으로 직업, 사는 곳을 털어놓았다. 차라리 이력서를 몸에 지니고 다니며 처음 보는 사람마다 보여 주고 싶을 정도로 짜증나는 통성명의 일이다. 차라리 녹음기를 갖고 다니는 것도 좋으리라! 물론 술집 여자에게 진실로 털어놓을 수는 없는 일이다. 그녀가 겉치레로 물은 직장에 대해 무직이라고 답했다. 우린 사소한 것들까지 관심을 보이며 삼십 여분의 시간을 보냈다. 여자가 잠시 자리를 비운 사이 진섭은,

"저 여자 괜찮지?"

하고 말한다.

"저 여자가 이 술집 주인이야? 음, 외모는 그다지 나쁘지 않은데."

나는 대답하였다. 그 여자의 외모는 육십억 인구 중에서도 가장 평범한, 많은 종류의 액세서리 중 하나에 불과했다.

"내가 교사가 아니라면 정숙이와 잤을지도 모르지? 매력적인 여자야, 그렇지 않나!"

사실 매력이라고는 찾아볼 수 없었다. 하지만 눈에 콩깍지 씌우면 메주도 꽃으로 보이리라!

내가 그 여자에게 직업이 없다고 말한 것에 비해 진섭은 그 여자에게 솔직함을 보였던 것이다. 잇속을 잘 챙기는 사람이 장사꾼이 아니던가! 온갖 아양을 떨며 남의 주머니를 탐내는—어쨌든 진섭은 그녀에게 홀려 머슴 노릇을 하는 듯한 직감이 뇌리

를 스친다. 봉급을 이곳에 다 바치고 있는지도 모를 일이다. 문득 뇌리에 남는 생각이었지만 크게 걱정할 일도 아니다. 어차피 공짜 술을 먹으러 온 것이니까!

"이봐, 저 여자를 따먹을 수 있다면 바보처럼 망설이지 마! 그것은 문신을 새기는 일도 아니고, 아침을 먹듯 한 끼니의 식사에 불과한 것뿐이야! 뭘 그렇게 망설이지? 공무원이라서 그런가! 아니면 자네의 아내 때문에 죄책감이 들어서인가! 멍청한 도덕군자군! 자넨 자네의 육신에 대해 잘 이해하고 있지 못하고 있어? 빌어먹을! 정신 속의 윤리는 너무 많은 훈련 과정을 겪었을 뿐, 육체는 생물적이거든! 어쨌든 멍청하게 이 술집에 투자를 했으면 소득이 있어야 할 것 아냐!"

나는 언성을 높였다.

"그녀는 갈보야!"

하고 덧붙여 말했다.

"네 말을 듣고 있으면 내 머릿속의 내용물들이 네게 흡수된 기분이야! 넌 항시 공짜의 여자와 잠을 자고, 공짜 술을 얻어먹고, 사기를 치고, 오려먹는 일에 타고났지만 말야. 세상은 허깨비만 있는 것은 아니라구! 자넨 백일몽을 꾸듯 착각하고 살지만 나는 그럴 수 없어. 어떻게 버젓이 그 짓을 하고 아내와 자식 앞에서 떳떳하게 가장 된 도리로 얼굴을 볼 수 있겠는가? 그리고 나는 이곳 단골손님에 불과할 뿐이야. 그리고 다른 놈들처럼 더러운 짓은 안 해. 그리고 넌 항상 내게 강요를 하듯 말하는데 정숙이와 나는 오빠동생사이일 뿐이야!"

그는 흥분한 채 얼굴이 붉어졌다. 정색한 표정은 하지 않았다.

"자네도 별수 없는 제도권 속의 벌레구나."

나는 반문했다.

"제도권의 벌레! 그게 무슨 뜻이지?"

"윤리를 만든 것은 문화이지 신의 뜻은 아니라구! 물론 윤리는 제도의 생명이지. 우린 그 안에 갇힌 바퀴벌레이지. 무슨 뜻인지 알겠나! 반신반인이란 말을 아나?"

내 물음에 그는 방싯 웃음을 보이었다.

"상체는 신이고 하체는 인간이란 말이지! 생식기가 달려있는 곳은 인간이라고 하는 하제 부분에 달려 있지, 무슨 말인지 이해가 가나! 자넨 이해한다고 하여도 그것을 부정하려고 들 거야!"

"그따위 내용들은 나도 알아. 허나 네가 그렇게 말한다고 하여도 자넬 믿을 수 없어. 나의 윤리관을 자네의 것인 양 마구 흔들지는 말아줬으면 좋겠어!"

그는 화가 치밀었다. 얼굴에 검은 반점과 문신이 그려졌다.

"너를 설득시키려는 것이 아니야. 넌 그렇게 말할 수 있지."

그는 말끝을 이었다. 덧붙여,

"여자의 가슴과 온 몸을 탐닉하는 것은 소위 네가 말하는 제도권의 탈피인가? 후—후! 우스꽝스럽군, 정말 우스워. 자네다운 발상이군! 그런 생각을 할 수 있는 사람은 자네밖에 없을 거야."

나는 웃었다. 웃음을 멈추고는,

"네가 말한 말들은 옳아. 아니, 내 생각은 제도권의 구더기 같은 망상일지도 모르지. 자넨 마치 조련사 같이 굴고 있어!"

"조련사?"

그는 의뭉스런 표정으로 되물었다.

"윤리라는 똥개를 조련하는 사람 말야!"

"너무 지나치게 표현한 것 같지 않나!"

그의 말을 무시하고 말을 이었다.

"하지만 넌 교사라는 직함 때문에 망설이고 있을 뿐이지. 하나님의 십계명 중에 신에 대한 계율 1~3계명과 4~10에 대한 인간의 계율에 대해 자네 자신이 충실했다는 것은 자네도 자부하지 못할 거야. 인간은 동물이거든… 번식을 해야 하고 나약한 동물을 음식으로 삼으니 말야."

그는 담배를 피워 물었다.

"자네와 입씨름을 하면 오늘 하루도 부족할 거야, 우린 술 한 잔을 먹기 위해 로렌스 술집에 온 거야."

"그래, 맞아."

"더 이상 구린내 나는 것들로 골치 아파할 이유가 없지."

나는 맞장구를 하듯 대꾸하였다. 그가 말하기를,

"자넨 내가 저 여자와 쇼를 하기를 바래, 그렇지 않나. 물론 내겐 사랑스런 아내가 있지만 아내가 없는 곳에서 다른 여자와 그 짓을 할 수도 있지. 그것은 스릴이 있는 모험일 수도 있고 허무한 쾌락일 수도 있지. 자네가 내게 했던 말처럼, 그러니까 제도의 노예라고 해도 자네 말을 우스갯소리로 넘겨버릴 거야. 자네가 지껄이는 우스꽝스런 말들은 모두가 변명일 뿐이지 않나."

여자는 옷매무새를 고치더니 자리에서 일어나 이십 여분 만에 테이블로 되돌아왔다. 그녀는 잠시도 앉아있지도 못하고 자신을 부르는 손님 테이블로 향할 때가 많았다. 그럴 때마다 그녀의 얼굴은 붉은 색 물감을 짙게 칠하곤 나타났다. 가게 안에는 진섭과 나 단둘뿐이었다. 그녀는 더 취기가 오른 듯 진섭에게 몸을 기대었다가 몸을 일으켜 세웠다. 내 눈치를 의식해서인 것 같다.

그 여자는 대구 태생이었다. 그래서인지 그녀의 말투에 가느다란 바이올린 선율같은 억양이 묻어있다. 만약 진섭이 아니었더라도 그 여자는 다른 파트너에게 자신의 고민을 털어놓았을 것이다. 아니면 수백 번 써먹는 시나리오 수법 중 한 가지에 불과할지도 모른다.

그녀의 얘기는 대강 이렇다.

이혼해도 재혼할 생각은 쥐꼬리만치도 없다는 것이다. 그렇다고 딱 부러지게 이혼하겠다는 말은 하지 않았다. 늦게 사서 고생을 벌어서 하냐는 식이었다. 식모살이는 지금도 넌더리가 난다는 것이다. 그런 소꿉놀이는 장난에 불과하다며 토로하고는 자신의 삶에 대해 의미를 부여하고 싶고, 걱정거리 없이 살고 싶다고 말했다. 나는 계속해서 지겨운 그녀의 신세타령을 들어주어야 할 까닭이 없다는 생각이 들었다. 그녀는 말을 멈출 생각이 전혀 없는 듯이 보였다.

"정말로 인생은 하룻밤의 꿈같아……. 그나마 막노동을 하던 남편이 일손을 놓으니 굶어죽게 생겨 마지못해 술집을 차려 하는 것인데, 생활 터전으로 자신의 마누라를 내쫓았으면 믿고 걱정거리를 덜어주어야 하지 않아! 어차피 영업시간이 끝나면 열

두시 정도 되는데, 굼벵이처럼 온종일 집구석에 틀어박혀 거드름 피면서 얼굴만 마주치면 왜 늦게 들어왔냐! 어떤 놈팡이하고 무엇하고 왔냐! 는 식으로 구박을 해요."

"의처중 아닙니까?"

나는 물었다. 자신의 남편은 의처중 환자라며 맞장구를 했고 가증스러울 만큼 더러운 짐승이라고 했다. 나는 놀라지 않을 수 없었다. 자신의 남편을 가리켜 더러운 짐승이라고 말하다니. 그녀는 약간 흥분해있었지만 마음을 가라앉히기 위해 맥주를 마셨다. 그리고 그녀는 말을 이어갔다. 또한 자신의 남편은 부엌에서 설거지를 하는 자신을 갑자기 덮친다는 것이다. 낮거리를 한다는 것이다. 그녀의 말에 점점 흥미를 갖기 시작했다. 아무리 부부사이라고 하지만 섹스도 합의에 의해 하는 것이 아니냐고 묻는다. 진섭은 고개를 끄덕였다. 낮거리를 좋아하는 남자라 순간, 그런 일은 남자에게는 재미있는 일이라는 생각이 들었다. 쾌락은 일종의 무모한 짓에서 나오는 것이니까? 혹은 장소와 시간과 상관없이 극치를 만들어내는 것이다. 그것이 장소 쾌락일 것이다. 그런 무모함은 늘 환상적인 쾌락을 만들어낸다. 어쨌든 그녀는 많은 비밀들을 털어놓았다.

나는 놀이터로 향했다. 감옥, 지옥, 자유-그것은 꿈이다. 갈망하고 목마른 것은 놀이터에서 잠시 놀다 가는 것이다. 집에는 관이 하나 있고, 인생의 파산신고 쪽지만 남아있다. 내가 살아있다고 믿는 것은 대형할인점, 편의점에서 물건 사고 거스름돈과 함께 끊어주는 영수증뿐이다. 정돈이 되지 않는다.

〈자본주의 영주권〉 티켓을 구하기 위해, 그녀는 스물네 시간 풀코스로 편의점 이곳저곳에서 빵, 우유, 카스테라, 식료품 등을 손에 잡히는 대로 구입하였다. 가방 속에 수북이 쌓인 영수증, 며칠째 여관방 하나 잡아놓고, 일가친척 없는 척박한 대천 골목 어귀에서 영수증 하나하나 살펴보았다.

그렇게 조바심을 떨었건만, 〈자본주의 영주권〉은 그 어디에도 없다. 돈도 거의 떨어져 갔다. 치마를 허리까지 올린 채 얄브스름한 팬티를 내리고, 이곳이 자신의 영역이라도 되는 듯이 소변을 깔겼다. 마침 전신주 아래 쓰레기를 뒤적거리던 고양이가 그녀의 눈을 응시한다. 침이라도 뱉고 싶은 심정이다. 황갈색의 고양이는 경계태세, 자신의 고유한 영역을 무단 침입한 그녀에게 틈만 보인다면 덤빌 기세다. 아주 쉽게 고양이는 그녀가 미처 발견하지 못한 〈자본주의 영주권〉 티켓 한 장을 물고 담벼락을 타고 사라졌다. 그녀는 소변을 마저 끝내지 못했기 때문에 고양이가 물고 달아나는 〈자본주의 영주권〉 티켓을 안타까워 할 뿐이다.

268

"빌어먹을 고양이 새끼! 영주권을 꼭 되찾고 말겠어."

어떠한 사투도 없이 빼앗겨버린 〈자본주의 영주권〉 티켓을 안타깝게 여겼다. 그 편의점일 거야? 아니 아니지, 어젯밤 한 사내로부터 받은 화대 속에 끼어 내 지갑 속에 들어왔던 건지도 몰라?

그날 저녁, 그녀는 카스테라를 다 먹어치웠다. 계획? 그녀에게는 특별한 무엇도 짜있지 않았다. 돈이 궁해지자, 고양이를 찾아내는 일을 잠시 접어두고 원초적인 자원을 팔며 자본금을 끌어 모았다. 여관에 머무는 동안 그 여관의 손님들을 상대하는 건 일거양득인 셈이다. 여관 주인과 친분이 생기고, 단골손님까지 생겨 그녀로서는 자본금을 끌어 모은다거나, 숙박비의 해결이 손쉬웠다.

그녀는 며칠 지리산을 다녀온 뒤로 태도가 달라졌다. 허줏굿을 받았다. 여관 주인은 그녀가 제법 신기가 있어 보이긴 하였지만 미덥지 못한 표정이다. 그녀는 폐업한 미용실 열 평 남짓한 가계 하나를 얻었고, 그때부터 그녀는 자신을 여운보살이라 칭했다. 짐을 꾸리고 여관과 아예 작별한 그녀, 〈자본주의 영주권〉의 티켓을 되찾을 각오가 섰지만 자본금을 더 끌어 모아야 했던 그녀로서는 당분간 무당노릇에 열중할 수밖에 없다.

그녀는 흰색 천과 빨간색 천을 묶은 깃발을 꽂아두고, 그날 오후쯤 방앗간에서 가져온 시루떡을 들고 이웃집을 들락날락하였다. 옆집은 꽃가게였다. 젊은 청년과 친분이 생기고, 월경이 없던 어느 날 밤, 꽃가게 안쪽의 작은 방에서 합방을 하였다.

"네가 어떻게 생각해도 괜찮아. 나는 화냥년의 축에도 못 끼어. 남편을 독살하고, 자식들을 고아원에 보냈으니, 그리고 죄책감 따위는 없어. 내 인생을 살 뿐이야."

허새균은 그녀를 품에 안았다. 품에 안긴 여운보살은 야릇한 미소를 그의 가슴에 묻은 채 입가에 새기고 있었다.

그 고양이는 자주 목격이 되었다. 꽃가게의 꽃들을 꺾어놓는가 하면, 여운보살의 깃발을 물어뜯어놓고 소변을 가장자리의 벽에 표시를 해두는가 하면, 깊이 잠들어있을 무렵, 예리한 발톱으로 방문을 긁어놓고 흔적 없이 사라진다.

여운보살은 분명 고양이가 자신의 주변을 어슬렁거리고 있음을 알았다. 기필코 녀석을 포획할 방도를 찾지 않고서는 불안해서 잠을 못 이룰 것이다.

쥐덫을 놓기도 하였다. 며칠이 지났다. 아무래도 녀석은 눈치를 채고 잠적을 하였나 보다. 영리한 것인가? 여운보살은 고개를 절래 흔들었다. 예감이 좋지 않다. 영역표시를 해두었다면 어느 곳에 숨어 자신을 감시하고 있는 것인지 모른다. 〈자본주의 영주권〉을 찾아야만 한다. 여운보살은 그 티켓을 찾아야만 은신처에 영원히 숨어버릴 수 있기 때문이다.

불교백화점에 들러 한 묶음의 부적을 사들고 꽃가게 벽면에 여러 장을 붙였다.

"무슨 부적인데 벽에 도배를 하는 거야?"

허새균은 물었다. 여운보살은 묵묵부답이다. 어느덧 벽면은 부적으로 치장되었다. 꽃가게의 분위기가 삽시간에 이상야릇하게 변했다.

"이 주위에 어슬렁거리는 악마가 있어? 그 악마를 물리쳐야

해. 며칠 전의 일도 그래, 그 악마의 짓이야.”

　허새균은 콧방귀를 뀌며 웃는다. 생각해도 여운보살의 행동이 우스꽝스러웠기 때문이다. 고양이를 잡기 위해 부산 떠는 여운보살의 행동이 지나치다 싶어 허새균은 나머지의 부적을 빼앗았다.

　그런 일이 있은 후, 꽃가게의 화분대가 쓰러져 있고, 난이며 꽃들이 날카로운 발톱과 이빨에 갈기갈기 뜯겨진 일이 벌어졌다. 고양이 짓이 분명하였다. 며칠 동안 잠잠하던 그 놈의 ‘고양이’가 활개를 치고 다니는 모양이다. 여운보살은 허새균에게 다그쳤다. 벽면에 붙인 부적을 말없이 떼어내서 벌어진 일이기 때문이다. 그러나 허새균은 부적의 효험이 약효처럼 먹혀들지 않는다는 것을 안다. 현실적인 방법, 그 대처가 필요한 것이다.

　여운보살은 잠결에 여러 마리의 고양이 울음소리를 들었다. 어미의 울음소리는 소름끼칠 정도로 길게 울려 퍼졌다. 새끼들의 울음소리는 짧고 가늘었으며 울려 퍼지지도 않았다. 잠자리에서 벌떡 일어나 방구석에 놓아두었던 잠자리채를 들고 소리가 들리는 쪽으로 조심스레 발걸음을 옮겼다. 방문을 열고 싱크대 아래쪽에서 들려왔다. 싱크대와 가까워지자 울음소리가 멎었고, 검고 날쌘 물체가 후다닥 싱크대 아래쪽에서 뛰쳐나왔다. 여운보살은 놀라 들고 있던 잠자리채로 낮은 천장의 형광등을 치고 말았다. 작은 폭발음과 유리파편들이 바닥에 깔리고 주춤하던 여운보살의 발바닥은 상처를 입고 말았다. 풀썩 주저앉고만 여운보살, 뛰던 심장이 추슬러지자 주위를 살피었다. 녀석은 없어졌다. 아니,

어두운 곳에서 웅크리고 자신의 행동을 여의주시하고 있는지도 모르는 일이다.

싱크대 아래 귀퉁이 안쪽에서 두려움에 떨며 엄마고양이를 애타게 부르는 서 너 마리의 애기고양이 울음소리가 들린다. 여운보살의 입가에 미소가 번졌다. 〈자본주의 영주권〉티켓을 되찾을 방도가 떠오른 것이다. 고슴도치보다 못하겠지만 녀석에게도 모성이 있을 것이다.

어미는 날카로운 발톱으로 바닥을 긁적거리며 여운보살의 관심을 끌어내려고 하였다. 비명인지 기호학적으로 야옹이 '엄마'를 부르는 것인지는 알 수 없으나 간지러운 중저음이 깔린다. 어미고양이와 FTA협상 하듯이 새끼들과 〈자본주의 영주권〉 티켓과 협상할 수 있을 거다.

원산도리 작은 선착장.

개체수를 헤아릴 수 없는 개미들은 사각 틀에 토템이즘, 어떤 의식을 치르고, 몸뚱이를 침대에 내던지고 그 곳에서 방전된 배터리마냥 충전의 시간을 욕망한다. 멀찍이 어항과 대천해수욕장의 수평선에 라이터 불꽃이 춤을 추고 있다. 그물코를 꿰고 있을 늙은 뱃사람들은 첫 출항을 끝내고, 매표소 구멍가게 평상에 앉아 어획량과 피로를 녹이며 소주를 글라스로 마시고 있다. 고주망태가 된 뱃사람들은 여명이 걷히고 맑게 닦인 유리창처럼 세상이 밝았을 때 선촌船村 선창가를 뒤로 한 채 사라졌다. 고깃배 한 척이 선창 이물에 묶인 배쌈을 내밀었다. 계선 말뚝에 뱃줄을 치렁치렁 따리처럼 감고, 까무잡잡한 한 청년이 콘크리트 선착장에서 뱃머리로 펄쩍 뛰어올랐다.

원산도리 여행객을 싣고 대천 선착장을 다녀온 사선임을 직감할 수 있다. 어획량이 없었고, 평상에서 술 마시던 뱃사람들의 표정과 별반 차이가 없어보였기 때문이다. 덥수룩한 턱수염에 오뚝한 광대, 피부는 먹지처럼 검은 선주, 우리 일행이 우스꽝스럽게 보였던지 고양이 눈빛으로 모습을 훔치었다. 부산스럽게 방갈로를 빠져나와 선착장에 돗자리 깔고 코펠에 라면을 말끔히 먹어치우며, 어슬 무렵까지 사선을 얻어 타기 위해 부산을 떨었다. 선주는 오만 원의 액수를 요구했다. 일행 셋, 주머니를 털어도 고작 일만 원뿐이다. 여운보살은 바닥에 주저앉았다. 공중전화 부스에서 전화를 하고 나온 허새균, 그는 멸치처럼 마른 체구에다 오른쪽 다리를 절뚝이고, 매표소에 들러 점원에게 몇 가지의 질문을 던지고 못마땅한 답변을 듣고 나오는 사람처럼 표정이 밝지 못했다. 허새균, 그는 방갈로로 되돌아갈 생각으로 방갈로 주인에게 전화를 걸었던 것이다. 방갈로에서 타고 나왔던 트럭을 다시 보내달라고 말이다. 그러나 통화가 되지 않았다. 무슨 이유 때문인지 모르겠으나 우리 일행에게 남아있는 자본금은 일만 원뿐이다.

"시팔, 개자식!"

허새균, 그는 화가 치밀었다.

나는 파산 지경에 이를 때까지 계산하지 못한 머리를 탓하고 있다. 내 자신이 '멍청이'라고 화살을 쏘아부치며, 기억을 거슬러 올라간다. 원산도리로 향하기 전, 대천항 매표소에서 세 명의 뱃

삶을 지불했다. 훼리호 갑판 위에서 셋은 캔맥주를 마셨다. 그리고 감상에 젖어 어쩌고저쩌고 횡설수설, 어리석은 감정에 흠뻑 취해 캔맥주 세병, 그리고 또 어쩌고저쩌고, 훼리호 매점에서 캔맥주 세병, 어쩌고저쩌고는 이물간을 따라 사라지고, 캔맥주 세병, 파도는 벼룩을 잡아 죽이듯이 머릿속의 세포를 어쩌고저쩌고, 용솟음 치는 개미의 심장에 어쩌고저쩌고, 이박삼일 동안의 숙박비, 술값, 라면, 안주값.

선장실에서 청년이 고양이 한 마리를 가슴에 안고 선착장으로 올라왔다. 청년은 고양이 머리를 부드럽게 쓰다듬었다. 갈색의 털과 흰색의 털이 목도리처럼 목을 두르고 있다. 우리 곁을 지나칠 때 고양이의 눈빛은 매서웠다. 증오와 복수심이 가득한 직선의 눈빛이었다. 청년의 품에서 뛰쳐나온 고양이는 허새균에게 달려들었다. 덩치가 작고 날렵하였지만 큰 덩치를 패대기치기에는 고양이가 너무 작았다. 곡괭이질 하듯이 메고 있던 가방으로 휘둘렀다. 청년은 애완용 고양이를 잡으려고 애썼다. 가방은 몇 번의 포물선을 공중에 그었다. 난폭해진 고양이가 등을 곧추 세웠다. 허새균도 가방으로 내려칠 태세다. 그 틈을 비집고 코펠이 든 가방으로 한번 휘둘렀을 뿐인데 고양이의 정수리에 모가 난 부분이 탁 치고 나갔다. 책상의 모서리를 망치로 내려치듯이. 비틀거리는 고양이, 술에 취한 듯 비틀거리며 얼마 못가 쓰러졌다. 청년은 고양이를 두 손에 담았다. 움직이지 않자 청년의 눈가엔 눈물이 글썽이었다.

그 일이 벌어진 후, 허새균과 여운보살은 말이 없었다. 말없이 매표소를 벗어나 소로를 걷는다. 나는 허새균의 미소를 보았다. 그가 걷는 동안 미친 듯이, 그러나 자신의 감정을 속이기라도 하듯이 꾹 참고 걷는, 다리를 절뚝이며 걷고 있다.

원산도리의 서쪽마을 짐말, 그곳에 당도하려면 일 킬로미터 구보해야 한다. 고갯길인 째빼기 능선을 넘어야 한다. 어둡고 초행길이라 잘 찾아갈지도 모르는 일이다. 차로는 십여 분 정도 걸리는 비포장 길이다. 머릿속은 진탕眞宕함이 맴돌았다. 풀숲에서 인기척 소리가 난다. 잠시 발걸음을 멈추었다. 주위는 텅 빈 상자처럼 적막하다. 등골이 오싹하다. 푸석거리며 풀숲에서 고양이 한 마리가 홱 하니 맞은편 풀숲으로 삽시간에 사라졌다. 여운보살은 화들짝 놀랐다. 여운보살은 화가 치밀었는지 돌 하나를 주워 고양이가 사라진 쪽으로 던졌다.

"잡히기만 해봐라."

방갈로, 어슴새벽 짐을 꾸리고 있을 때였다. 지난밤, 고양이 한 마리가 음식이 담긴 가방을 물어뜯어 놓았다. 과자 몇 봉지, 오양맛살 등 겉봉이 뜯겨져있었다. 방갈로 조용희 주인은 말한다.

"지난밤에 고양이 여러 마리가 다녀갔군요. 뭐 없어진 것 있습니까?"

없어진 것? 나는 짐이 없었다. 허새균도 마찬가지다. 여운보살은 고양이가 건드리지 않은 물품만 골라 가방에 챙겨 넣었다. 다시 가방을 뒤져보았고, 여운보살은 잠시 멈칫거렸다.

"없어진 물건이 있습니까?"

조융희는 조심스레 물었다. 말을 이어,

"이 섬은 고양이 천지에요. 사람보다 도둑괭이가 판을 치고 다니죠. 손님들에게 진작 말을 해줬어야 하는데…."

우리 셋은 서둘러 방갈로를 떠나려 했다. 조융희는 떠나려는 우리를 붙잡고,

"오늘 날씨가 좋더라도 호우주의보가 해제되지 않으면 공선 운행은 안 할 겁니다. 오신 김에 하루 더 묵고 가요."

허새균, 여운보살, 그 둘은 하루 더 묵고 간다고 하더라도, 주말을 이용해 온 나는 직장 일 때문에 원산도리 섬을 오늘 중으로 빠져나가야 한다. 결국 나로 인해 그 둘도 방갈로를 떠나올 수밖에 없었다.

허새균, 그는 T고등학교와 일곱 평 남짓한 난蘭가게 사이에 대로변을 두고 있다. 물론 부모는 큰 후원자 중 한 분이다. 공공 근로 일이 끝나는 여섯시, 출근부 도장을 찍듯이 허새균의 가게로 찾아갔다. 커피를 얻어먹고, 술도 얻어먹고, 여관도 함께 가고. 나뿐만 아니었다. 보석세공기술자, 자장면 배달원, 무직자, 교사 등이 허새균의 가게를 찾았다.

히말라얀 애완용 고양이를 품에 안고 있는 교사, 히말라얀 고양이의 귀와 얼굴의 양 볼은 검고, 그 주위로 갈색 털이 나있다. 등과 가슴은 하얀 털이 띠를 두르고, 두 눈은 살기가 느껴질 정도로 매서웠다.

허새균은 노름과 술에 빠져있었다. 아지트쯤으로 생각하는 허새균의 친구들은 난가게를 장소 좋은 도박장으로 만들었고, 장사

에 흥미를 잃은 허새균은 점점 그들의 세계에 물들어 저녁때만 되면 그들을 기다린다. 시간에 구애받지 않는 친구들과 아침부터 자시까지 죽치며 술과 도박, 다방레지의 엉덩이를 주물럭거리며, 마치 유흥가에서 놀듯이 하였다.

히말라얀 애완용 고양이 이름은 〈아름드리〉라는 암컷이었다. 고스톱에 심취해있을 때, 호기심과 장난기가 심한 〈아름드리〉는 가게 안을 난장판 만들어놓기까지 했다.

"뭐 없어진 것 없어, 아름드리 녀석은 먹어치우는 습성이 있어."

그 뒤로 허새균이 아끼던 다이아 반지가 사라졌다. 아름드리의 뱃속에 들어있는 것이다. 녀석을 잡아 배를 갈라볼까도 생각해 본다. 그 다이아 반지는 G대학교 국문과 후배이자 연인이었던 주진희의 것이다. 아니, 그녀의 것이 될 번했던 반지다. 부모의 반대로 그 둘은 헤어졌다. 그 당시, 주진희는 결혼 일주일 남겨두고 허새균을 찾아왔다. 그 둘은 바닷가 모래사장에 앉아 저녁노을을 바라보았다. 허새균은 오래전부터 그녀에게 줄 다이아반지를 주머니 속에 넣어두고 있었다. 용기가 나지 않아 미루었던 것이 후회스럽기만 하다. 주진희는 허새균의 손을 꼭 쥐며 도망치자고 말했다. 멀리, 아주 멀리. 아무도 우리를 알아볼 수 없는 곳으로. 허새균은 주진희의 갈망하는 손을 뿌리쳤다. 두려웠다. 도망치고 싶었다.

그 뒤로 허새균은 용기 없는 바보의 흔적을 고스란히 담은 다이아 반지를 책상 서랍에 넣어두었다. 서랍까지 들쑤셔놓을 줄 짐작조차 하지 못했지만 아름드리는 영리하고 잽쌌다.

그 다이아 반지를 찾기 위해서는 아름드리 암컷 고양이의 배를 갈라야 한다.

아름드리의 배를 가르는 것은 생각보다 어려운 일이 아니었다. 친구가 며칠 동안 정기연수 때문에 아름드리를 맡아달라는 것이다.

"아름드리는 잠을 잘 때나 밥을 먹을 때도 청결한 것을 좋아하지. 일주일 동안 잘 보살펴줘."

허새균, 그는 개미 한 마리도 죽여본 적이 없다. 스쿠터 오토바이에 똥개 한 마리 치어본 것이 고작이다. 그 일이 있은 후, 스쿠터 오토바이는 고물상에 헐값으로 팔았고 열흘가량은 개가 짖는 악몽에 시달렸다.

식탐꾼인 아름드리 고양이 녀석의 배를 가르는 일은 쉽지 않았다. 머리를 조아리며 머리를 종아리에 비벼대는 녀석은 마치 복종의 의미로 보였고, 다른 때와 다르게 온순하게 굴었다. 그는 바닥에 신문지 여러 장을 깔아놓았고 아름드리에게 캣 생선 맛 사료를 듬뿍 먹이고 있다. 저승 가는 길에 배불리 가라는 허새균의 배려였다. 칼을 쥔 손을 아름드리 목에 가까이 밀었다. 아름드리는 칼이 장난감 정도로 여겨졌는지 앞발로 톡 친다. 자기 자신이 잔인하게 여겨졌던지 멀찌감치 칼을 집어던졌다. 그는 이미 고양이 애완견 센터로 전화를 하였고, 같은 종의 고양이를 예약해 놓았다. 그는 다시 칼을 집어왔다. 아름드리의 목덜미를 잡아 눈앞까지 들어 올렸다.

식당 종업원 일을 끝마치고 허새균의 가게로 들어온 여운보살, 눈이 째려지더니 혀를 찼다.

"빙신새끼! 또 술에 찌들었군."

허새균은 아랑곳하지 않았다. 안쪽 작은 사무실 소파에 문어처럼 등받이에 기대고 앉아있었다. 여운보살은 금전출납기를 열고 하루 매상의 전부를 꺼내 주머니 속에 넣었다. 십만 원 정도 되어 보였다.

"오늘 돈 쓸 일이 있어, 좀 빌리자."

여운보살은 그렇게 몇 차례 돈을 빌리고는 하였다. 다른 날 같으면 육두문자를 써가며 여운보살에게 퍼부었을 것이다. 마비된 사람처럼 꿈적하지 않은 채, 반쯤 잠긴 눈으로 흐리멍덩하게 지켜볼 뿐이다.

허새균의 눈에는 아직도 선명하다. 미친 듯이 배를 가르고, 내장을 꺼냈던 끔직한 자신의 잔악한 모습과, 고양이 뱃속에서 작은 생명체가 두 동강 나 잘려 나왔던 모습이 연상된다. 그는 놀랐다. 뒤로 자빠졌다. 잠시 넋을 잃고 바라볼 뿐, 다음 동작이 연결되지 않았다. 다이아반지가 문뜩 떠오르자 위장과 장, 식도까지 꼼꼼히 살펴보았지만 나오지 않았다.

선촌 선착장과 꽤 멀어졌다. 등 뒤로 반딧불이처럼 작은 불빛이 보인다. 재빼기 고갯길에 오르자 파출소가 있고 길은 양 갈래로 나뉘어졌다. 발걸음을 멈추었다. 재빼기 고갯길 너머로는 트럭을 타고 방갈로에서 나왔던 비포장 길임을 알 수 있었다. 다른 쪽

비포장 길은 우람한 산 속으로 화살처럼 뻗어있다. 허새균은 산 속으로 향한 길이 지름길이라고 말했다. 여운보살은 미간에 홈이 파인 선을 세 개나 만들어놓았다. 허새균은 고집을 부렸다. 나와 여운보살은 그의 말을 무시해버렸다. 초행길에 잘 못 들어서면 길을 잃고 헤맬 수 있기 때문이다. 십 여분이 흘렀을까, 허새균의 똥고집은 꺾이지 않았고, 여운보살 또한 완강한 기세였다.

"도대체 뭣 하자는 거야!"

나는 홧김에 내뱉었다. 그 둘은 굳게 닫힌 문처럼 입을 다물었다. 파출소 앞에 가로등 하나 서 있고, 우린 어느새 그 아래 모여 있었다. 바닥에 주저앉을 기세였던 여운보살은 돋군 화를 가라앉히고 있다. 허새균은 걸어왔던 길로 고개를 돌렸다. 적절한 가로등 불빛과 어둠에 휩싸여있는 허새균은 을씨년스럽게만 보였다.

"이 쪽이 지름길인지 몰라, 십 여분은 빨리 도착해야 될 것 아냐!"

허새균의 왼쪽 손이 길과 함께 화살처럼 되어버렸다.

"이 사람아, 제대로 된 길로 가야 될 것 아냐! 칠흑같이 어두운데, 낙상이라도 하면 어떻게 하려고 그래!"

두 사람의 팽팽한 긴장은 어지간해서는 풀리지 않을 것 같아 보였다. 화해고 뭐고 나는 담배 한 개비를 물고 풀숲에 쪼그리고 앉았다. 등골이 오싹함을 느낀다. 온 몸이 검은 털로 뒤덮인 고양이 한 마리가 눈에 광채를 띤 채로 등에 올라탔기 때문이다. 기겁하며 자리를 털 겨를 없이 일어나 도망치듯 여운보살에게 뛰어갔다. 나뿐만 아니라 놀라 지른 비명에 두 사람 모두 양 손으로 가슴을 훔치었다. 획하니 파출소 입구 계단까지 뛰어간 고양이는 멈추었다. 야광처럼 밝은 두 눈빛에 우리는 응시되는 대상이 되었다. 관찰 대상 혹은 예의주시 당하거나 감시를 받고 있는 불쾌한 기분이 들었다.

허새균은 홧김에 '시팔, 저 녀석은 배를 갈라놓아야 해!'하고 내뱉었다. 여운보살은 기도문을 외듯이 중얼거렸다.

나는 도대체 누구인가?

담배 필터를 가볍게 깨물었다. 담배연기로 도넛을 만들고, 물레방아(연기를 코로 내뿜지 아니하고 코로 들이마시는 단순한 기술),거북선(담배를 짧게 태우고 혀 바닥을 이용에 물고 있던 담배를 입 속에 넣었다 빼는 고도의 기술)을 하고, 가래침을 뱉고, 머릿속을 트리처럼 장식하고 있는 낡은 도덕성에 신물이 나 있는 사람이다. 짧은 학력과 지식, 막노동과 자장면 배달원, 아리랑치기 -

서울 지하철 역 내에서 노숙생활을 접고 내려와 경기도 부천 번화가를 몇 달 동안 배회하였다. 천식 때문에 며칠 동안 고생도 하였다. 몸은 허약해졌고 잠잘 곳도 마땅치 않아 공장 담장을 넘어 창고에서 자고, 직원이나 경비원에게 발각되어 몽둥이찜질 당하기 일쑤였고, 무전취식하여 파출소에 끌려가는 것이 다반사였다.

나는 도대체 이 세상에 태어나 주권도 없이 살아야 하는가 묻지 않을 수 없다. 그 해답은 미화원으로부터 쉽게 들을 수 있었다.

"네가 바로 인간쓰레기야. 우리 같은 사람이 왜 있는지 알아?

너 같은 쓰레기를 치워야 제대로 된 사람들이 조금이나마 즐겁게 거리를 걸을 수 있기 때문이지."

미화원의 말이 맞다. 나는 족제비이다. 하수도 구멍을 오가며 음식쓰레기를 주워 먹는 쓰레기 말이다. 화가 치밀었고 그때부터 쓰레기통이 눈에 뜨일 때마다 발길질을 해댔다. 미화원의 말이 맞지 않다. 미국 이민자들이 영주권을 얻기 위해 영어를 배우고, 그들의 문화를 배우듯이, 나는 한국말을 할 줄 알고 계백, 연개소문 이름 정도는 알고 있는 한국의 시민권자다. 나를 냉대하는 자는 바퀴벌레다. 주민등록증과 국가고시 시험에 합격해 받은 운전면허증이 증거다.

번화가를 걸어다니며 생활정보지를 모았다. 나는 주권을 되찾을 수밖에 없다는 것을 안다. 내가 지닌 증명서로는 나의 주권을 강조할 수 없다. 그래서 일자리를 구하기로 결심했다. 방랑만 하던 내가 사회구성원의 일원으로 참여하며, 성실한 노예, 근성 있는 노예, 또는 주민세 납부자가 되어 족제비의 탈을 벗을 수 있을까 의심이 앞섰다.

냉동탑차운전기사, 티켓다방운전기사(조건: 차량지입가능한 자), 가스기사구함, 나는 지하철 무임승차하며 여러 곳에서 면접을 보았다. 대번 남루한 차림새와 매캐한 고린내가 풍기는 나로써도 그들의 말에 이해가 갈 뿐이다.

"당신의 집은 수챗구멍이군, 매캐한 냄새며 옷은 왜 그래? 정돈 좀 해야 하겠어."

"중학교 나왔습니다. 어릴 적부터 고아원에서 자랐기 때문에 부모가 누군지도 잘 모릅니다.”

난생처음 면접과 이력서 양식을 보았다. 그래서인지 방황할 때의 호기와 자유분방함은 온데간데없고, 쥐를 삶아 먹은 사람처럼 얌전하고 주눅이 들어 있었다.

몇 번의 면접에도 불구하고 답안지의 문제를 찍듯이 한 곳이라도 걸려들기를 바랐지만 노력에도 불구하고 허사였다. 분통이 터졌다. 고아인 날 믿어 줄 수 있는 세상은 아니었다. 그날 저녁, 여관에 몰래 침입하여 열린 방이 있나 조심스럽게 문손잡이를 비틀었다. 다행히도 침대가 있는 방 하나가 열렸다. 청소부 아줌마가 미처 잠가놓지 못한 것이다. 방문을 잠가놓고 욕실에서 몸을 씻고, 더러워진 옷을 빨아 창틀에 널어놓았다. 침대에 눕자 잠에 곯아떨어지기는커녕 정신만 백짓장처럼 말짱해졌다. 발각이 될 것 같은 두려움이 엄습해오기도 하고, 오만가지 잡생각이 밀려와 머릿속이 복잡해졌다. 자본주의 왕국을 떠올렸다. 자본주의 군주가 되는 꿈을 만든다. 군주가 되면, 고급 승용차 뒷좌석에 앉아 배불리 먹고 싶은 찐빵을 트렁크까지 채워 우유와 함께 온종일 먹어 치우는 것이다. 헝클어진 머리카락에 눈이 왕사탕처럼 큰 눈을 하고, 찐빵을 미친 듯이 먹으며 나를 바라보며 웃어줄 수 있는 여자와 함께. 많은 노예와 함께 나를 우러러보는 소시민들 앞에서 일장연설로 ‘나는 당신들의 군주요, 나를 믿고 따르는 자만이 불행에서 벗어날 수 있소.’ 함성과 박수가 천지를 가득 메우는.

그런 생각 끝에 잠이 들었고, 꿈은 정 반대로 빵집 주인과 빵 하나로 사투 끝에 뇌진탕으로 죽고, 고급승용차에 치거나 심지어

쌀벌레와 맞장을 뜨고도 육안으로 보이지 않는 발길질에 십리로 나가떨어지는, 내 꿈은 늘 죽거나 얻어맞아 큰 부상을 입고, 패배자의 모습으로만 남는다.

다음 날, 창틀에 널어놓은 팬티가 없어졌다. 다행이도 바지와 웃옷은 창틈에 끼어 있었다. 잡아 끈 흔적이 보였다. 누구 짓일까? 누가 들어왔다 간 것인가? 팬티만 달랑 가지고 간 것 보면 성도착증이 있는 음탕한 녀석일 것이다.

손님처럼 가장해 여관을 빠져나오는 것은 무리가 없었다. 때마침 카운터 작은 창문은 커튼이 쳐져있어 안을 볼 수 있는 상황이 아니었다. 일주일 뒤, 마침내 중소기업의 생산직에 취직할 수 있었다. 다른 곳과는 달리 이력서나 신원에 대해 까다롭게 굴지 않았다. 그 공장은 고무장갑을 생산하였다. 직원 수도 여남은 되었다. 사장은 직접 트럭을 몰고 도매점을 돌거나 판매를 하였고, 공장장 한 명이 각 라인을 돌며 제품 상태며 거드름 들러 직원들을 관리하였다. 컨베어밸트 라인에 배치되어, 그곳에서 쏟아져 나오는 완제품들을 박스에 담고 트럭에 짐을 나르는 일을 도맡았다. 공장장 녀석은 사사건건 나를 간섭했다. 나에 대해 못마땅한 게 뭔지 알 수 없었다.

"넌 족보가 없는 미개인이야! 너 같은 놈이 이런 곳에서 일하고 있다니, 너를 채용한 사장은 돌았군."

그가 내뱉는 한 마디마다 화가 치밀었다. 어느 날, 그의 강한 손목 힘이 내 귀로 무리 없이 전달되었다. 한적한 공장 뒤편으로 끌려가고 나서 귀가 뜯겨져 나갈 정도로 얼얼했다.

"나는 너를 무척 아껴주고 보호해주고 있어! 그 정도의 신용이면 넌 내게 복종을 해야 한다. 알겠어!"

그리고 사라진다. 다음 날, 봉급을 받고 노팬티로 버텨온 나는 팬티 열 장을 사기로 하였다. 엄연한 주권행사다. 세금도 내고 떳떳한 소비자가 되는 것이다. 그날 오후, 공장장이 찾아왔다. 이번엔 내 발로 팔을 자신 있게 휘두르며 한적한 공장의 뒤편으로 그의 뒤를 따랐다. 돈을 빌려달라는 것이다. 나는 그럴 수 없다고 했다. 첫 봉급이었던 만큼 팬티 열장과 도장을 파고 은행으로 달려가 내 이름이 적힌 통장을 개설할 작정이었다. 자신감에 차 있던 팔은 다소곳하게 고환 앞에 모아졌다. 얼마가 필요한데요? 그건 좀…어렵겠는데요. 머리를 긁적이었다. 그리고 두 손은 다시 고환 앞에 겹쳐졌다. 소문에 듣자하니 내 험담 많이 늘어놓는 것 알아. 그리고 나 그렇게 못돼먹지 않았어. 꼭 갚을게. 너 나 아니면 당장 모가지 잘려. 내 말 한마디면 사장도 옴짝달싹 못해!

시끌벅적한 구내식당.

공장장에 대한 입소문이 나돌고 있다.

"공장장 녀석은 사이코라더군. 하루도 빠짐없이 술집에 들러 계집년 젖무덤에 돈을 꽂아주고, 계집년은 여우꼬리를 살랑살랑 흔들고, 중요한 것은 화대 값이 다 공장의 물건을 빼돌려 마련한 돈이라더군. 조심들 해, 돈 빌려줬다 못 받은 사람 여럿이야."

나는 귀가 솔깃하였다. 공장장을 곱씹는 사람이 한 둘이 아니었다.

"변태기질도 있어. 하루는 창녀를 침대에 옴짝달싹 못하게 묶어놓고 허리띠로 온 몸이 멍이 들 정도로 내려쳤다는 거야. 그리고 두 달 전에 H병원 정신과에 입원한 강춘식, 그 녀석도 매질을 당하고 정신이 획하니 돌아버렸다지."

"설마, 강춘식은 공장장보다 덩치가 크고 힘도 셌는데, 호락호락 당했겠어."

나는 섬뜩함마저 들었다. 빌려준 돈을 되돌려 받을 길이 없음을 알았다. 점심식사를 끝마치고 휴식을 취하기 위해, 박스로 포장된 물품창고 틈새에 몸을 숨기고 앉았다. 담배 한 개비를 물었다. 때마침 그곳을 지나치던 신성호가 나를 발견하고는 다가왔다. 그도 나와 같이 트럭에 물건을 싣거나 완제품을 포장, 박스에 담는 단순노동을 하는 친구이다. 만난 지 며칠 사이 우린 급속도로 가까워졌다. 신성호도 고아였다. 이곳에서 꽤 일해 온 터라 공장장 일거수일투족에 대해 모르는 바가 없었다.

"소년원부터 감방을 지 집 드나들듯 하던 놈이야. 들리는 소문에는 말이지, 감방 안에서 쥐를 잡아먹고 살았다지 아마. 녀석의 손을 봐봐. 고양이 발톱처럼 날카로운 손톱과, 코털, 응시하는 눈빛."

그의 말이 옳은 듯하다. 구내식당에서 왁자지껄 들리던 공장장 곱씹던 말들, 그리고 신성호의 이야기.

봉급을 지급 받을 때마다 공장장은 매번 같은 말을 되풀이했다. 고아 녀석! 널 공장에서 내쫓아 버리겠어. 네겐 어떠한 특권도 없어, 알아! 그러니 넌 웃어른을 공경하고 따르는 법을 배워야 돼.

나는 버렸다. 공장 안 숙직실에서 기거하다 이틀 전 월세방 하나를 구했기 때문에 돈을 지니고 있어야 했다. 그뿐만 아니었다. 받아야 할 돈도 이미 석 달을 넘긴 채 갚지 않았기 때문이다.

"이 쥐새끼 녀석, 불쌍해서 거두어 주었더니 내 뒤통수를 치고 다녀! 유언비어 네가 다 퍼트렸지."

눈가에 눈물이 글썽이었다. 서러움도 아니었다. 분노도 아니었다. 화가 치밀어서도 아니다. 단단하고 뜨거운 건더기가 목에 걸려있는 듯하다. 발길질에 나는 콘크리트 바닥으로 나뒹굴었다. 옆구리에서 숨구멍을 조이는 듯 압박이 밀려왔다. 주변 사람들이 모여들었지만 진기한 물건에 호기심을 보이는 듯하다. 정신을 차리고 보니 공장장에게 멱살이 잡혀 일으켜 세워져 있었다. 고양이 손톱으로 내 얼굴이 훑기고 상판과 복부를 가격 당하고는 다시 쓰러졌다. 밑창이 오돌오돌한 등산화, 그 큼직한 신발을 신고 있던 공장장은 내 남근을 담배꽁초 비벼 끄듯이 뭉갰다. 뒷덜미를 잡아채고 마대자루 끌고 가듯 잡아당긴다. 그 순간 나는 이 가을이 아름답게 여겨졌다. 우수수 떨어지는 낙엽들, 석양, 그리고 담배 한 개비. 담배 한 개비가 몹시 그립다. 패대기 당하고 짓밟힌다고 하여도 담배를 물고, 나만이 존재하는 무인도에서 낮잠을 자고 싶을 뿐이다.

주위를 둘러보았다. 나를 앉힌 곳은 공장 내부에 있는 작은 사무실이다. 고장 난 선풍기 한 대와 낡아빠진 책상. 그는 선팅지로 붙여진 유리문을 잠갔다. 벽간에 걸린 수건을 들고 내 앞에 바투 섰다.

"이빨이 부러졌군. 자, 이걸 물어. 그럼 좀 나아 질 거야."

그 호의가 어색하고 어처구니없어 보였다. 나는 그의 팔목을 잡아채고 비틀었다. 팔이 부러지도록 비틀었다. 갑작스레 당했기 때문에 팔이 꺾인 채 등을 보였다. 나는 있는 힘껏 버티고 있던 녀석의 등을 밀었고, 선팅지가 접히듯 유리문을 뚫고 그의 머리는 유리파편이 꽂혀 바닥에 쓰러졌다. 생선을 건져 올린 것처럼 파닥파닥 몸을 떨었다. 나는 뛰었다.

인천, 여운보살의 집.

그녀는 여행용 가방에 옷가지들과 화장품, 장롱 깊숙이 숨겨둔 결혼 예물과 통장을 들고 아파트 단지를 빠져 나왔다. 그녀를 기다리는 검정색 엑쿠스. 그녀는 트렁크에 짐들을 집어던지고, 차 안에 올랐다. 창문을 내리고 멀어져가는 아파트에 손을 흔들어 보였다.

"얼마 챙겼어?"

운전대를 잡고 있던 사내가 힐끗 여운보살을 훔치고는 물었다. 여운보살은 사내의 목에 붉은 루주의 입술 자국을 남겼다. 사내의 손에는 선홍빛 피가 묻어있다. 물수건으로 허겁지겁 닦기는 하였지만 손가락 몇 군데는 닦이지 않은 자국이 남아있다.

밤, 한적한 갓길에 차를 세우고 그 둘은 서로의 몸을 탐했다. 경주마처럼 자세를 잡은 여운보살, 자신의 비정함과 잔인함을 머릿속에서 지운 채 열정적으로 뜨거워지고 있다. 사내의 머리를 쥐어뜯고 목을 물어뜯고, 입술을 짓뭉개며.

성에가 낀 차 유리, 지친 경주마처럼 숨을 헐떡이고 있다. 마지막 여운이라도 간직하고 싶은 듯 여운보살은 사내의 입술을 훔치었다. 사내는 편의점에서 사 놓은 음료수를 건넸다. 목이 탔던지 벌컥 들이키는 여운보살. 그가 눈을 떴을 때 현기증과 두통의 통증을 느꼈다. 알몸인 채로 갓길 풀숲에 누워있음을 알았다.

선촌 여관방.

선착장이 내려다보인다. 여장을 풀 것도 없이 방바닥에 주저앉았다. 원산도리를 탈출할 방도가 없다. 아까부터 우리 셋을 뒤쫓아 오던 고양이 몇 마리가 여관 건물 옥상부터 창틀을 기웃거리며 감시하고 있다. 온전한 정신으로 잠을 잘 수 없다는 판단이 섰다. 이곳까지 고양이 무리의 습격을 피해 몸을 숨길 수 있었던 것은 우리가 두려워하는 순경의 배려 때문이다.

"저는 무인도를 찾기 위해 이곳으로 왔습니다. 그러나 무인도가 없군요. 그리고 난처한 일이 벌어졌습니다. 고양이들이 우리 셋을 쥐로 보는 듯합니다. 우린 쥐가 아닙니다. 〈자본주의 영주권〉티켓을 가지고 있는 분명한 사람입니다. 훔친 것이 아닙니다."

순경은 여관방을 잡아 주었다. 무통장으로 넣어주세요. 그리고 〈자본주의 영주권〉 티켓 잘 보관하세요. 이곳에서는 잘 없어집니다.

다시 선촌 여관방.

일층은 횟집이다. 방안에서 뜨개질 하는 주인. 계단을 살금살금 내려와 그녀의 시선을 사지 않고 여관을 빠져나왔다. 구멍가

게 불빛이 보였다. 〈자본주의 영주권〉 티켓을 흔들어 보이며 주
인과 흥정을 하였다. 라면과 소주 두병, 쥐포와 바꿔주시오. 아니,
안 되오. 쥐포 한 마리로는 정말 안 되오. 고개를 저었다. 나는
다시 개금발로 스무 계단을 올랐다. 거스름돈으로 공선 티켓 세
장은 살 수 있어. 호우주의보만 풀린다면 우린 해방이야. 허새균
은 몇 잔을 들이키더니 취기를 참지 못하고, 자리를 털고 일어나
덩실덩실 춤사위를 벌렸다. 걸음쇠처럼 주위를 돌며 등을 곧추세
우고 펄쩍 뛰어 창틈으로 올랐다. 방바닥으로 펄쩍 뛰어 내려왔
다. 비아냥거리며 꼽추 춤을 추고, 양 발로 얼굴을 씻는다.

"너를 만난 건 행운이었어. 나는 아마도 자동차에 치어 도로에
말라비틀어지는 비운의 운명을 맞았을 거야."

여운보살은 나를 바라보며 말했다. 그리고 관음경을 외듯 웅절
거린다.

"무인도를 나타내는 이정표는 없더군. 그 이정표를 찾기 위해
며 칠을 걸었는지 몰라. 때마침 차비도 없고 먹을 것도 없던 내
게〈자본주의 영주권〉티켓 한 장을 내게 주었으니, 내가 더 고마
울 뿐이지. 헌데 그 암놈은 어떻게 됐지?"

나는 물었다.

"〈자본주의 영주권〉 티켓을 가져오더군. 그러나 새끼들은 돌려
줄 수가 없었지. 신의 제물로 바쳤거든."

다음날 아침.

아침을 굶은 채 선착장으로 나섰다. 첫배를 타기 위해서. 배는

오지 않았다. 바다는 검푸른 빛깔을 잔잔히 흘려보내고 있고, 하늘은 푸르게 높다. 신이 선택한 날 같아 보였다. 기다려도 배는 오지 않았다.

매표소 여주인은,

"아직 호우주의보 경계령이 해제되지 않았어요. 아마 오늘까지 어렵겠는데요."

"오늘은 꼭 나가야 됩니다. 직장을 결근하면 바로 잘립니다. 아홉시까지 원산도리를 빠져나가야 됩니다."

"무슨 일 하시는데요?"

"공공근로 하고 있습니다. 오늘 21번 국도 갓길 제초작업 일정이 있거든요."

선착장 콘크리트 바닥에 주저앉았다. 사선을 타기에는 턱없이 모자란다.

허새균은 지그시 눈을 감고 있다. 그는 가게를 폐업 신고할 작정이다. 배를 가른 날카로운 칼날이 눈앞에 아른거린다. 여운보살은 〈자본주의 영주권〉티켓 한 장을 바다에 버린다.

"이젠 이따위 것 필요 없어! 저것 없어도 나는 살 수 있어. 애초부터 필요 없었는지도 모르지. 나를 좌파로 몰거나 노예로 팔려 간다고 해도 아무 상관없어."

나는 바다에 뛰어들 작정이다. 뛰어들려고 자세를 잡았건만 멈칫하다 포기하고 말았다. 이곳을 유일하게 탈출할 수 있는 티켓이었기 때문이다. 이곳에 들어올 때, 나갈 때 꼭 필요한 신분증이다. 우리 셋을 증명할 신분증이 없는 것이다. 영창감이다.

매표소 골목을 돌아 팔초한 사내가 선착장으로 걸어오고 있다. 우리 셋에게 눈길을 주고, 계선말뚝의 뱃줄을 풀고 뱃머리로 올라탔다. 선주였다. 그는 손짓을 하였다. 멀뚱 바라보는 우리 셋, 선착장으로 고양이들이 모여든다. 우린 두려움에 떨었다. 그래서 선주의 배로 뛰어들었다. 선주는 긴 막대기로 정박되어 있던 배들을 밀치며 자신의 배를 바다로 내몰았다. 엔진소리가 고막을 찢는 것 같았다. 우리 셋을 미행하던 고양이들은 바라만 볼 뿐이다.

"얼마 줄 수 있소?"

선주는 물었다. 뱃머리는 파도를 가르며 대천항으로 돌진한다.

"우린 난민입니다. 우리 셋을 증명할 어떠한 증거도 없습니다."

"그럼, 저 고양이를 내게 주시구려."

"여운보살 말입니까!"

"그 고양이 이름이 여운보살이오."

선주는 깔깔 웃는다.

· 저자 ·

김나인   · 약 력 ·

1974년 충남 보령 출생,
현재 경기대학교 문예창작학과에 재학 중이며,
2004년 월간 순수문학에 <배꼽아래>소설 당선,
2006년 계간 문단 신인상 당선.
2006년 제39회 경기학술문예 소설부문우수작 당선

한국소설가협회, 대전충남작가회의 회원이며,
시집으로 『술 취한 밤은 모슬포로 향하고 있다』가 있다.

본 도서는 한국학술정보(주)와 저작자 간에 전송권 및 출판권 계약이 체결된 도서로서, 당사와의 계약에 의해 이 도서를 구매한 도서관은 대학(동일 캠퍼스) 내에서 정당한 이용권자(재적학생 및 교직원)에게 전송할 수 있는 권리를 보유하게 됩니다. 그러나 다른 지역으로의 전송과 정당한 이용권자 이외의 이용은 금지되어 있습니다.

배꼽아래

· 초판 인쇄	2007년 1월 10일
· 초판 발행	2007년 1월 10일
· 지 은 이	김나인
· 펴 낸 이	채종준
· 펴 낸 곳	한국학술정보㈜
	경기도 파주시 교하읍 문발리 526-2
	파주출판문화정보산업단지
	전화 031) 908-3181(대표) · 팩스 031) 908-3189
	홈페이지 http://www.kstudy.com
	e-mail(출판사업부) publish@kstudy.com
· 등 록	제일산-115호(2000. 6. 19)
· 가 격	17,000원

ISBN   89-534-6174-X 93810 (Paper Book)
       89-534-6175-8 98810 (e-Book)